記憶喪失の
君と、
君だけを
忘れてしまった
僕。
小鳥居ほたる
Hotaru Kotorii

# 記憶喪失の君と、君だけを忘れてしまった僕。

装画
中村至宏
装幀
長崎 綾
（next door design）

誰かに誇れるものなんて何もなくて、明確な夢や目標も一つもない。
そんな無為に生きてきた人生の中で、偶然にも一冊の本に出会った。
それは僕に夢を与えてくれた。目標を与えてくれた。
その日、見えていた世界はゆっくりと変わり始めた。
そして、大切な女の子に出会った。

C O N T E N T S

# プロローグ

何の前触れもなく、飛行機の機内で何かの破裂音が響いた。

乗客に動揺が走り、すぐに客室乗務員が「原因究明までしばらくお待ちください」とアナウンスする。

機内に白い煙が立ち込めてきて、それとほぼ同時に酸素マスクが落ちてきた。

乗客はみな不安の声を上げて、客室乗務員たちはそれを必死になだめ続ける。

やがて飛行機は激しく揺れ始めた。

まるで、レールのないジェットコースターを走るように。

飛行機は加速的に地上へ落下していく。

もう上かも下かもわからず、様々なものが宙に浮いている。

そしてわずか数十秒後、飛行機は山の斜面へと墜落した。


大空に広げられた巨大な両翼は、粉々に砕け散った。

新緑の山の斜面は、まるでその一部が切り取られたかのように赤く染まり、轟々《ごうごう》と燃え盛っている。

黒煙が立ち上るその景色は、まるで地獄のようだった。

その地獄のような光景を、空からマスコミのヘリが追っている。

声の高い女性アナウンサーは、必死に現場の様子を中継していた――。

『乗員乗客合わせて二百五名を乗せた航空機は――』
乗員乗客二百五名を乗せた日本国籍の航空機が、山の斜面に墜落した。
現時点で死傷者の数は不明。
後に、歴史に残る大事故となるだろう。
五月二十日、日曜日の出来事だった。

# 第一章

# 記憶喪失の君

二〇一八年 五月二十一日（月）

半日の講義を終えて大学から徒歩五分の牛丼屋で昼飯を食べた後、バスに乗ってアパートへと帰る。何度も繰り返されてきたその行為を今日も忠実にこなし、今はそれほど混み合っていないバスに揺られていた。

もう午前の講義は半分以上頭の中から抜け落ちていて、きっと明日も同じことを繰り返すんだろうと考え暗い気分になる。一年目は講義を受けることに必死になっていたけど、それなりに真面目にやっていれば単位が取れることに気づいてから、必要最低限の回数だけ講義に出るようにしていた。余裕が出てきたのはもちろんいいことだけど、こんな風に目的もなく毎日を過ごしていると将来が不安になってくる。

僕は将来何者になっているのか。その時、そばには支えてくれる人がいるのか。それとも、今と同じような生活を送っているのか。

最近はそういうことが頭の中をぐるぐる回っていて、僕の心をどうしようもなく不安にさせる。きっとこんなにも憂鬱になっているのは、つい最近まで勤めていたアルバイト先のスーパーが潰れてしまったことも起因しているんだと思う。貯金はまだ残っているけど、新しいバイト先を探すことにもまだ踏み切れずにいた。

やがて最寄のバス停にバスが停車する。読んでいた文庫本を閉じてカバンの中へしまい、バスを降りた。

今、将来のことを考えても仕方ないと悟った僕は、一人暮らしをしているアパートへ戻るという目標を掲げて歩き出した。大通りから離れ住宅街をしばらく歩き、やがて角を曲がれば見慣れたアパートが現れる。それから二階への階段を上り、一番右端の部屋へ帰る……はずだった。

角を曲がった僕は、その光景を見て思わず足を止める。

――アパートの前に、制服を着た女の子が倒れていた。

それを頭の中で遅れて受け入れた僕は、立ち止まらせていた足を走らせる。

「大丈夫ですか!?」

「うぅ……」

すぐに駆け寄ってその彼女を抱き起こすと、かすかな呻《うめ》き声を上げた。どうやら意識はあるようだ。

慌ててポケットからスマホを取り出そうとして――地面へ落とした。動揺して指先が震えていた。

スマホを拾い上げて、着信画面を呼び出す。一一九と押そうとしたところで、彼女は目を開いた。

その時初めてまともに彼女の顔を見た僕は、数秒の間、目を奪われた。サラサラの長く綺麗な髪。伸びた睫毛《まつげ》に隠された瞳はまるで宝石のようで、吸い込まれてしまいそうなほどに深い色をしていた。

しばらく彼女に見惚れて、不意に我に返った僕は思わずかぶりを振った。

「あの、大丈夫？」

「頭……」

呟いて、彼女は自分の後頭部へおそるおそる手を伸ばす。指先が触れた瞬間、慌てて手を離し苦悶《くもん》の表情を浮かべた。その瞳には涙が浮かんでいる。

「ごめん、ちょっといいかな」

断りを入れて彼女の後頭部へ触れると、指先に大きなコブが感じ取れた。

同時に彼女が「ひっ！」という短い悲鳴を上げたため、すぐに手を離す。おそらく地面に頭を打ったのだろう。それ以外にはセーラー服が乱れているだけで、目立った外傷は見られなかった。

「君、名前は？」

「名前……？」

首をかしげた後、彼女はどこか遠くを見つめるように目を細めた。胸中に嫌な予感が渦巻く。

「か……」

「か？」

「カレン……」

彼女は自分をカレンと名乗り、人差し指を地面へと立てた。そして一つ一つを思い出すように、ゆっくりと指先を滑らせていく。

華怜《かれん》。

「名字は？」

「名字……？」

再び首をかしげる。小さく口は開いているが、何かが喉に詰まっているかのように声を発そうとしない。その口は結局、何の言葉も発さないままゆっくりと閉じていった。

「すみません、思い出せないです……」

「じゃあ、住んでいる場所は？」

しばらく考えた後、小さく首を振った。

家族構成や通っている学校、行ったことのある地域、色々なことを質問したけれど、そのどれも彼女は覚えていなかった。覚えているのは華怜という名前だけ。

いわゆる、記憶喪失というやつだ。持っているのはスカートのポケットに入っていたティッシュと、ピンクのハンカチ。それからピンク色のスマホだけで、身元がわかるものは一切所持していない。おまけにそのスマホのロック解除のパスワードもわからないという。

何か助けになれればと思ったけど、さすがに手に負えないとわかり立ち上がった。

「今から一緒に病院へ行こう。歩けるかな。もしダメなら、病院までおぶってくから」

「……病院？」

「体に異常があるか検査をする場所だよ。そこで検査をして、それから警察へ行こう。もしかすると、自分が誰かわかるかもしれないから」

金銭の類いを持っていないということは、おそらくそれほど遠くから来たわけではないのだろう。警察を頼って対応をしてもらえば、案外すぐに手がかりが見つかるかもしれない。彼女もすぐに僕の提案に納得してくれると思った。

だけど彼女は両目を見開き、すぐに怯《おび》えた表情を浮かべる。その表情の意味がわからずに戸惑っていると、謎の少女は唐突に僕へと抱きついてきた。甘く、どこか懐かしい柑橘《かんきつ》系の匂いが僕のそばに広がった。

「え!?　ちょっと、どうしたの……？」

僕より背の低い彼女は、胸に顔をうずめながら首をふるふると横に振った。おそらく病院や警察には行きたくない、ということだ。

「……そうはいっても、このままじゃマズイって。きっとお父さんとお母さんも捜してると思うよ？」

「……嫌！　嫌です！」

まるで駄々をこねる子供のように、彼女は否定の言葉を叫ぶ。

嫌がる彼女を無理やりにでもと考えたけれど、やめた。僕は彼女の事情を何も知らないから、迂闊《うかつ》な行動はできない。もしかすると、病院や警察に行くのは都合が悪いのかもしれない。

あるいは動揺のせいか、自分が否定している意味を彼女自身も理解できていないのだろう。

抱きついたまま華怜は震えていて、どうしようか思案に暮れていると、鉄製のドアの開く音が耳に届いた。それはアパートの二階、僕の部屋の隣あたりから響いた音で、思わず反射的に身を縮こませる。

ゆっくり音のした方へ視線を向けると、そこにはパジャマ姿の七瀬奈雪《ななせなゆき》先輩がいた。眠たそうな目をこすりながら、華怜に抱きつかれている僕を見た。

「もしかして、お邪魔だった？」

「えっと、この人は……」

素直に先輩を頼ることもできた。だけどそれをしなかったのは、きっと華怜が僕へすがるような視線を向けていたから。

僕はそのか弱い視線に射抜かれてしまい、声を詰まらせた。

先輩に、華怜のことをどう説明しよう。とっさの言い訳を考えていると、先に先輩が納得したように手のひらを叩いた。

「あれだね、前に言ってた小鳥遊《たかなし》くんの妹だね」

「あ、そうです！　実は妹なんですよ」

華怜は僕の腕の中で、ほっと安堵《あんど》の息を漏らす。そして小さく「ありがとうございます……」と呟いた。

先輩は僕の妹という設定の華怜に興味を示したのか、階段をバタバタと音を立てながら降りてくる。

「本当だ、どことなく小鳥遊くんに似てる気がするよ。ほら、目元とか」

「そうですかね。あんまり似てるって言われたことないですけど……」

妹じゃないのだから当たり前だ。

「似てる似てる、似てるよ。でも、小鳥遊くんの妹って今年大学一年生じゃなかった？」

背中から嫌な汗が噴き出す。気づかれたりしないように、さらに嘘を塗り重ねた。

「い、妹は二人いるんですよ。大学一年の妹と、高校生の妹です」

「へえ、そうなんだ」

「そうなんです」

先輩は華怜を覗き込んで「可愛い妹さんだね」と微笑んだ。本当にこれでよかったのだろうか。でも、僕のとっさの嘘を信じてくれたようだ。

先輩には悪いけれど、このままじゃいつかボロが出てしまいそうだから、華怜へさりげなく目配せした。次いで視線を戻す。

「すみません、先輩。これから妹と話があるので」

「あぁ、ごめんね。邪魔しちゃって」

申し訳なさそうに髪をかきあげた先輩は、華怜に小さく手を振ると再び階段を上がり部屋へと戻っていった。当の華怜は未《いま》だ、僕に抱きついている。

「えっと、とりあえずウチくる……?」

コクリ。彼女は小さく頷《うなず》いて、ようやく僕から離れた。

乱れた制服を整える彼女を横目で観察していると、心の奥が不自然にざわついた。

だけど、なぜか不思議と懐かしい気持ちにもなって……。その懐かしさの正体を探っていると、彼女と視線が衝突した。

「あの、何でしょうか……?」

「あ、あぁ。ごめん」

とっさに謝ると、華怜は少し恥ずかしそうに俯《うつむ》いて。僕も余計な思考を外すためにかぶりを振った。

僕らは初対面だ。面識なんてあるはずがないし、懐かしさを感じるはずもない。それなのに、この心の内側からあふれ出る感情は一体何なのだろう。

湧き上がってきたそれをどこか奥へと引っ込ませ、それから華怜を家へと招く。

この時の僕はまだ、彼女のことを何も知らなかった。


玄関を開けると右手に台所、左手にトイレ。目の前には部屋のドアが見える。

僕は部屋に上がってすぐ、床に散らかっている本を一箇所へ移動させて、華怜に座布団を勧めた。座布団を見て、なぜか最初は戸惑いの表情を浮かべていた彼女も、やがてすぐに納得したのかその上へと腰を下ろし、辺りを見回した。

「ごめんね、汚い部屋で」

「あ、いえ……」

本は散乱しているし、大学のレポートはそこかしこに散らばっている。六畳一間だからそれだけで部屋は圧迫されていて、よくこんな部屋に女の子を招けたなと自分を恥ずかしく思う。

氷をビニール袋に入れてタオルで巻いたものを華怜へ渡し、ついでに二人ぶんのお茶を入れてから僕も座布団へ腰を下ろす。

華怜は渡したタオルをコブができている場所へ当てた。その瞬間、わずかに眉をしかめて目に涙をためたから、まだ痛みはおさまっていないことが見て取れた。

「やっぱり、まだ痛む？」

「い、いえ……」

「無理しなくていいよ。無理やり病院や警察へ連れていったりはしないから」

「痛い……です」

「頭痛とかめまいとかはない？」

今度は素直に首を横に振ってくれた。

「何か思い出したことは？」

この質問には、申し訳なさそうに曖昧に首を傾げる。ある程度予想はしてたけど、どうも一時的なものではないらしい。僕は専門家じゃないから、それ以上のことはわからない。やっぱり警察へ届けた方がいいと思ったが、先ほどのあまりの怯え方を見て、警察へ行こうと提案できるほどの勇気はなかった。

彼女は名前以外の一切の記憶を失っているのだ。自分が誰なのかもわからないそんな時に、誰かもわからない他人と不用意に接するのは恐怖でしかないだろう。実際先輩が話しかけてきた時も、彼女は僕に抱きついて震えていた。

これ以上彼女を怖がらせたりしないように、なるべく優しい声色を作った。

「安心して。僕は君に何かしたりしないよ」

彼女の綺麗な瞳が穏やかな波のように揺れる。その儚さの混じった美しさに、また僕は見惚《みと》れてしまいそうになった。しかし、まだ彼女に伝えていなかったことを思い出して、すぐに冷静になる。

「僕の名前は、小鳥遊公生《こうせい》だよ」

「こう、せいさん……」

一音を噛みしめるように、僕の名前をゆっくりと呟く。身内以外の女の子に名前を呼ばれたのは久しぶりだったから、変な緊張感があった。

もう一度彼女は「公生さん……」と名前を呼ぶと、「私のことは〝華怜〟と呼んでください」と続けて、ようやく張り詰めていた表情を崩した。初めて覗かせた柔和な笑顔を見て、僕の体は変に熱くなった。もしかすると、彼女のことを好きになってしまったのかもしれない。

いや、きっと僕はこの時、彼女のことを好きになったのだろう。

単純だと思われるかもしれないが、仕方ないと思う。お世辞なんかじゃなく、彼女は可愛い。出会った時から感じていた不思議な気持ちも、好きという感情からきていたのかもしれない。

それから僕はかぶりを振って、余計なことを考えないようにした。

「君は……華怜は、これからどうしたい？」

優しく訊《たず》ねると、一度顔を伏せて考えるそぶりを見せた。それから意を決したようにまた視線をこちらへと戻してきて。だけど未だ瞳の中は不安で揺れていて、言葉をつむごうとしている唇も心なしか、かすかに震えているように見えた。

「しばらくの間、私をここに泊めてくれませんか……？」

その提案に最初こそ気持ちが高揚したが、だけどすぐに冷静になった。

「ダメだよ、女の子が見ず知らずの男の家に泊まるなんて」

僕の否定の言葉に、華怜の瞳は悲しみの色に染まった。いたたまれなくなって、思わず視線をそらしてしまいそうになるのを必死に抑える。

「……どうしても、ダメなんですか？」

「ダメっていうか……そもそも、華怜は僕と一緒にいて大丈夫なの？」

先輩にはあんなに怯えていたというのに、僕といる時の華怜は比較的落ち着いているように見える。それほど信頼されているということなのだろうか。信頼されるようなことは、何もしていないというのに。

「……実を言うと、初めて会った時からどこか不思議な気持ちになっていたんです。胸が温かくなって、この人なら信じられるかもって……。さっきも、私のために嘘をついてくれました」

その言葉に、僕はいささか驚いた。彼女はおそらく僕と同じ気持ちを抱いているのだろう。だとすると、僕らは本当はどこかで出会っているのかもしれない。

「僕が、君を連れ込むためにいい人を演じたのかもしれないよ?」

「公生さんは、悪い人なんですか?」

濁りのない純粋な瞳で見つめ返されて、返事に詰まってしまう。

たとえば華怜に好意を感じていなければ、部屋に招いたりはしなかっただろう。下心は全くなかった、なんて言い切れない。

黙っていると、華怜は「公生さんは、たぶん悪い人じゃないです……信頼してます」と、真っすぐ伝えてくれた。その目に、きっと嘘偽りはない。出会ってたった数十分だというのに、この女の子はどうしてこんなにも信頼を寄せてくれているのか、僕にはわからなかった。

だけど信頼されているというのは、素直に嬉しい。けれど華怜の望みをそのまま聞き入れることは、やっぱりできない。

「たとえば華怜をここに泊めたら、ご家族が心配するよ。いずれ捜索願が出されて、ニュースでも報道されるかもしれないし」

「そうなれば、自分から警察に行きます。家族のところにも、ちゃんと帰りますから……」

華怜はそう言うが、通報しないでと言われたからといって、このまま何も言わずに彼女を泊めていたら、僕が誘拐で逮捕されてしまうだろう。たとえ彼女が懇切丁寧に説明してくれても、事情を知っていたのに警察へ届け出なかったのは問題だ。

しかし違う視点から考えてみれば、僕がそのリスクを負う覚悟があるなら、しばらくは一緒にいられるということだ。

果たして僕は、そうまでして彼女と一緒にいたいのだろうか。この、出会って間もない女の子と、大きなリスクを背負ってまで。

「ダメ、ですか？」

彼女は、もう一度、懇願するように問いかけてくる。

どうしてか、僕はこの女の子を離してはいけない気がした。

その理由はわからない。好意を抱いているから出た本能的な感情なのかもしれない。もしくは、もっと別の。

そこまで悩んで、まだ最後の決断を下せずにいる。いろいろなものを背負い込む覚悟ができていないからだ。華怜はこんなにも僕のことを信頼してくれているというのに、僕の心はこんなにも弱い。

未だ悩み続ける僕に、華怜は今までで一番不安げな表情を見せた。

「私、今は離れたくないです……病院と警察へ行こうと言われた時、胸のあたりが苦しくなったんです。私のことを思って言ってくれてるんだってわかってるんですけど……」

彼女の目には、いつの間にか涙がたまっていた。その涙を見て、僕は気づかされた。華怜はきっと、自分が何者であるかを知るのが怖いのだろう。そんな女の子が、僕のことを信頼して、しばらくの間そばにいたいと言ってくれている。そんなの、嬉しくないはずがない。

自分のことを信頼してくれている華怜のことを突き放すなんて、最初からできるはずもなかった。この判断が非常識なのはわかっている。だけどこれ以上、彼女の涙を見続けるのも耐えられなかった。

華怜を保護することで僕に何かがあったとしても、おそらく後悔なんてしない。きっとこの時の僕は、本当に彼女のことが好きになっていたのだろう。

それから何も言わずに立ち上がると、華怜は不安げに僕を見上げてくる。

「……どうしたんですか?」

「君のパジャマとか、明日着る服とか、そういうのが一つもないから買いに行こう。ずっと制服のままじゃ嫌でしょ?」

落ち込んでいた表情から一転して、パッと笑顔の花が咲いた。やっぱり彼女にはそっちの顔の方が似合っている。

「でも、約束して。何か体に異常がありそうだったら、すぐに言うこと」

「わかりました」

しっかりと頷いたのも確認して、僕らは部屋を出た。

衣料品店はバスに乗って繁華街の方へ足を延ばさなければいけないから、急がなければ日が暮れてしまう。頭を打っている彼女に無理はさせたくない。それに、記憶を失っていて、いろいろと不安なはずだ。早く買い物を済ませて、ゆっくりさせてあげなければ。

最寄りのバス停でバスを待っている時、華怜が服の袖を遠慮がちにつまんできた。

「あの、本当にありがとうございます」

「困っていたら、助けてあげるのが普通だよ」

「私、お手伝いできることがあれば何でもやりますので」

僕の毎日は、いつも同じことの繰り返しだとばかり思っていたけれど。こういう不思議な出来事も、時にはあるのかもしれない。

華怜の安心した表情を見て、僕は助けになってあげたいと思った。

華怜が服を選んでいる間、スマホでここら辺一帯のニュースを調べてみた。だけど女子高生誘拐や失踪等の事件は一つも引っかからなかった。一応この近辺に限らず隣の県なども検索の候補に入れてみたけれど、やっぱり一件も見つからない。

向こうのワゴンで格安の服を選んでいる華怜を見ながら僕は思う。

事件性はなさそうだといっても、今この瞬間も両親は華怜のことを捜しているのかもしれない。そういうことを考えると、本当にこれでよかったのか、と。

その答えなんて、とっくにわかっている。いいわけがない。

だけど僕は、やっぱり彼女のことを通報することなんてできない。それにきっと、これは今の華怜も望んでいることだから。

「公生さん」

考え込んでいると、いつの間にか両手に服を持った華怜が僕の顔を覗き込んでいた。隠すように、スマホをポケットにしまう。

「何か、あったんですか？」

また不安げな表情を見せたから、柔らかい笑顔を貼りつけた。

「ううん、何も。ちょっと考えごとしてた」

それから持っていた服を指差して、「もうそれに決まったの？」と話を変えた。独善的な気持ちが芽生えていたことを悟り、自分が嫌になってくる。

華怜はなぜか頬を染めて、持っていた服を僕に見せてくれた。

ボウタイリボンの付いたホワイトのブラウスに、爽やかな色のスカートだ。

「こんなの、どうでしょう……？」

まるで妹ができたかのような気持ちになって、そういえば妹がいたんだと改めて思い出す。仲はいい方だけど、大学に進学してからは年末年始しか会っていない。

「どっちも華怜に似合うと思うよ」

「それってお世辞ですか？」

「お世辞じゃないよ。髪が長くて顔も整ってるから、どっちも爽やかに着こなせるんじゃないかな」

普段はこんなセリフを女の子に言わないし言う相手もいないが、なぜか華怜には素直に口にできた。

華怜は急に持っていた洋服で鼻から下を隠すと、視線を明後日の方向へ向けた。その仕草だけで照れているのがわかって、僕も今さら気恥ずかしくなる。

「せっかく買うんだからさ、ワゴンのじゃなくてもう少し高くてもいいよ」

「だ、大丈夫です。公生さんにそんな迷惑はかけられませんから」

そう言って彼女は、足取りを乱しながら戻っていった。知らず知らずのうちに、我が子を見守るときのような笑みがこぼれる。

結局華怜は僕が褒めた服に加えてパジャマしか選ばなかった。おそらく気を使っているんだろうけど、着回す服がなければこの先不便だろう。

僕は会計の時に、彼女の購入した衣服のサイズをさりげなく覚えておき、店を出てから「ごめん、忘れ物をした」と言って待たせ、もう一度中へ戻った。

流行りの服として展示されている夏らしい爽やかな服を探して、すぐに見つける。白を基調としたカットソーに青のロングスカート。これならきっと華怜に似合うと思い、白の羽織ものと何枚か追加でTシャツを選びレジへ持っていった。

店員さんは数分前に会計を済ませた僕を見て「妹さんへのプレゼントですか？」と笑顔で訊《き》いてきたから、「まあ、そんな感じです」と曖昧《あいまい》に濁した。何だか照れくさかった。それにしても、この人も、華怜のことを妹だと勘違いしているようだ。サービスでプレゼント用の包装をしてくれた。

それからお礼を言って店を出ると、華怜はさっき買ったばかりの紙袋の中の服を嬉しそうな表情で覗き込んでいた。

「ごめん、遅くなった」

「あれ、公生さんも買ったんですか？」

華怜が鈍い子でよかった。

「そんな感じかな」

その後、華怜の体調も悪くなさそうだったから、「近くのファミレスで何か食べて帰ろう」と提案する。しかし彼女は立ち止まって、反対の歩道にあるスーパーへ視線を向けた。夕刻で日が沈み始めたスーパーの中では、多くのお客さんがカートを押して歩いていた。

「公生さんの家に、何か食材はありますか？」

突然そんなことを訊かれ、冷蔵庫に入っているものを思い出しながら伝えた。玉ねぎ、レタス、牛乳、ジャガイモ、ウインナー。自炊はあまりしないから、それ以上はよく覚えていない。

それから華怜は冷蔵庫の材料を反芻《はんすう》するように呟き、しばらくするとニコリと微笑んだ。

「スーパーに寄っていいですか？　いくつか買いたいものがあるんですけど」

「華怜って料理できるの？　記憶は？」

「自分が誰なのか、どこから来たのかは思い出せないんですけど、日常生活の細かな記憶は覚えてるんです。たぶん、大丈夫だと思います」

そういえば、記憶喪失といっても日常生活にかかわる記憶はなくならない場合があると聞いたことがある。

華怜の手料理、食べてみたいと思った。

「じゃあ、お願いしていいかな」

「任せてください！」

華怜は制服の袖をまくって、大きくガッツポーズをしてみせる。今日一番の明るい彼女を見て、僕は安堵する。もしかすると、本来の華怜はこんな風に元気な女の子なのかもしれない。一緒にいることで彼女の素直な姿が垣間見えて嬉しかった。

それから僕らはスーパーの中へ入る。

途中「何を作るの？」と何げなく訊ねてみると、華怜はほうれん草を選別しながら「うーん、内緒です」と回答を焦らしてきた。どうやら家に着いてからのお楽しみらしい。

食材がのったカートを押しながら、ふと思う。もし華怜が制服ではなく普段着を着ていたら、僕らは周りから恋人同士だと思われたのかもしれない。想像すると、なんだか体がむず痒くなって。

今こんなことを思うのは、たぶん本当に痛いんだろうけど、新婚夫婦ってこんな感じなのだろうかと頭の中で空想してしまった。

そんなバカな妄想を繰り広げていると「家に調味料は置いてますか？」と聞かれたから、急に気恥ずかしくなって僕は冷静になった。

「……たぶん、基本的なものは揃ってるよ」

「それじゃあ、もう大丈夫です。お会計に行きましょうか」

帰り道、華怜は夕焼け色に染まる住宅街を歩きながら「こうしていると、夫婦みたいですね」なんてことを屈託のない笑みを浮かべながら言うものだから、僕は胸の高鳴りを抑えるのに必死だった。そんな最高に痛い僕を茶化すように、どこからかカラスが「カァ！」と鳴いた声が聞こえてきた。

アパートへ到着し、さっそく購入した食材をテーブルに並べていく。調理器具や米の場所を教えると、華怜は慣れた手つきで米を研いで炊飯器をセットしてから食材の下ごしらえを始めた。

僕は台所に立っている彼女の後ろでじっとその小さな背中を見つめていた。「恥ずかしいから座っていてください」と言われたが「心配だから」とそれらしい理由を述べると、「仕方ないですね……」と素直に折れてくれた。

僕が華怜のそばにいたかったのは、突然倒れたりしないか不安だったのが四割。本当に料理ができるのかというのが三割。残りは思春期の高校生みたいな理由だった。つまるところ、彼女のことをなんとなく見ていたかったのだ。

じっと彼女の挙動を眺めていると、恥じらいと戸惑いの混じった複雑な表情を浮かべながらこちらに振り向いた。

「あの……視線が気になります」

「ご、ごめん。気をつけるよ」

そうは言っても、自分の部屋の台所に女の子が立つなんて今までに一度もなかったことだから。そういった興味を抑えるのはちょっと難しい。

視線を若干そらしつつも、さりげなく華怜の包丁さばきを横目で見る。一定のリズムで玉ねぎやほうれん草を切っていく姿に、いつの間にか幼い頃の思い出が脳内に浮かんでいた。昔、今と同じように、母親のことを後ろから眺めていたのだ。

「ちなみに、何を作ってるの？」

「まだ内緒です」

「えー気になる」

「できてからのお楽しみですね」

黙ってその後も眺めていると、ふと華怜の手が止まった。ちょうどフライパンで玉ねぎとソーセージを炒めようとしていた時だ。

不思議なものを見るような目で、コンロを凝視している。

どうしたのか訊こうと思ったけれど、その理由は案外すぐにわかった。

僕はコンロの側面についているツマミを回す。瞬間、オレンジ色の火がボッと円を描くように飛び出し、フライパンの底面を勢いよく熱した。火が点いたのを見て、華怜は案の定ほっとしていた。

「やっぱり、僕がいてよかったたね」

「ありがとうございます……」

「最近はＩＨとか増えてきたから。ジェネレーションギャップってやつかな」

ここは築年数が経っているから今流行りのオール電化ではなく、昔ながらのガスコンロなのだ。彼女の家はきっと、ＩＨを使っていたのだろう。

それから華怜は具材を軽く炒め、卵と牛乳を入れてかき混ぜた後、パイシートで作った型に混ぜた具材を流し込んだ。それをオーブンレンジの中へ入れて、満足げに息を吐いた。

「これであと三十分もすれば完成です！」

「それじゃあ、部屋で休憩してようよ」

「さーて、今からお味噌汁《みそしる》の準備しますね」

決して無視したわけではないのだろう。料理を作るのに一生懸命な華怜は、テキパキと残った具材で次の調理の用意を始めてしまった。

僕は、なぜだかちょっと寂しくなって。気づけば体が勝手に動いて、彼女の両肩に手を乗せていた。それでようやく存在を認識してくれたようで、ビクリと肩を震わせたのが手のひらから伝わってきた。

「……えっと、どうしたんですか？」

「何か手伝えることはない？」

「そうですね、じゃあテーブルの上を拭いておいてください」

「ジャガイモ切るよ。任せて」

まな板の上に置いてあった包丁を握り、ジャガイモに突き立てる。自分でもわかったけれど、すごく不恰好《ぶかっこう》で危なっかしくて、恥ずかしかった。それでも華怜は、最初は隣で見守っていてくれて。だけどそのあまりの不器用さに見かねたのか、しばらくしてから僕の手に柔らかい手のひらを重ねてきた。

「左手が開いてます」

「あ、うん……」

「猫の手みたいに軽く握らないと、怪我《けが》をしますよ」

「猫の手……」

僕はいつの間にかガチガチに固まっていた手を、やっとの思いで軽く握り直した。

「包丁は前に押すようにしながら、力を入れて切るんです」

「押すようにしながら……」

言われた通りにやると、ストンという音を立ててすんなり切ることができた。

というか、三つか四つも年が離れている子に、どうしてこんなにも心を乱されているんだ。僕の方が年上なんだから、余裕というものを見せないと。

そう考えていると、華怜は重ねていた手をパッと離して。思い出したように慌てて右へ距離を取った。気づけば顔が赤くなっていて、心なしか目の焦点が定まっていない。

「ご、ごめんなさい。お、お手を触ったりして！」

ようやく年相応の恥じらいを見せてくれたような気がする。そんな華怜のおかげで、僕もいくらか冷静になることができた。なるべく自然に微笑んで「ありがとね」とお礼を言った。

華怜はほっぺたに手を当てて、そのまま顔を左右にブンブン振る。小動物みたいで、どこか可愛い。今の華怜に包丁を握らせるのはさすがに危ないと思ったから、教えてもらったことを頭に思い浮かべて、ゆっくりと正確に残りのジャガイモを切った。未だに、僕の手には彼女の手のひらの感触が残っていた。

華怜は気を落ち着かせるように大きな深呼吸をして、それからぎこちない動作でそばに戻ってきた。僕らの間には、近すぎず遠すぎずという微妙な距離が空いている。だけど、それからも華怜は気まずそうにしながらも丁寧に料理を教えてくれた。

オーブンレンジの電子音が鳴り、先ほど入れた料理の完成を知らせてくれる。取り出したそれは加熱前よりもふっくらしていて。どこかお好み焼きに似ている気がした。華怜によると、作っていた料理はキッシュというらしい。大皿に移して、ホールケーキを切る要領で僕が切り分けていく。華怜は味噌汁とごはんをよそってくれて、ようやく二人ぶんの食事がテーブルの上へ並べられた。

「いただきます」とお互いに手を合わせ、まずは華怜の作ってくれたキッシュに箸を伸ばす。さりげなく華怜を盗み見ると、箸を持って固まったまま僕の反応をうかがっていた。

　そんなほうけた姿に苦笑し、あらためてキッシュを食べてみると、様々な味が勢いよく口内に広がった。まず、ウインナー。そして玉ねぎとほうれん草。生地はもちろんふわふわしていて、食感はお好み焼きのようで。チーズがいい感じに味を主張していて、とても美味《おい》しかった。

　そんな僕の感想は、言葉にして伝えなくとも表情で伝わってくれたようで。華怜はようやく緊張の糸がほどけたのか、屈託のない笑みを浮かべていた。

「これ、びっくりするほど美味しいね。華怜も冷めないうちに食べなよ」

「はいっ！」

　彼女も自分の作った料理を食べ始め、きっと僕が見せたのと同じ表情をしていた。

「チーズがいいアクセントになってるね」

「私、チーズ好きなんです。だからちょっと多めに入れてみました」

「そうだったんだ。実は僕も好きなんだよ」

「よかったです。もしかしたら私たち、味の好みが似ているのかもしれません」

口元に手を当てて、彼女は愛想よく微笑む。何だか、いい雰囲気だなと思った。

それから華怜は続ける。

「果物だったら、りんごも好きなんですけど、梨の方が好きですね」

「僕も、りんごより梨の方が好きだよ」

「カレーより、シチューですよね」

「クリームシチューより、ビーフシチュー」

くすりと、華怜は僕の回答をわかっていたかのように笑みをこぼす。

「焼肉にかけるタレは甘口派ですか？　辛口派ですか？」

「焼肉にタレはかけないよ。昔からレモンをかけて食べてるんだ」

「やっぱり、何だかそう言うと思いました」

「引っかけようとした？」

「そうですね、もしかしたら合わせてくれてるのかもって思ってしまったんです。でも」

そこで華怜は一度言葉を区切ってから柔和な笑みを浮かべ、「安心しました」とささやいた。

僕はこの時、出会った経緯や今日会ったばかりということに関係なく、華怜のことを好きなのだと確信した。気を合わせるんじゃなくて、気が合う。こんな人と出会ったのは、たぶん生まれて初めてのことだ。

「目玉焼きは、半熟だよね」

もちろん華怜は、「そうそう！」と微笑んでくれると思っていた。

だけどその予想に反して、彼女は〝信じられない〟といったように瞳を見開いた。

どこか、怒っているようにも見えた。

「目玉焼きは、固焼きですよね？」

確認するように、じっとこちらを見つめてくる華怜に、僕は思わず持論を展開する。

「えっ？　いやいや半熟だよ。トロッとした黄身と白身を合わせて食べたら美味しいじゃん。華怜もそう思うでしょ？」

彼女の笑顔が、急に、わかりやすく引きつる。

「いやいや」

「いやいや」

唐突に降りた静寂《せいじゃく》の中、僕らはお互いを見つめた後、先にしびれを切らしたのか華怜がテーブルを両手で叩いた。

「目玉焼きは固焼きですっ！」

「目玉焼きは半熟だから！　固焼きなんてありえない！」

「信じられません！　固焼きの目玉焼きに塩胡椒《こしょう》を振りかけて食べるのが美味しい

んじゃないですか！　そっちの方がありえません！」

「固焼きの目玉焼きなんて、ゆで卵でも食べてればいいだろ！」

バカみたいな会話の応酬をしばらく繰り広げた僕らは、味噌汁が冷め始めた頃、華怜が疲れてぐったりし始めたのをきっかけにして、ようやく冷静になった。

先に謝ったのは彼女の方だった。

「ごめんなさい、失礼なことを言っちゃって……」

「僕も、ごめん……ちょっと色々言いすぎた」

「感じ方は人それぞれですもんね。半熟の目玉焼きも、たまになら美味しいかもしれません……」

その言い方はちょっと引っかかったけど、きっと華怜に悪気はない。

「半熟の方が好きだけど、僕も目玉焼きには塩胡椒をかけて食べるよ。トロトロの身に馴染ませて食べるとすごく美味しいから、今度試してみなよ」

「あっ！　じゃあ、明日の朝は目玉焼きにしますね！」

なんてことを、華怜は笑顔で言うものだから。僕は、持っていた箸を落としてしまう。思わず、意味もなく「テ、テレビつけようか。何か面白い番組やってるかもしれないし」と言ってしまった。

そしてすぐさま、〝しまった〟と思った。もちろん、面白い番組なんてやってるわけがない。あの凄惨な事故を思い出して固まっていると、華怜は全く何も気づいていないのか「どうしたんですか？」と首をかしげながら訊ねてきた。

そういえば、彼女は何も知らないのだ。記憶喪失なんだから、当然だった。

僕は無言のままテレビをつける。ニュース番組が、今もなお、あの〝飛行機事故〟のことを取り上げていた。今日はどのチャンネルも番組変更をして、このニュースばかりだ。飛行機が墜落して、たくさんの死傷者が出て……。

「飛行機、落ちたんですか……？」

「……らしいね」

あんなに元気だったのに、華怜の顔はみるみるうちに蒼白になる。こんなの、夜ごはんの時に見るべき内容ではない。かといって、今はどのチャンネルも飛行機事故の話題で持ちきりだから、電源を落とした。

しばらくの間、不自然な静寂に包まれ。先にそれを破ったのは華怜の方だった。

「……何があったのか、詳しく聞かせてもらえませんか？」

あのニュースを見た華怜の表情は、やはり穏やかなものではない。未だ幽霊を見たかのように青ざめていて、どことなく体調も悪そうだ。

きっと、話さないでいることもできた。だけど、いずれどこかで知ることだから。それがたとえば僕のいないときで。一人で事件のことを調べてショックを受けている華怜を想像してしまって、心が酷く揺れた。だから結局、話しておいても構わないだろうと、結論付けた。

日本の航空機が墜落した。整備ミスが引き金になって起きた事故で、大勢の死傷者を出して、その中には高校二年の修学旅行生も含まれていたらしい。

僕は気分が悪くなるのを避け、意図的にニュースを見ていないから詳しいことまではわからないけれど、おそらく今語った内容に齟齬《そご》はないだろう。

華怜は右手をたんこぶが出来た場所に当て。それから苦しそうに目をつぶった。

「大丈夫？」

「大丈夫です……ちょっと、めまいがしただけで……」

やっぱり、食事の時にこんな話をするべきじゃなかった。

「私が記憶を失う前に、そんなことがあったんですね……」

「もうやめようか、こんな話。いい話じゃないよ」

「そうですね……」

同意した後、華怜は冷めた味噌汁を飲み始めた。温め直そうか訊こうと思ったけれど。出しかけた言葉が声になる前に、間もなく汁椀の中身は空になった。

僕は、代わりの言葉を投げかける。

「涙……」

「……えっ？」

——涙が、流れていた。澄んだ綺麗な瞳から、雨粒が滴《したた》り落ちるように、頬を濡《ぬ》らしながら。

華怜は自身の情緒の変化に遅れて気がつき、袖で涙を拭おうとして……テーブルの上の、未だ麦茶が入ったコップをひっくり返してしまった。

「ご、ごめんなさい」

「いいから」

涙を流している華怜にハンカチを渡す。華怜がそれで目元を拭っているうちに、僕はこぼれてしまった麦茶を布巾《ふきん》で拭いた。彼女はまだ涙が収まらないようで、とても申し訳なさそうに口元を引き結んでいる。

「ほんとに、ごめんなさい……！」

「気にしなくていいよ」

少しでも気持ちが落ち着けばと思い、キッチンで鍋に残っていた味噌汁を温め直して、それを持って部屋に戻った。彼女の涙は、もう収まっていた。

おそらく飛行機事故の話を聞いて、悲しくなったのだろう。大勢の人が亡くなったのだから、仕方がない。

味噌汁を飲んでいる時、再び飛行機事故のことが頭をよぎったのか、それとも別のことなのかはわからないけれど、華怜は思い出したように涙ぐむ。

僕は、接し方を間違えてしまったら彼女が壊れてしまいそうに思えて、気を使いつつもそっとしておくことにした。

夜ごはんを食べ終わり、先に華怜がお風呂に入っている間、僕は部屋の外へ出た。もう夏に差し掛かるのに、夜はまだ肌寒い。星が瞬く綺麗な夜空を見上げていると、言いようのない不安な気持ちに駆られた。

華怜がお風呂を出た頃、僕は部屋に戻る。それから風呂に入って、寝る支度を整えた。薄いタオルケットを羽織って座布団の上に横になると、「お布団は、公生さんが使ってください」と主張してくる。しかし、その権利は彼女に明け渡した。女の子を床の上に寝かせるわけにもいかないから。

その後、電気を消してしばらくしても、僕は眠ることができなかった。もちろん、すぐそばに華怜がいるからだ。邪魔だとかそういう理由ではなく、気になって仕方がなかった。意識しなくとも石鹸の香りが混じった彼女の匂いが漂ってきて、僕の思考をどうしようもなく乱れさせる。

それでも必死に目をつぶっていると、体に暖かいものが被《かぶ》せられる。それは毛布だった。

背中にピタリと小さな体が密着してくる。それが震えているとわかったから、それほど取り乱したり動揺したりはしなかった。

「大丈夫だから」

僕の背中で震えている華怜を安心させる。

大丈夫だ。華怜が不安になることなんて、何一つない。

「ありがとうございます……」

ささやき声が聞こえた。

間もなくかすかな寝息が聞こえてきて、僕も目を閉じ思考をまどろみの中へと投げ捨てる。


どうして華怜が泣いていたのか。

その真意を知るのは、もっとずっと先のことになる。

そんな予感が、僕の心の中には、すでにあった。

五月二十二日（火）

夜が明けてスズメが鳴き始めた頃には、昨夜の出来事なんて忘れたかのように華怜はけろりとしていた。思い出さないよう気丈に振る舞っているのかもしれないが、昨夜のようなコップを倒すといったようなあからさまなミスは今のところ一つもない。

朝食は華怜が作ると言ったけど、二人で作ることになった。手伝うことにしたのは、純粋に彼女のことが心配だったからだ。

昨日、華怜は飛行機事故のことを知って、激しく動揺していた。だから二人で作れば気も紛れて、昨日のように泣いてしまうこともないだろう。

「こんなもんですかね」

今まで目玉焼きを焼いていた華怜は満足そうに鼻をならす。フライパンの上には、綺麗な半熟の目玉焼きができていた。

「華怜は固めが好きなんじゃなかったっけ」

昨夜の言い争いを思い出して訊ねてみると、きょとんとした目でこちらを見返してきた。

「昨日、私、明日は半熟の目玉焼きを食べてみるって言ったの、覚えてませんか？」

あぁ、今日の僕はダメだ。昨日会話を交わしたのに、華怜のことが心配で、だけど一緒にいることに少し浮ついて、すっかり忘れていた。彼女は僕の体調を案じてくれているのか、さりげなく顔を覗き込んでくる。僕が心配させてどうするんだ。

断りを入れて洗面所へ向かい、顔に水をかけて目を覚まさせた。ようやく頭が冴え、ついでにもう一つ忘れていたことを思い出す。

スマホを取り出し、県内のニュースを調べた。女子高生誘拐、行方不明、そういったものは依然一つもヒットしない。

次いで全国ニュースを調べた。まずは女子高生誘拐事件。

表示された検索結果に、僕は息をのんだ。急に耐えがたいほどの動悸に見舞われ、それでも目を背けちゃいけないと自分を叱咤《しった》させ、ニュースの内容を追った。

部活が終わり帰宅したはずの女子高生が、深夜になっても帰らなかった。両親は夜十時過ぎに捜索願を出し、警察は事件と事故、両方の可能性で操作をしているらしい。だけどそのニュースを一通り読んで、僕は安心した。その子の名前は、華怜じゃなかった。そもそも犯人は今朝がた逮捕されたらしい。

しかし、華怜じゃないということに安心してしまった事実に遅れて気がつき、僕は僕自身に激しい憤りを感じた。どうして安心してしまっているんだ。華怜が自分のことを覚えていない以上、家族から捜してもらうしかない。そうしない限り、華怜は元いた場所に戻ることはできないんだから。

だけど、たとえば華怜が親に虐待《ぎゃくたい》されていたとしたら。

そんな最悪の想像をしたけど、それなら僕なんかのところより、施設へ預けられた方がよっぽどいい生活が送れる。いや、その前に、自分が華怜の親を想像の中でも悪者にしてしまったことが許せなかった。自分本位で物事を考えてしまっている。

だけど、もし華怜の記憶喪失の原因が物理的なものじゃなくて、心理的なものだったら。虐待をされていて、親の元から逃げてきたのだとしたら。もし……。

「公生さん、どうしたんですか？」

「うわぁ!?」

いきなり肩を叩かれ振り返ると、いつの間にか華怜がこちらの様子をうかがうように立っていた。そして僕の声に驚いたのか、彼女も驚いて一歩後ずさる。

「……いや、何でもないよ。ちょっと、考えごとしてただけ」

「そうなんですか？」

「そうなんです」

また華怜を不安にさせてしまったことが申し訳なくて、気持ちを切り替えるために顔を両手で叩いた。そのおかげで、いくらか落ち着いた気がした。

部屋へ戻ろうとすると、突然華怜に袖を掴《つか》まれる。どうしたのかと思い振り返ると、タオルを渡された。

「顔、拭いてください。びちょびちょですよ」

「あぁ、ごめん忘れてた。ありがと」

「ふふっ、どういたしまして」

顔を拭いて部屋へ戻ると、テーブルの上に朝食が並べられていた。「ありがと」とお礼を言う。

朝食を食べている最中、華怜は「たしかにこっちもいいかもしれませんね」と、意外にも半熟の目玉焼きに対して肯定的な姿勢を見せた。だけどすぐに「でも、明日は固めにしましょうね。固めも美味しいんです」とあらためて主張してきたから、思わず苦笑いが浮かんでしまった。でも、華怜が美味しいというなら本当に美味しいのだろう。

朝食を食べ終わると、二人で皿を洗い、片づけをして、それから例のモノを渡す機会をうかがった。その機会は案外とすぐにやってきた。

「いつまでもパジャマってわけにはいかないので、着替えないとですね」

華怜はそう言うと、僕が着替えやすいよう先に部屋の外へ出てくれた。

手早くジーパンとTシャツに着替え、昨日買った衣服を机の上へと置く。いつか買った便箋を取り出し、『昨日はキッシュ、ありがとう』と手紙を添えておいた。

全て終わらせてから、顔に出ないよう気をつけながら部屋を出た。

華怜が着替えをするために部屋へと戻ったほんの数秒後、バタバタッと慌ただしい音が聞こえてきたと思えば、ちょうど玄関のドアノブに手をかけていたところを勢いよく頭突きされた。

「公生さんっ！」

「うわっ、どうしたの？」

振り向くと、華怜は青いロングスカートと白のカットソーを大事そうに抱え、喜びの表情を浮かべていた。

「本当に、本当に嬉しいですっ……！」

「僕も、昨日はありがとね」

「ありがとうございますっ……！」

感極まったのか、華怜の瞳から落ちた涙を指先で拭いてあげる。こんなに喜んでくれるとは予想していなかったから、サプライズで用意したのは正解だった。

彼女が着替えをしている間、僕は覗いたりしないように家の外へ出た。

手すりに腕をのせて空を見上げていると、隣の部屋のドアが開く音が聞こえた。そちらへ顔を向けると、パジャマ姿で髪の毛が横にはねている先輩と目が合う。

「あぁ、おはよ。小鳥遊くん」

「おはようございます。先輩」

先輩は僕の隣へやってきて、同じく手すりに腕をのせた。それから、からかうように目を細めてきて、

「昨晩はお楽しみだったみたいだね」

「き、聞こえてたんですか⁉　というか、やましいことはやってません！」

「ハハッ、面白いね、君は。冗談だよ。話し声はかすかに聞こえるけど、何をやってるのかは聞こえなかったから」

「いかがわしいことをやってたみたいな言いかたはやめてください……というか、聞こえてたんですね。すみません」

「いいんだいいんだ、気にしなくて。若いっていうのはいいことだからね」

若いとは言うけれど、先輩は僕と二つしか年が離れていない。先輩だって十分若いじゃないか。

「それに妹さんなんだろう？　君が不誠実なことを働かないって、わかってるよ」

そういえば、妹だと嘘をついたんだった。今になって嘘をついたことへの罪悪感が湧き上がってくる。仕方がなかったとはいえ、嘘をつくのは悪いことだ。

だけど訂正をすれば華怜の事情を話さなければいけなくなるし、もしかすると先輩が警察に通報して、華怜と一緒にいられなくなってしまうかもしれない。それは嫌だから、嘘は貫き通すことにした。

それから先輩は「そういえばさ」と前置きをした。

「アレは順調？」

アレと言葉にしただけで、先輩の指していることが理解できた。理解できたから言葉に詰まって、いきなり速まり始めた心臓の拍動をおさえることに必死になった。

黙っていると、先輩は口元に優し気な笑みを浮かべた。

「その様子だと行き詰まってるのかな？　まあ頑張りなよ。学生時代に努力をするというのは、それだけで将来大きな財産になるんだから」

「ありがとうございます……」

〝努力をするというのは、それだけで財産になる〟。先輩の言葉が、今の僕には痛く胸に突き刺さった。

だって、僕はもう……。

「公生さん」

突然後ろから服の袖をつままれて、振り向いてみると背後に華怜が立っていた。

白のカットソーに、青色のロングスカートを身につけた華怜。その姿は僕が想像していたより遥かに綺麗で。一瞬にして、しばしの間、視線が釘づけになった。

だけどすぐに、またこの女の子を不安にさせてしまっていることに気づいた。

「どうしたんですか……？」

「……ううん、何でもない。ちょっと先輩と話してて」

華怜が隣にいる先輩に目を向けると、先輩は華怜に優しく笑いかけてくれた。だけど当の本人は、僕の陰へと隠れてしまう。案外人見知りなのかもしれない。

「すみません。妹は昔から人見知りなところがあるんです」

そしてまた、僕は嘘を塗り重ねた。

「へぇ、そうなんだ。昔から、ね」

意味深な表情を浮かべているように見えたが、先輩は納得してくれた。気分を害した風には見えなかったのが幸いだ。

だけど華怜は僕の後ろから出てこない。

「君の妹はとても可愛いね。その服も、よく似合ってるよ」

「ありがとうございます」

代わりにお礼を言うと、華怜は袖を強く握ってきた。

「まるで、湖の水面の白鳥のようだね。うん、すごく似合ってる」

詩的な表現で褒めてくれた先輩は「それじゃあね」と言い残し、自分の部屋のドアノブに手をかけた。だけど何かを思い出したように振り返り、

「そういえば、近々君の好きな作家のサイン会があるらしいね」

「駅前の本屋ですよね。もちろん行く予定です」

返事を聞いて満足したのか、先輩はにこりと微笑んで部屋の中へ戻った。

それから、掴まれていた袖をぐいっと引っ張られる。

「どうしたの?」

「……どういう関係ですか？」

たぶん先輩のことを言っているのだろう。

「ただの先輩と後輩だよ」

「それにしては、仲がよさげでした……」

「部屋が隣同士だからね」

「本当に、それだけですか……？」

それだけ、ではない。これは嘘をついていることになるのだろうか。

すぐに返事をできなかった時点で、少なくとも何かを隠していると思われただろう。

素直に話した方が、いいかもしれない。

「とりあえず、中に入ろうか」

「はい……」

華怜は、ようやく服の袖から手を離してくれた。だけど部屋には戻らず、僕から一歩距離を取った。そのまま、じっとこちらを見つめてくる。

あぁ、そうか。服を着た姿を見せたくて、僕を探しに外へ出てきたんだ。華怜は今、たぶん僕の言葉を待っている。

だから、素直な感想を伝えてあげた。

「綺麗だよ」

「それだけですか……?」

「とっても華怜に似合ってる。似合いすぎてて、上手く言葉にできないんだ」

今の気持ちを言葉にすると、それはとてもチンケなものになってしまう。少なくとも僕の語彙力じゃ、きっとふさわしい表現を選ぶことができない。

だけど華怜は満足してくれたのか、ようやく張り詰めていた頬をゆるめて「ありがとうございます」とお礼を言った。その年相応の笑顔に、押さえていた気持ちの高鳴りを感じてしまって。

今まで意識しないように、気づかないようにはしていたけど。

僕は、華怜のことが好きなんだと自覚してしまった。

# 第二章

# 君のために

先輩との出会いは大学一年の四月まで遡る。これは、僕が地元からこちらへ引っ越してきて、業者が部屋まで運んでくれた荷物をほどいていた時の話だ。

初めての引っ越しで、僕は荷ほどきと部屋の整理に悪戦苦闘《あくせんくとう》していた。もう疲れた、ダメだ、明日やろう。そう思い始めていた時に、当時大学二年の七瀬先輩が、突然僕の部屋に現れた。

部屋の惨状を見た先輩は、まずは綺麗な顔に笑みを浮かべた。そして自己紹介も何もしていないのに、『手伝ってあげるよ、少年』と言ったのだ。女性に手伝わせるのはさすがにと思ったけれど、先輩は有無を言わせぬスピードで部屋に上がり込んできて、ダンボールの中のもの――ほとんどは本だったけれど――を取り出して整理し、組み立てたばかりの棚に入れてくれた。

変な人だけど、優しい人だ。

僕は、素直に先輩の好意に甘えることにした。一日じゃ無理だと思っていた荷ほどきは、先輩の活躍により見事その日中に終わった。

だけどお礼のお茶を入れている時、偶然にも先輩はとある紙の束を見つけてしまったのだ。

……いや、あれは偶然とは言えない。そもそも先輩は棚の奥を何度か興味深げに物色していた。たぶん、エロ本でもないかと漁っていたんだろう。

しかし、僕にとって、それはエロ本よりもまずいものだった。

『へぇー、いい趣味してるじゃん。なになに〜』

『やめてください！　それは見ないでください！』

取り上げようと腕を伸ばしても何度もかわされる。謎の女性は、僕の隠していたそれを中々返してはくれなかった。

＊　＊　＊

僕がいれたお茶をすすりながら、先輩との昔話を華怜は真剣に聞き入っていた。だけど先の話をするのが気恥ずかしくて、次の言葉を話せずにいる。そうやっていつまでも言い淀んでいると、彼女は興味があるといった風に身を乗り出してきた。

「その中身って、何だったんですか？」

「……やっぱり、話さないとダメかな？」

煮え切らない返事をすると、華怜は寂しげな表情を浮かべてしまう。やっぱり、素直に話すべきなんだろう。僕は羞恥心《しゅうちしん》を無理やり引っ込めた。

「ちょっと待ってて」

あの紙の束はもう捨ててしまったが、実物を見せた方がわかりやすいと思い、僕はノートパソコンを起動させた。

その中の奥深くにあるテキストファイルを開き、画面上へ広げる。そこには膨大な量の文章がつらなっていて。華怜は隣で目を丸くさせていた。

「もしかして、小説ですか？」

顔が、焼けたように熱くなる。

「ごめん、やっぱり恥ずかしい……」

「閉じないでください」

ファイルを閉じようとしていた僕の手を止める華怜。その純粋な興味に気圧されて、閉じようとしていたファイルをそのままにした。自分の書いたものを見られるというのは、とても恥ずかしい行為なのに。ましてやそれが自分のいる前で、というのならなおさらだ。さらにその相手が、さっき好意を自覚してしまった人であれば、恥ずかしさは何倍にも膨れ上がる。小説を読むということは、その人の心の内側を覗いていることと同じだと、僕は思う。

それにしても……重ねられた手。そして彼女の甘い柑橘系の匂いも相まって、どうにかなってしまいそうだった。

「これ、面白いです」

「ごめんなさい！」

「……？　どうして謝るんですか？」

華怜は疑問に満ちた瞳をこちらに向け、ようやく手を離してくれた。

そして先ほど華怜が口にした言葉を、僕は頭の中で上手く咀嚼《そしゃく》できなかった。

「あの、何て……？　ごめん、もう一回言ってくれる？」

すると華怜は笑顔になって、

「この小説、面白いですよ。恥ずかしがることなんて、一つもないです」

それでも僕は理解ができなくて、その言葉を頭の中で三回ぐらい繰り返し、ようやく意味を理解する。

「面白いって、この小説が……？」

「そうです。面白いです！」

僕は、何というか、嬉しくて、嬉しくて。

きっと、この時、この瞬間のために、ずっとこれを書いていたんだと思えるぐらいに、心の中が温かいものに包まれて、満たされていた。ずっと誰にも言えず、誰かに見せるということをしてこなかった。

怖かったんだ。

面白くないと言われるのが、怖かった。

それなのに一番好きな相手に〝面白い〟と言われて、平然としていられるわけがない。ずっとこのまま、夢半ばに挫折すると思っていた。それが今、ようやく報われた気がした……。

「公生さん？」

華怜は不安げに僕のことを見つめてくる。いつもよりずっと近くにいて、あぁ、またこの子を不安にさせてしまったと思った。だけどそれは違った。今度は、柔らかく微笑んでくれた。

「泣くほど嬉しかったんですか？」

「な、泣いてなんか……！」

「とか言って、体はずっと正直ですよ」

くそっ、不便な体だ。好きな人に泣き顔を見られるなんて、これから一生、思い出した時に顔が赤くなりそうだ。

「小説家、目指さないんですか？」

優しく問いかけられて、心の中で凍っていたものが、ゆっくり氷解していくのがわかった。だけど一度諦めてしまった夢を、再び追いかけることができるか不安だった。また、中途半端になってしまうんじゃないか。それを考えると、重い腰が持ち上がらない。

華怜はそんな僕に、また優しい声で語りかけてくれた。

「私、公生さんの小説、もっと読みたいです」

「でも……」

「私のために、小説を書いてくれませんか？」

そのどこまでも温かな言葉は、どうしようもないくらい僕の胸の内側に強く響いた。

誰にも見せてこなかった自分の小説を、大好きな女の子のために書き続ける。華怜のためならば、もう一度だけ頑張れるような気がした。

「公生さんなら、きっと大丈夫です」

他でもない華怜がそう言ってくれる。それが、ただただ嬉しかった。

「……頑張るよ」

「一緒に、頑張りましょう」

〝一緒に〟。

その言葉は僕の心の中心に違和感なく座り込んで、内側から温かく包み込んでくれた。

「どんな物語も、隅っこで埃《ほこり》をかぶってるのはかわいそうです。一緒にお外へ出してあげましょうね」

「うん……」

僕はまた、大切な女の子のそばで涙を流した。

＊＊＊

『やめてください！　それは見ないでください！』

取り上げようと腕を伸ばしても何度もかわされる。謎の女性は隠していたそれを中々返してくれず、この人を部屋にあげたことを後悔し始めた。

それは、黒歴史みたいなものだから。

いくら引っ越しを手伝ってくれたからといって、そんな簡単に見せられるものじゃなかった。

しかし伸ばした手は何度もひらりとかわされる。やがて僕は気力を失い、彼女からそれを取り返すのを諦めた。どうせ、もう数ページは見られているから、全部見られても同じだとも思ったから。

彼女はたっぷり時間をかけてそれを読み終え、ようやく僕に返してくれた。きっと、面白くなかったと素直な感想をぶつけられるのだろう。まだ言われてもいないのに、なぜだか無性に泣きたくなってきた。

やっぱり、小説家を目指すのはやめよう。これから先に同じことがあったとしたら、同じように傷ついて、ただ結局後悔するだけだろうから。

しかし彼女は顎《あご》に手を当て、考えるそぶりを見せた。その表情から、冷やかすような雰囲気は見てとれない。彼女は、どこまでも真剣だった。

『君のそれ、〝～だった〟で終わる文章が多いね。もちろんそういう演出もあるけど、あまりに繰り返すと、さすがにテンポが悪くなるよ。もう少し工夫した方がいいと思う』

諦めようとしていたから、そんなアドバイスが飛んできたことに驚きつつ、僕は次の言葉に耳を傾けた。

『とはいっても、ストーリーは面白そうだね。主人公が病を背負った女の子と出会って、やがて打ち解けていく。結末は何となく予想できたけど、それがわからないように伏線を張ったりすれば、もっとよくなるんじゃないかな。一見関係のないことが伏線だったり、細かなミスリードをつけたりすると遊びが出ると思うよ』

僕は気づけばメモ帳を取り出し、今のアドバイスを書き留めていた。

彼女はダメな部分、よい部分、そもそもキャラクターの性格に気を使った方がいいなど、色々なことを教えてくれた。説明をしてくれるなかで、実際の小説を例に挙げてくれもした。本当によくわからない人だ。こんなに真剣に読んでくれていたなんて、思ってなかった。

『とまあ、こんな感じかなぁ』

一通り説明が終わったのか、大きく伸びをした。いつの間にかメモ用紙を四枚も使っていて、僕もそんなに集中していたんだと驚く。

『あの、ありがとうございます！』

『いいよいいよ、これもお手伝いの延長だから』

世話好きな、いい人なんだなと素直に感じた。

それから彼女は、綺麗に片づいた本棚の右上あたりを指差す。

『その作家、〝名瀬雪菜《なせゆきな》〟も最初はダメダメだったみたいだけどね』

『えっ、そうなんですか？』

僕は彼女の言葉に純粋な疑問を覚え、思わず訊き返した。

『そうだよ。何年も新人賞に送り続けたのに一次選考すら通らないこともあったし、小説を書くことを諦めかけてた時期もあったんだ。努力が結果に結びつくまでに、長い時間がかかっていたよ』

その話は初耳だった。名瀬雪菜のことは結構知っていると、自分でも自負していたのに。思い返してみてもインタビューでそんな情報を話していた記憶が僕にはなかった。ネットにも、そんな話は記載されていなかった気がする。

『とはいっても、彼女は最近不調で人気が落ちてるんだ』

どうして彼女がそこまで小説に詳しいのか。どうして名瀬雪菜に詳しいのか。そんな疑問が浮かんでいたけど、それも僕の中ではすぐに弾けた。

それは違うと思ったからだ。

『名瀬雪菜さんの小説は、今でも面白いです。たしかに全盛期と比べると劣るかもしれませんけど、表現力や構成力は全然衰《おとろ》えてません』

それは僕が純粋に感じていたことだ。だけど思わず本音をぶつけてしまったのが恥ずかしくて。初対面の人にこんな力説をしてしまえば、絶対に引かれてしまう。こいつ、どんだけ名瀬先生のことが好きなんだよ、と思われたはずだ。

だからその後の彼女の表情は予想外で。僕は疑問に思うことが増えてしまった。

彼女は驚いた表情を浮かべていて。だけど次の瞬間には、自分のことのように嬉しそうに微笑んでいた。

『君は名瀬雪菜のことが大好きなんだね』

『はい……』

『そっか……きっと本人がそれを知ったら、とっても喜ぶんじゃないかな』

そんなことは、ない。僕はただの一読者にすぎなくて、そんな人はこの広い世界にはいくらでもいるから。僕より名瀬雪菜のことを好きな人なんて、それこそたくさんいるだろう。だから、これは一読者の戯言《たわごと》にすぎないのだ。

それから短い世間話をして。しばらく経った後、彼女は部屋を出ていった。そういえばお互いに自己紹介をしていなかったなと気づいたのは、夕食に蕎麦を食べていた時。僕は、誰かもわからない人を部屋にあげていたのだ。

それが僕と先輩との出会い。

彼女を七瀬奈雪であると認識したのは、大学の入学式の日だった。キャンパスを一人で歩いていると、突然女性に話しかけられた。

『やあ少年。また会ったね』

話しかけてくれた先輩は、気さくな笑顔を見せてくれた。その後に先輩が隣の部屋に住んでいるということを知って、また驚いた。先輩の話によると、必要最低限の科目しか取らないから部屋にいることが多いそうで、だから僕はあれから一度もすれ違わなかったのだ。

先輩からは、その後もたまに小説に関してアドバイスをもらったり、支えてもらったりしていたが、それはちょっと前までの話だ。僕はだんだんと小説を書かなくなって、先輩からアドバイスをもらうことはなくなっていた。だから今では、ただの隣人にすぎない。

僕がそうやって悩んでいた間、名瀬雪菜は新作の小説を出版してから二年間、一冊も本を出さなかった。引退したのではないかと巷《ちまた》で噂《うわさ》になり気が気ではなかったけれど、今年になってようやく一冊の本を出して、それは前作よりも多く売れた。そしてどんな心境の変化なのかはわからないけど、今度駅前の本屋でサイン会が開かれるらしい。

今まで彼女は顔出しすらしてこなかったから、僕はそれを聞いてもちろん喜んだ。だってこんな地方の街でサイン会をするということは、おそらく名瀬雪菜はこの街に住んでいる確率が高いから。大好きな作家が、僕の近くにいる。そんな些細《ささい》なことが、僕は嬉しかった。

それに一度だけ会って、話しておきたかった。

それはどうしようもなく一方的なものだけど、心の底から伝えたかったんだ。

今まで夢も目標もなく生きてきた僕に、初めて小説家になるという夢ができた。挫折して折れそうになったこともあったけど、今では大切な人が支えてくれて、また夢を追いかけられている。そんな夢を与えてくれた人に、一言だけお礼を言いたかった。

ありがとう、と。

ただ一言だけ、そうお礼が言いたかったんだ。

# 第三章

# 君に思いを伝えて

その日はお昼を食べた後、すぐに大学へ行く支度をした。今日は午前中の講義が一つもなく、午後だけの講義だった。

本当は行きたくなかったけど、その理由は家に華怜がいるからというもので。そんな不純な理由で休んでしまえばサボり癖《くせ》がつきそうだから、これぱかりはしっかりしておこうと気を引き締めた。

支度が終わってから華怜に留守番を頼んだけど、彼女は首を縦には振らなかった。ただ一言「私も行きます」なんてことを言うから、どうしたものかと頭を抱えた。

「大学ってどういう場所か知ってる？」

「勉強をする場所ですよね」

「そんなところに行っても楽しくないよ？」

「楽しいです」

「……でも、たぶん華怜はまだ高校生でしょ？」

「……バレなきゃ大丈夫です」

こんな風に、折れてくれないのだ。

このままだと講義が始まってしまうし、目玉焼きの固さで揉めた時のように、言い合いになってしまうかもしれない。だから仕方なく華怜を大学へ連れていくことにした。幸い今日は大講義室で行われる講義だから、隅っこにいればバレることはないだろう。もしバレたりしても、一緒に逃げ出せばいいかぐらいに考えた。

ダメだと言ったけど、華怜と二人で出かけるのはそれだけで心が大きくときめく。

「二人でお出かけなんて、まるでデートみたいですね」

華怜が、屈託のない笑みで言ったから。僕はびっくりして、唾液が気管の変な場所へ入って、思わず「げほっ！　げほっ！」とむせてしまった。

「だ、大丈夫ですか!?」

背中を優しくさすってくれたから「ごめん、ありがと……」とお礼を言った。

僕は今、とても幸せだった。

それから華怜は言葉を付け加える。

「女の子とこうやって一緒にお出かけしておくと、きっと小説を書く時に役立ちますよ。私、公生さんの執筆のお役に立てるように、精一杯頑張りますね！」

それを聞いた僕は、ちょっとだけ、本当にちょっとだけ心が沈んだ。きっと華怜は、僕と一緒に出かけたかったのではなく、僕のために一緒に行くと言ったのだ。僕が小説を書いていなければ、素直に留守番をしたのかも。

僕という人間は卑屈《ひくつ》な部分があるから、そういうことを一度でも考えてしまうと、どんどんと悪い方へ考えてしまう。

「どうしたんですか？」

いつの間にか、華怜が僕の顔を下から覗き込んでいた。無理に微笑むと、彼女も小さく笑みを浮かべてくれる。

「楽しみですね。プレゼントしてくれたお洋服を着て、公生さんと一緒にお出かけしてみたかったんです」

その純粋な笑顔を見て、卑屈な心は少しだけ和らいだ気がした。


大学まではバスで向かわなければいけない。二人でバスに乗って、ちょうど空いた後ろの席に腰を下ろすと、華怜は窓の向こうへ視線を向けた。何の変哲もない住宅地だけど、移り変わる景色を眺めているのが楽しいのだろう。

住宅地から店の多い繁華街へ、繁華街を過ぎれば城下町、城下町をしばらく過ぎればまた繁華街、そこをしばらく進めば車の数と高層ビルが増えてくる。

この辺りは、この県の中で一番発展しているところだ。僕は都心部より田舎の風景の方が好きだから、こうした風景に少しだけ息が詰まる。最近、大学に行くのに憂鬱《ゆううつ》を感じていたのも、その立地が原因の一つだったのかもしれない。

「この辺は、あんまり好きじゃないです」

もう華怜は外を見ていなかった。数分前までは、とても楽しそうに眺めていたのに。

「駅前は緑が少ないからね。僕も息が詰まるよ」

「便利だからって、何でもかんでも作り変えるのは間違ってます。でも、そのままっていうわけにもいかないんですよね」

華怜の寂し気な表情を見たくなかったから、どうすれば彼女が笑顔になってくれるのかを考えて、すぐにいい案を思いついた。

「今度、遠出しようよ。なるべく緑の多いところに」

「それいいですね！　サンドイッチを持っていきましょう」

「なるべく晴れてる日の方がいいよね」

「レジャーシートを持っていった方がいいかもしれません」

「お菓子はやっぱりポテトチップスだよね」

「のり塩です」

「僕も、のり塩」

くすりと、お互いに笑い合った。

「これが恋愛小説だったら、女の子が男の子の肩に寄りかかるんですかね」

「どうかな。ありきたりすぎると思うけど」

「でも、いい小説を書くために、経験しておいた方がいいと思います」

僕が返答する前に華怜は左肩へ寄りかかってきた。頭もちょこんとのせてきて、同じシャンプーを使っているはずなのに、普段かがないようないい匂いが鼻先に香った。

頭の中で想像していた現実は、きっと僕の予想を遥かに上回っていた。寄りかかりながら「どうですか?」と問いかけてくる彼女に、僕は言葉が詰まってしまって。「なんか、すごい……」としか言えなかった。その小学生みたいな感想に、やはり彼女は「えへへ」と笑ってくれた。

だけどこれは、あくまで小説を書くための経験値稼ぎとして華怜が提案してくれたものだから。あまり、浮かれすぎるのはよくない。浮かれて、暴走してしまいそうになる気持ちをぐっと抑える。

しばらくじっとしていると、隣から可愛らしい寝息が聞こえてきて緊張は和らいだ。起こしてしまうのは悪いと思い、目的地に着くまで寝かせておくことにした。

大学の最寄り駅に着いてから隣で眠っている華怜を起こし、しばらく西の方へ歩くと学校に到着した。

「大きいですねー」

「市内で一番大きい大学だからね」

「今さらなんですけど、私が入っても大丈夫ですかね?」

「静かにおしとやかにしてれば、大学生に見えなくもないよ。私服も着てるし、目立ったりはしないと思う」

それを聞いて安心したのか、華怜は僕との歩幅を合わせてくる。

そして、なぜか急に右手を握ってきた。

「あの……これは？」

「デートは手を繋ぐものですよね？」

「それは恋人同士のデートじゃないの？」

「経験ですよ。経験」

バスでの出来事があったから免疫が少しついたけど、やっぱりこういうのは気恥ずかしい。そもそも大学構内で手を繋いでるカップルなんて、ほとんど見たことがない。なんとなく、すれ違う学生たちが一瞬僕らのことを見ている気がして。だけど華怜は気づかないのか気にしていないのか、手を繋いだまま放そうとしない。

これは華怜が迷子にならないようにするための配慮だと自分に言い聞かせ、今日講義の行われる大講義室へと向かった。

景観がいいようにと、この大学は中庭などにポツポツと木が植えられている。地面は石畳で、緑を増やすため所々に芝生が点在している。表面上はとても穏やかな気分になれる人工的な場所だ。

キャンパス内は北地区・中地区・南地区にわかれている。今回講義を受けに行かなければいけない場所は、北地区の大講義室だ。北地区には食堂や図書館もあるから、時間を潰すのによく使っている。そういえば七瀬先輩も、講義があった去年までは図書館を頻繁に使用していた。

　レンガ造りの校舎に入ると、中はひんやりとしていて心地いい。エレベーターに乗って三階へ上がり、しばらく廊下を歩いてから大講義室の前に着いた。ドアを開けると、段差を作りながら机と椅子が扇状に並んでいる。目の前には大きなスクリーンがあり、講義室の中にはもう何人かの学生が座っていた。

　僕らは講義室の右端の席へ腰を下ろす。

　すると華怜が突然深刻そうな表情を浮かべ、

「大変です、公生さん」

「どうしたの？」

「私、教科書もノートも鉛筆も持ってません……」

「……華怜は大学生じゃないから、ノートを取らなくてなくてもいいよ」

「先生に怒られませんか？」

「ほら、人がいっぱいいるでしょ？　教授もいちいち気を配ってられないから」

「でも万が一ということも……」

　華怜は記憶を失う前は真面目な優等生だったのかもしれない。そんなことを想像しながら、必要ないと思ったけどルーズリーフとシャーペンを貸してあげた。

それでようやく安心したのか、深刻な表情はなくなってくれた。

「楽しみですね、授業」

「楽しいものじゃないよ」

「それならお話ししてましょう」

「講義は聴いとかないと。学期末にテストがあるから」

「なんか、大学ってめんどくさいんですね」

唇を尖《とが》らせている華怜に、思わず苦笑いがもれた。

しばらくコソコソ話していると、前方のドアから白髪交じりの初老の教授が入ってきた。学生はみんな、最初だけスマホを触るのをやめておしゃべりも中断する。だけど講義が始まって十分ほど経てば、隠れながらスマホを触ったり居眠りを始める。私的な会話をして講義の邪魔をする人がいないだけ、まだマシなのかもしれない。

僕はといえば、スライドを見てルーズリーフに講義内容を書き取っていた。あくまでついてきただけなのに、華怜も必死に内容を書き込んでいる。心理学なんてわかるのだろうか。

と思っていたら、しばらくした後に、うつらうつらと船を漕ぎ始めて。握っていたシャーペンが行き場をなくして机の上に落下した。カシャンという音がしたけど、華怜はまだウトウトしている。横でその姿を見守っていると、何だか面白かった。

しかし、ハプニングは突然起こる。

「……じゃあ、そこの右端の君。答えなさい」

教授が、いきなりこちらを指差してきた。こちら、というよりウトウトしている華怜を、だ。

華怜は当てられても起きず、代わりに僕が答えようと立ち上がろうとしたら、教授が首を横に振った。横の寝ている子に答えさせなさいということらしい。

すっかり忘れていたが、この教授はスマホや読書は黙認するけれど、居眠りに関しては厳しいのだ。こんな風に意地悪をしてくる。

僕は仕方なく、華怜の肩を揺すった。

「……ふぇ？」

「当てられたから、とりあえず立って」

そっと耳打ちすると、華怜も予想外の出来事に驚いたのか弾かれたように立ち上がった。その音が室内に反響して、何人かの学生が一斉にこちらを見つめてくる。講義室内は少しざわめき始めた。僕らは揃って赤面する。

「あ、あの……えっと……」と、華怜はしどろもどろに言葉を発する。

そんな様子を見かねて、教授はもう一度問いを繰り返す。

「条件反射を発見したイワン・パブロフによる実験の名前を答えなさい」

もちろん質問内容を聞いてもわかるはずがなく、首をかしげてオロオロし始める。

僕は少し面白くなって黙っていたけど、さすがにかわいそうだから答えを紙に書いて彼女の見える位置へと滑らせた。

『パブロフの犬』

それを確認した華怜は、パッと笑顔になった。

「パブロフのワンちゃんです！」

僕は隣で思わず噴き出す。こちらを見ていた学生もくすくすと笑って、教授は呆れてひたいに手を当てていた。「もう席に座っていいよ」と言われ、華怜は赤い顔のまま腰を落とした。

退屈だった大学の講義で、僕は初めて笑ったような気がした。


先ほどの一件で教授に呼び止められるとまずいから、講義が終わると僕らは足早に廊下へ出た。それに、華怜のことを話題に挙げている学生が何人かいた。

『あの可愛い子誰？』『全然見たことない』『もしかして高校生？』

などと話していて、あのままじっと座っていると興味を持った人が話しかけてきそうな様子だった。

二人でそそくさと校舎の外へ出て、近くにあった噴水の脇へ腰掛けると、華怜は大きなため息をついて肩を落とした。

「まさか、当てられるとは思いませんでした……」

「不運だったね」

「でも、あれから真面目に授業を聞いていたら、いつの間にか楽しくなってました」

僕も、いつ当てられてもいいように華怜が必死にノートを取っている姿を見ていて楽しかった。講義に出て楽しいと思ったのは、初めてのことだった。

ふと、華怜は向こうで楽しそうに会話をしている学生を、どこか遠くを見つめるような目で見ていた。友達が恋しくなったのだろうか。それは、どうやら違ったらしい。

「公生さんは、お友達と話したりしないんですか？」

「大学に友達はいないんだよ。高校の頃はいたけど、みんな疎遠になっちゃって」

「新しく作ったりはしなかったんですか？」

「積極的に話しかけられなくてね。気づいたら輪ができてて……今さら友達を作るのも難しいし」

華怜はきっと、ここに自分がいない景色を思い浮かべたんだろう。噴水の前で、一人で座る僕の姿。それは今までの僕の日常だった。

「ちょっとそれは、寂しいですね」

「寂しいね」

「でも、今は私がいますから」

元気づけるように、華怜は優しく手を握ってくれた。僕はそこまで落ち込んだ表情を浮かべていたのだろうか。

考えていると、華怜はしたり顔でニコリと笑った。

「今の、恋人っぽかったですよね。ドキッとしましたか？」

「唐突すぎてビックリしたかな。でも、嬉しかった」

「こういう経験も、小説を書くためにたくさんしないとですよね」

きっと、華怜は悪気なく言ったのだろう。でも僕の心の中は少しだけ、灰色に染まってしまった。善意でやってくれているんだろうけど、僕は華怜のことが好きだから。その気持ちを弄ばれているように感じてしまったのだ。もちろん彼女はそんなことを微塵《みじん》も考えていないだろうし、ただの被害妄想なんだろうけど。

たぶん僕は思いつめたような、怖い顔をしているんだろう。本当はそんな顔、するはずじゃなかったのに。いつの間にか、華怜はそんな僕の顔を覗き込んでしまっていた。みるみるうちに、彼女の笑顔は曇っていく。

「ご、ごめんなさい。何か気に障《さわ》りましたか？」

「……ううん、別に何も。それより喉渇かない？　近くに自販機があるから買ってくるよ」

「あっ……」

返事を聞く前に立ち上がり、華怜を置いて校舎の中へと入った。事務室の前を通り過ぎ、突き当たりを右に曲がったところにある食堂に自販機がある。そこで二人分のお茶を買うと、ようやく少しだけ頭が冷えた。

華怜に悪気はない。僕が割り切って接すれば、何もおかしなことなんて起きたりしない。彼女は笑ってくれて、さっきみたいに笑顔を曇らせることもない。

僕にそれができるかと考えて、無理だろうなとわかった。寄り添われて、手を繋がれて、励まされて。たったそれだけのことで心を揺り動かされているんだから、割り切って接するなんて無理だ。

もう一度スマホでニュースを検索したが、華怜のことは取り沙汰されていなかった。わずか二日目だけど、華怜とこのまま暮らすことの難しさを知ってしまった。彼女と一緒にいたい。この気持ちを伝えたい。なんて、思っていたけど。

僕はその後のことまで考えていなかった。もし失敗でもすれば、それこそ一緒にはいられなくなる。それなら何かが起きる前に、華怜と一緒にいることを諦めなきゃいけない。だけど出ていけなんて言えるはずもないし、彼女が行くアテも場所もない。

そもそも人助けとして部屋を提供したのだから、最初から付かず離れずの距離を保って、料理を手伝ったりしないで、プライベートな会話は避けて、あくまで不干渉を決め込むべきだった。

好きになるべきじゃなかった。

そんなことを考えても、もう遅い。僕はこれからのことを考えなきゃいけない。できるなら今この場所で、華怜のところへ戻る前に。

だけど短時間で決められるわけがないし、華怜への思いを封じることもできない。僕は本当に華怜のことが好きで、これからもずっと一緒にいたいと思ってしまっている。

まとまらない思考は歪《いびつ》に絡み合って、正体不明の感情を形成していく。

そろそろ戻らないと心配させてしまうと考えた僕は、二人ぶんのお茶を持って華怜のところへ向かった。願わくば、戻るまでに考えがまとまってくれればと思ったけれど、そう都合よくはいかない。

校舎を出て、噴水前を見ると、華怜が男子学生三人に囲まれていた。

僕はそれを認識すると、全ての思考を放り出して走り出していた。輪の中へ割って入ると、そこには涙目の華怜が怯えた表情で座っていた。そして僕を見つけると、あの時のように抱きついてくる。僕はしっかりと抱きとめた後、囲んでいた三人を見渡して、言った。

「ぼ、僕の彼女ですから。か、勝手に話しかけたりしないでください」

何度も噛んでしまったけど、仕方ない。本当に締まらないなと思った。

だけどツレがいるとわかった三人はこれ見よがしに舌打ちをして、口々に「なんだよ、彼氏持ちかよ……」などという悪態をつきながら去っていった。

とりあえず危機が去ったことに安堵して、僕は華怜の頭を撫でた。

「怖かったです……」

「ごめん」

「本当に、怖かったんです……」

「本当にごめん……」

「突然離れたり、しないでください……」

難しいことなんて、考えなくてもよかった。華怜のことがどれだけ好きでも、些細なことで心を動かされても、守ってあげたいって心さえあればそれでよかったんだ。

そばにいられるなら、関係性にこだわる必要はない。華怜を〝恋人〟という言葉で縛る必要なんてない。ただ彼女により添っていられるなら、僕はそれでいいんだから。

「そばにいるから」

彼女のことを強く抱きしめた。

周りの人に、どう思われているんだろうと考えたけど、どう思われていても、今は別によかった。

華怜が落ち着いた頃にはもう、講義の開始時間はとうに過ぎていた。今行っても遅刻だからそのまま帰ろうかとも思ったけど、華怜が「遅刻でも行きましょう」と言ったから、また二人で大講義室へと向かった。こういうところは、妙に真面目だ。

ドアをこっそり開けて、中を見渡す。なぜか、学生も教授もいなかった。教室を間違えたかなと思い、一階の掲示板を見に行った。

幸いにも、今日の講義は佐々木《ささき》教授の一身上の都合で休講になったらしい。時間変更のメールが回っていたみたいだけど、すっかり確認を忘れていた。

華怜が「うっかり屋さんですね」とからかってくる。

それじゃあ帰ろうか。言いかけたところで、僕らの目の前を女学生ふたりが横切った。不思議と意識がそちらに向いてしまったのは、たぶんふたりが佐々木教授の話をしていたからで。

その会話が、やけに生々しくハッキリと僕の耳に届いた。

「佐々木教授の娘さん、例の飛行機事故で亡くなったんだってさ……」

気づいた時には、華怜の顔からも表情が消えていた。

アパートへ戻っても、華怜の気分が晴れることはなかった。大学を出てからずっと思いつめたような表情をしていて。何を話しかけても、どこか上の空だ。おそらく飛行機事故で亡くなった佐々木教授の娘さんのことを気にしているのだろう。あとから小耳に挟んだ話だが、教授は葬式関係の都合で地元へ帰っているらしい。

今まで飛行機事故なんて、どこか遠い世界で起きた出来事のように感じていた。だけど、違った。今日街ですれ違った人の中にも、飛行機事故で家族を失った人がいるのかもしれない。そう考えてしまうと、地に足がついていないような錯覚を覚えてしまう。

きっと、不幸な出来事は誰の身にも等しく起こりうることで。それこそ、墜落する飛行機に僕が乗り合わせてしまう可能性だってある。

当たり前のように訪《おとず》れると思っていた自分たちの明日が何も保証されていないことを、僕はこの歳になって初めて理解した。僕たちはずっと、不安定な場所で生きているのかもしれない。

華怜は座布団の上に座って、何も言わずにテレビをつけた。ちょうど飛行機事故のあらましが放送されていて、彼女はそれを食い入るように見つめた。

「こういうの、やっぱり知っておかなきゃダメだと思うんです」

華怜が言うなら、僕も見ないわけにはいかない。隣に座って、ニュースを見た。

ずっと昔に起きた飛行機事故では生存者がいたみたいだけど、今回の飛行機事故は乗客乗員が全員死亡したらしい。落ちた時の衝撃で亡くなった人が大半だったみたいだが、直後の爆発が決定的だったようだ。乗っていた人はみんな、あの時あの瞬間で死ぬなんて夢にも思っていなかっただろう。

テレビを消すと、華怜は寂しそうに自分の膝を両手で抱きしめた。

「私たちは、いつ死ぬかわからないんですよね……」

たった今この瞬間に、原因不明の心臓発作で倒れるかもしれないし、歩道を歩いているのに自動車に撥《は》ねられるかもしれない。通り魔に刺されるかもしれないし、はたまた病気にかかって死ぬかもしれない。

そんな可能性を一つ一つ考えてしまうのが、僕はとても怖かった。それはきっと死ぬことそのものじゃなくて、華怜と離れてしまうことが。

華怜も同じことを考えていたのかもしれない。知り合ってたった二日とはいえ、記憶を失っている彼女にとって、この世で今頼れる存在はきっと僕だけ。だからこそ、昨日の残り物を温めて夜ごはんと風呂を済ませた後、布団の中で華怜が抱きついてきたのかもしれない。僕は、しっかりと抱きとめていた。

しばらくして、薄暗闇の中、僕の唇に柔らかく温かいものが当てられて、それが唇であるとすぐに理解した。夢の中にいると錯覚するぐらい、それは甘美な経験だった。

唇を離した華怜は、今度は僕の胸のあたりに顔をうずめる。

「迷惑でしたか……?」

ささやくほどかすかな声だったけれど、それはハッキリと聞こえた。

「迷惑じゃないよ。ずっと、こうなればいいなって思ってたから」

「私も、ずっとこうなればいいなって思ってました」

不安定な場所に立っていると知った僕らは、いつもの僕らより素直になれた。

「本当は寄り添った時も、手を繋いだ時も、励ました時も、すっごく恥ずかしかったんです」

「僕の方こそ、必死に抑えてた」

「ずっとそうしたいって思ってて、だけど恥ずかしいからできなくて。公生さんの夢を利用してたんです。何となく、公生さんも私に気があるのかなって、感じてましたから」

僕の夢が華怜に知られていて、本当によかったと思えた。

「私、ずるくないですか?」

「ずるくないよ。たぶん、初めて会った時から好きだった」

「もしかすると、記憶を失う前は極悪人だったかもしれませんよ」

「それでも、華怜であることは変わりないから」

たとえどんな人間だったとしても、僕は華怜を嫌いになったりしないだろう。もし仮に誤った道を走っている人だったとしても、きっと元の道へ何としてでも引きずって立ち直らせると思う。僕は華怜というたった一人の女の子を好きになったんだから。

「嬉しいです」

再び顔を上げて僕に顔を寄せてきたため、もう一度キスを受け止める。

「早すぎ、ですかね」

「時間なんて関係ないと思う」

「最初、公生さんに抱いた気持ちは、もしかするとこういった気持ちだったのかもしれません」

「一目惚《ぼ》れってこと？」

訊ねると、華怜は頷いた。

「実は僕も、最初は一目惚れだった」

「嬉しいです。でも、最初は、なんですか？　今は、違うんですか？」

訊き返されて、僕は誤魔化《ごまか》すように曖昧に微笑む。今は華怜のことを好きな明確な理由があったけど、言葉にするのが照れくさかったのだ。

それからの僕らは、お互いの気持ちを確認するように何度もキスを交わした。それはいつか大切な人がいなくなるという焦りの感情からきていたのかもしれないけれど、僕らの今の気持ちに嘘偽りはなかった。

だけどキスより先には決して進まない。なにか本能のようなものが、それはダメだと告げていた。きっと華怜も同じことを思っていたのだろう。彼女もそれ以上のものを要求してくることはなかった。

「大好きです。公生さん」

最後は僕からキスをした。

第四章

# 金箔ソフト

五月二十三日（水）

朝焼けの眩《まぶ》しさでまぶたを開くと、キッチンの方から油の弾ける心地いい音が聞こえてきた。次いでベーコンの焼ける匂いが鼻腔を通り抜ける。

居間を出ると、髪を短くまとめた華怜が料理をしていた。振り返った時に僕に気づいて、「おはようございます」と微笑んでくる。

「もうできますから、待っててくださいね」

「手伝うよ」

冷蔵庫の中から二人ぶんの卵を取り出し、ベーコンが焼けた後、入れ替わりで二人ぶんの目玉焼きを作る。

今日は華怜の好きな固め焼きだ。いつもより長めに焼いた後、皿に盛りつける。

その後、部屋で向かい合って座り、手を合わせた。華怜も僕に倣って手を合わせる。

固めの目玉焼きに塩胡椒を振って、口の中へ入れた。

「どうですか？」

華怜が探るように訊ねてくる。

「久しぶりに食べたけど、こっちも美味しいね」

気づけば、僕たちはまた二人で笑い合っていた。

「ベーコンも上手く焼けたんですよ」

自信ありげに勧めてきたから、僕はベーコンも食べてみた。

「ちょうどいい焼き加減だね」

「ですよねっ」

僕にも華怜にも、随分と心に余裕ができたんだろう。昨日までは記憶を取り戻せば一緒にいられなくなるとどこかで感じてたけど、今はそんなことは全然考えていなかった。仮に記憶が戻ったとしても、関係性が変わることはないと確信したからだ。たとえ華怜が実家に戻ることになったとしても、連絡を取り合って、高校を卒業すれば、またこんな風に二人暮らしをすればいい。そうなってしまえば、もう僕たちを阻むものなんて何もなくなる。

食事が終わって一緒に皿を洗っている時、「今日の予定は何ですか？」と華怜が訊ねてきた。

今日くらい大学は休んでいいかと思ったけど、華怜は変に真面目なところがあるから、許してはくれないだろう。

「午前中には講義があって、午後は一コマ終われば休みだよ」

だから、午後からなら遊びに行ける。

華怜はパッと笑顔を作った。

「じゃあ、午後は遊びに行きましょう」

「いいね、どこに行きたい？」

「どこに行きたいですか？」

「華怜となら、どこにでも」

歯の浮くようなセリフだったけど、笑ってくれた。なんだかこっちが恥ずかしくなる。

「じゃあ、あの大きなお城に行きませんか？」

「お城？」

「学校へ行く時に、バスの中から見えたんです」

昨日のバスからの景色を思い出し、なるほどと思い至った。もう二年はここに住んでいるからいつもの風景に溶け込んでいたけど、華怜にとってはとても珍しいものだったのだろう。城下町デートというのも悪くない。

「そこ、遊びに行こうか」

「はいっ！」

小気味いい返事を聞き、皿を洗い終えた後、僕は先に部屋を出た。女の子は支度に時間がかかると思ったからだ。

空でも眺めて時間を潰していよう。そう考えていたところで、隣の部屋のドアが開いた。ドアの隙間から、パジャマ姿で髪がボサボサなままの先輩が顔を出した。

「おはよー、小鳥遊くん」

いつも思っていたけど、この人は女性であることの自覚が欠落している気がする。そんなことを言ったら怒られそうだから、黙っているけど。

逆にそういうところは先輩のいいところだとも思う。その反面、僕が大学へ入学した頃の先輩は、まだ今よりは身なりに気を使っていて。今みたいなクールな人、というよりも、どこか幼さの残る人だった。

僕の知らない間に、いつの間にか先輩は変わっていた。

「おはようございます、先輩。今起きたんですか？」

「んや、今寝るとこ」

「……大丈夫なんですか？」

「やることやってたから。私、夜型の人間なんだよね」

何をやってるのかは知らないけど、きっと大切なことなんだろう。

先輩はこう見えて、というより表向きはちゃんとしっかりしている。大学では男女問わず人気があるから、こんな姿を見られたら幻滅されてしまうかもしれない。しかし、そんな姿を僕に見せているということは、心を開いてくれているのだろうか。はたまた、僕に全く興味がないのか。

「それよりさ、小説はどう?」

「また、頑張ってみようと思います。実はいくつか話が思い浮かびまして」

昨日までなら憂鬱な質問だったけど、今日まっすぐ答えられた。それはもちろん華怜のおかげだ。

「何かいいことがあったみたいだね」

「はい」

「小説は作者の心みたいなものだと私は思うよ。面白くないって言われれば傷つくし、面白いって言われれば嬉しくなる。自分の心をさらけ出すのは怖いことだと思うけど、勇気を出して頑張ってみなよ」

先輩の言う通り、勇気を出して頑張ってみるつもりだ。華怜は面白いと言ってくれたのだから。

それに……。

『私のために、小説を書いてくれませんか?』

僕は華怜の言葉を思い出していた。仮に小説家になれなくても、華怜のためだけに書くのもいいかもしれない。なんてことを、僕は思った。

軽い世間話の後、先輩は「それじゃ」と言って部屋へ戻ろうとする。

だけど、タイミングよく部屋のドアが開いて。その隙間から華怜が様子をうかがってきた。

「おはよ、華怜ちゃん」

戻り際に先輩が挨拶をすると、華怜は、途端に表情をしかめる。

どうしたのかと思っていると、突然腕を掴まれて部屋の中へと連れ戻された。

バタンと勢いよくドアを閉めたかと思えば、今度は勢いよく抱きついてくる。僕は鈍い方だけど、その行動の意味は何となく察しがついた。

「たまたまだよ。ちょうど先輩が出てきて話してただけだから」

華怜は人一倍寂しがりやなのだろう。先輩と話している僕を見て不安になったのだ。つまり一種のヤキモチみたいなもので。自惚れた考えかもしれないけど、華怜の反応を考えると、たぶん合っていたんだと思う。頭を撫でてあげると、安心したのか腕の力が弱まる。

「……浮気ですか？」

僕は苦笑する。

「浮気じゃないよ」

「証拠」

僕は迷ったが、昨日と同じく華怜にキスをした。これなら納得してくれるだろう。と思ったけれど、キスをした後、彼女はぷいっと顔を背けた。

「こいつなら、キスしとけば何とでもなるって思ってませんか？」

少し図星《ずぼし》だったのが痛い。

「あの人にも、私と同じこと……」

「それはないから」

キッパリと断言して抱きしめた。華怜の勘違いで仲違《なかたが》いをするなんて、そんなのは悲しすぎる。勘違いさせてしまった僕も悪いけれど。

きつく抱きしめたおかげで、腕の中の華怜が安心して微笑んだのが伝わってきた。

「信じてますよ」

「うん」

「今の私には、あなたしかいないんです」

僕はその言葉の重みを胸に刻みつけた。


学校へ向かう前にスマホでニュースを調べた。慣れた操作でページを繰る。女子高生が行方不明という事件は一つもない。これからは一週間に一度ぐらいのペースでニュースを調べればいいだろう。

学校へ向かうバスに乗っている時にはもう、華怜の機嫌は治っていた。午後に散策に行く予定のお城を見ながら目を輝かせている。散策は午前の講義と午後の三コマ目を受けた後の予定だが、華怜は今日も留守番を嫌がり、講義を一緒に受けると言って聞かなかった。

講義が始まると、華怜は必死にルーズリーフに内容を書き取る。生徒じゃないんだからそんなに必死にならなくてもと思ったけど、昨日恥ずかしい思いをしたのが結構なトラウマになったようだ。

僕は適度に講義を聴きつつ、思い浮かんだストーリーやキャラクターの設定を紙に書き込んでいた。こういうのはキーボードで打つよりも、文字で書いた方が頭に入る気がする。

「何書いてるんですか？」

「小説のネタ」

僕のルーズリーフを覗き込んできた華怜は、今まで聴いていた社会学の講義の興味がなくなったのか僕の方へと寄ってきた。

「見せてください」

「でも、ただのネタ出しだよ」

「それでもいいですから」

とはいっても、書いていることは本当にとりとめのない、適当に思いついた単語の羅列だけで。これじゃあ何も面白くもないだろうから、カバンの中に入れておいた短編小説を渡した。昔書いた、手軽に読めそうな短編を印刷しておいたのだ。

華怜はすぐに、食い入るように読み始めた。しばらくそれに目を通している間、どんな感想が飛んでくるのか、それを聞くのがやっぱりちょっと怖くて。

だけどそんな心配は杞憂《きゆう》に終わった。

「面白いです」

講義の迷惑をかけないように、僕にだけ聞こえるような声だったけど。面白いという言葉に、心がこもっているのが伝わった。

「最後はちょっと、うるっときました」

「そんなに?」

「そんなにです」


その短編は、大学生の男が真っ白い子猫と出会う場面から始まる。

子猫は首に小型のカメラを取りつけていて、町を自由に闊歩《かっぽ》していた。その姿を偶然にも見つけた男は興味を持ち、カメラの主と会話を試みようとする。子猫の前足に手紙を括りつけて、まずは自己紹介から始めたのだ。

次の日、子猫はカメラの主の返事とともに僕の前に登場した。相手の女の子はその街に住む女子高生で、誕生日のお祝いで子猫を飼ってもらったらしい。だけど、それ以上のことはわからなかった。その後も猫を介してやりとりは続いたが、男も女の子に何も訊ねたりしなかった。いつも一人でいたから、男は話し相手が欲しかったのだ。でも興味をおさえていられたのは最初だけで。男は顔も知らない女の子に惹かれていき、ある時その手紙を書いてしまった。

『会いたいです』

それからは、猫を見かけることはあっても、返事が前足に括り付けられることはなくなってしまって。男は自分の気持ちを伝えてしまったことを後悔した。

だけどある時、男の前に現れた子猫が慌てた様子でズボンを口で引っ張り、ある場所へと連れていかれる。子猫に導かれて連れてこられたのは、閑静な住宅街にある一軒家だった。裏口から家へ入ると、ある部屋の前に着いた。そこは手紙の主の部屋だった。

そこには髪の長い、可愛らしい女の子がいた。風邪を引いているのかうなされているようで、心配に思った男は中へ入る。

女の子は目を覚まし、驚いた顔で男を見た。

『来ちゃったんですね……』

男を見つめる女の子は、どこか寂しそうで。同時にどこか嬉しそうでもあった。

そして、男は女の子の置かれていた状況を知る。数年前に交通事故に遭って、下半身が動かせないということを。だから、子猫にカメラを取り付けてレンズ越しに町を見ていたのだ。


「運命的な出会いですね」

華怜はうっとりした声を出し、印刷された紙を指先でなぞった。

「二人はこれからどうなるのでしょう」

「どうかな。この話は一旦ここで終わらせたつもりだから」

「それじゃあ、今から私が考えます」

華怜は考え込むように、人差し指を唇の下に当てる。その姿に少し見惚れていると、艶やかな唇が不意に開いた。

「男の子が大学を卒業したら、女の子と結婚するんです」

「いきなりぶっ飛んだね」

「ずっと部屋の中でひとりぼっちだったんですから、すぐに男の人を好きになるはずですよ」

それから、華怜は続けた。

「男の子は小説家になります」

「どうして小説家？」

「だって、仕事に行ったら女の子が寂しくなりますから。家で小説を書きながら、二人で一緒に仲よく暮らしていくんです」

そして、こちらを見つめてくすりと笑う。

「そんな風になったら、いいですよね」

たぶんこれが講義中じゃなかったら、僕は今すぐ彼女のことを抱きしめていたと思う。恥ずかしさを隠すために、華怜の考えてくれたストーリーをノートに書き留めた。

絵に描いたような幸せな未来が訪れたらいいなと僕も思う。だけどまずそのためには、小説家にならなきゃいけない。これが、たぶんきっと一番難しいことだ。

それから僕らは真剣に講義を受け、学食でお昼を済ませた後に三コマ目に出た。

講義後、すぐにバスへ乗り込み、この町の観光名所である城下町へと向かった。

手すりにつかまりながらバスに揺られること数分、石垣に囲まれたお城が見えてくる。この辺りは城下町ということもあって、着物を着た観光客でにぎわっており、一昔前へタイムスリップしたような気分にさせてくれる。

バスを降りると華怜は着物を着た女性を羨ましそうに見ていたけど、すぐに別の方向へと興味が移ったようだ。視線の先を追うと、交差点の端にソフトクリームを販売している甘味処が見えた。だけど、そこのソフトクリームは通常のそれとは違っていた。

「公生さん、あのソフトクリーム、金色ですよ？」

「あぁ、あれは金箔《きんぱく》がのってるんだよ」

「金箔？」

「えっと、金を薄く延ばしたもので……せっかくだから食べてみる？」

「食べられるんですか⁉」

「ただの飾りだからね」

店先には二、三人ほどお客さんが並んでいたけど、すぐに僕らの番はやってきた。

二人ぶんのソフトクリームを購入し、付近にある緑地広場のベンチに腰を落ち着ける。

華怜の瞳は、金箔の輝きが反射しているかのようにキラキラとしていた。

「金色です」

「金だからね」

「どんな味なんですか？」

「実際に食べてみなよ」

華怜はおっかなびっくりといった風に、ソフトクリームへかぶりつく。

「甘いです！　でも……」

至福の表情から一転して、どこか釈然としないといったように首をかしげている。

その抱いているであろう疑問の答えを教えてあげた。

「金箔って全然味がないんだよ」

「じゃあ何でのせてるんですか？」

「のせた方が高級に見えるし、華怜みたいな子が興味を持って買ってくれるからじゃないかな」

「たしかに、購買意欲はそそりますね」

納得したところで、ようやく僕も食べ始める。だけど、華怜が自分のソフトクリームを僕の口元に近づけてきた。

「どっちも同じ味だよ？」

「こうやって食べさせ合った方が、恋人っぽくないですか？」

華怜は頬を染めた後、「それにこういう経験をした方が、小説は書きやすいですし……？」と、急にしおらしくなる。

彼女の僕に対する気持ちを知った今は、〝小説のため〟と言われても純粋に嬉しかった。逆に素直に言えない華怜が何だか微笑ましくて。変に気にしていた頃の僕が、馬鹿みたいだと思った。

それから華怜の気が変わらないうちに、食べかけのソフトクリームを一口いただいた。

「どうですか？」

「うん、美味しい」

「じゃあ、次は」

最初からそれが狙いだったのか、華怜は口元をこちらに寄せてくる。可愛らしいおねだりに心が満たされたから、いじわるをせず食べさせてあげた。

すると、僕は思わずまた笑みがこぼれた。その意味がわからなかったのか、華怜は唇を尖らせる。

「どうして笑うんですか？」

「いや、鼻先に金箔がついてるから。どうしたらそこについちゃうのかな」

指摘すると、華怜は耳まで赤くなって。慌てたように鼻先を手の甲で拭った。しかし金箔は金粉になって広がっただけで、先ほどよりも面白いことになっている。

「と、取れました？」

「待ってて」

ポケットティッシュで拭こうとすると、くすぐったそうに身をよじるから、頬を優しく押さえつけた。すると、借りてきた猫のようにおとなしくなる。

「取れたよ」

ところが華怜はなぜか上の空で。どこか遠くを見つめているようだった。

「……華怜？」

「へ？」

「どうしたの？」

「あ、いえ……実は前にも、同じようなことがあった気がして……」

「前にも？」

「記憶をなくす前かもしれません」

一瞬、心臓が大きく跳ねたのがわかった。

昨日までは華怜の記憶が戻らず、このままでもいいと思っていたけど、今は違う。

純粋に、記憶が戻ればいいなと自分が思えていることに安堵した。

「きっと、前にもここに来たことがあるんだよ。その時、同じようにソフトクリームを食べたんだ」

「そう、なんですかね」

「きっとそうだよ。記憶が戻り始めてるのかもしれないね。何か、他に思い出したことはない？」

「他には、なにも……」

「どんな些細なことでもいいんだよ？」

失った記憶を必死に掘り起こそうとしているのか、華怜は思いつめたように俯いてしまう。ちょっと急かしすぎたかもと反省した。

「ごめん、無理しなくて大丈夫だから。やっぱり、ゆっくりでいいからね」

頭を撫でながら励ますと、少しだけ華怜の表情は和らいでくれた。

先ほど応対してくれた店員さんに、一応この女の子を見たことがないかと訊ねたけど、首をかしげるだけで収穫は得られなかった。『こんな可愛い子なら、一度見れば忘れないけどねえ』と言っていたから、たぶん忘れたわけではないんだろう。僕も、華怜が一度でも店先にやってきたら、たぶん忘れたりしないと思うから。

だとしたら別の場所、ということだろうか。ソフトクリームに金箔をのせている甘味処は、探せばいくつかはあるだろうし。

考え込んでいると、そばにいた華怜が僕の服の袖を引っ張った。

「そろそろあそこに行きましょう」

向こうに見える大きなお城を指差す華怜は、今は記憶よりも観光の方が気になって仕方ないんだろう。

「ごめん、じゃあ行こうか」

「はいっ」

城門へ行くと、華怜はまずその大きさに驚いていた。次いで、幾重にも積み重ねられた石垣、白塗りの漆喰に。

僕は毎日遠目に眺めるだけだったけど、近くにくればまた違った印象を持った。大昔はここで戦が行われていたのだ。それが今は観光名所になっていて。何だか、感慨深さを覚える。

お城の探索は思ったよりも早く終わり、華怜の興味は別のものへと移り変わった。お城のすぐそばにある、大きな庭園だ。今度はそちらへ行こうということになり、僕らは進路を変えた。

城下町にある庭園は一番の観光名所ということもあり、平日なのに多くの観光客で賑わっていた。

砂利道を音を鳴らしながら歩いていると、目の前に大池が見え始める。池から流れる小川には小さな木製の橋がかけられていて、華怜が「あそこへ行ってみましょう」と、また進路を変えたからそちらへついていった。

小橋の上から小川を見下ろすと、少し濁った水の中を金色の鯉《こい》が気持ちよさそうに泳いでいた。もっと近くで鯉を見たかったのか、華怜はいつの間にか欄干から身を乗り出していた。

「あのお魚も、金箔をつけてるんですか？」

そばにいた観光客の人が、思わずといったように噴き出した。僕も、もちろん笑ってしまった。

なぜ笑われたのか理解できなかったのか、どこか釈然としないといった風に華怜は唇を尖らせる。

「鯉に金箔はつけたりしないいんじゃないかな。ほら、水に濡れると剥がれちゃうし」

馬鹿正直に答えてあげると「なるほどです」と素直に頷いたから、それもまた面白くて顔がにやけた。

「あ！　あそこで赤色の鯉が跳ねましたよ！」

「えっ、どこ？」

「ほら、あそこですって」

鯉を探すのに夢中になっているのか、さらに華怜は欄干から身を乗り出す。向こうで、一匹の鯉が水面を跳ねた。

「きっとあそこには、いっぱい鯉がいますよ！」

鯉も気になるけど、そろそろ危ないなと思った僕は、華怜のお腹へ手を回して欄干から引き離した。

すると華怜は体を震わせて、何事かというように焦った顔でこちらを見た。

「な、何ですか!?」

「夢中になるのはいいけど、そんなに身を乗り出すと危ないからさ。気をつけないと鯉と一緒に池で泳ぐことになるよ」

「わ、私、そんなにはしゃいでました……？」

「そりゃあもう子供みたいに」

華怜は顔を真っ赤にさせて、照れ隠しなのかポカポカと僕の胸のあたりを優しく叩いてきた。

「恥ずかしいので、今度はもっと早くに指摘してくださいっ！」

「子供心を忘れないのはいいことだと思うけど」

「それでも、恥ずかしいんですっ！」

いちいち反応が可愛いくて笑っていると、周りの人たちも微笑ましい表情で僕らを見ていた。

それから機嫌を直してもらうために、僕らは庭園の中にある甘味処へ入った。そこでみたらし団子と抹茶を買って、軒先にあるベンチに腰を落ち着ける。辺りは自然に囲まれているから、どこにいても心地がよかった。

「私、食べ物で機嫌が直るほど子供じゃないですっ」

「じゃあ、食べない？」

「むっ……」

意地悪なことを言うと、また唇を尖らせて潤んだ瞳でみたらし団子を見つめた。

「ごめんごめん。今日は楽しかったからさ、ご機嫌取りとかそういうのは気にせずに、味わって食べてよ」

「……子供扱いしませんか？」

上目遣いに見てきたのがどうしようもなく子供っぽかったけど、「しないしない」と苦笑しながら答えた。

ようやく団子を食べ始めた華怜は、その美味しさの虜になってあっという間に自分のぶんを平らげてしまった。僕のぶんを一串あげると、それもすぐに平らげてしまう。口元と頬についたみたらしのたれには全然気づいていなくて。あぁやっぱり子供みたいで可愛いなと思いながら、ティッシュで拭いてあげた。

「ありがとうございます……」

「どういたしまして」

その年相応の恥じらいが、また愛らしかった。


それから僕らは城下町を巡り、日が落ち始めた頃にアパートへ戻ってきた。恋人になってからの初デートにしては、上手く立ち回れた方だと思う。

といっても、相手が華怜だからそつなくこなせたんだろう。一緒にいると、とにかく落ち着くのだ。もし別の女性だったら、きっと終始気を使ったり緊張して、むしろ僕の方が気を使われていただろう。華怜以外の誰かとデートをしている姿なんて、想像できないし想像したくもないけれど。

華怜が風呂に入っている間、思い付きで今日の体験を小説風に書き起こしてみた。僕らの出会いからこれまでの出来事を、面白おかしく短編のようにしてまとめてみる。予想していたよりも筆がのって、あっという間に書き終わってしまった。それを華怜に見せてみると、顔を真っ赤にしながら、またポカポカと肩を叩いてきた。

もしこの小説が何かの間違いで出版されることになったら。

きっと華怜は顔を真っ赤にさせながら、それでも目に涙をためて喜んでくれるんだろう。


その夜、僕らは布団の中で向かい合い、明日の予定について話し合った。明日も午前中は講義があるけど、午後の佐々木教授の講義が休講になったのだ。例の飛行機事故に巻き込まれた、娘さんの件が関係している。教授は一週間地元で静養し、来週から大学へ復帰するらしい。

休講の理由を考えると浮かれた気持ちにはなれないけど、せっかく半日時間が空いたのだから、少し遠出をしようということになった。といっても、学生である僕が出せる金額なんて知れている。今月は既に華怜の服を買ってしまっているし、バスを少し乗り継いで行ける範囲で、という限定つきだ。

「大学とは反対の方向なんだけど、大きな緑地公園があるんだ」

「いいですね、じゃあ明日はそこに行きましょうか。早く起きてサンドイッチを作りますね」

「僕も手伝うよ」

「卵派ですか？　シーチキン派ですか？」

「ベーコン派」

「私もです」

いつもの掛け合いでじゃれあっていると、不意に華怜は申し訳なさそうな表情を浮かべた。

「毎日毎日出かけるのって、迷惑だって思ってませんか？」

「全然。むしろ、もっと出かけたいなって思ってるよ。もちろんここでゆっくりするのもいいけど、せっかくいい天気が続いてるんだから」

本心を伝えると、華怜はホッと胸を撫で下ろした。

そういえばと思い出し、明後日の予定もついでに話しておこうと思った。

「金曜日は駅前の本屋でサイン会があるんだよ」

「サイン会ですか？」

「名瀬雪菜って作家のサイン会なんだけど、高校生の頃からファンなんだ」

「名瀬、雪菜さんですか？」

名瀬雪菜と呟いて、華怜は小首をかしげた。

「どうしたの？」

「あ、いえ。どこかで聞いたような名前だなと思いまして。気のせいかもしれません」

「たぶん部屋で見たんじゃないかな。ほら、そこの本棚に入ってるから」

華怜は月明かりだけを頼りに、頭の方角にある本棚を見て「あ、ほんとですね」と納得したように頷いた。

それからまた布団の中へと戻ってきて、さっきよりも近くへ寄ってくる。暗がりの中で、頬をぷくっと膨らませていた。

「名瀬さんのこと、そんなに好きなんですか？」

「もしかしてヤキモチ焼いてる？」

「そんなんじゃないですっ」

指摘されて恥ずかしかったのか、ぷいっと向こうを向いてしまった。

「好きとかじゃなくて、憧れみたいなものかな」

憧れという単語に興味を示した華怜は、こちらを向き直してくれる。

「憧れ、ですか」

「名瀬さんの本を読んで、自分もこんな風に小説を書いてみたいって思うようになったんだ」

「そんなに面白かったんですか?」

「そりゃあね。今でも月に一回は読み返すほどだから」

「それじゃあ、運命的な出会いだったんですね」

そうだ。僕は名瀬雪菜に、人生を変えられたといっても過言ではない。何も持っていないつまらない自分だったけど、彼女のおかげで初めて夢というものができたんだから。


小説なんて、それまでの自分はあまり読んだことがなかった。たまたま偶然通りがかった本屋で彼女の本を目にして、タイトルに惹かれて購入した。その本を一晩で読み終えてしまったのを今でも覚えている。その小説を読みながら、僕は何度も涙を流した。そして、自分はこれまで与えられる側の人間だったということに気づいた。だから僕は見知らぬ誰かに対して、何かを与えられる人間になりたいと思った。些細なことでもいい。少しでも、僕の知らない誰かが前向きになってほしい。

一番初めに筆を執ろうと思った動機は、綺麗ごとだと笑われるような、とてもまっすぐな理由だった。何度も諦めかけてしまったけど、今では華怜という大切な人がそばにいてくれることによって、また夢を追いかけ続けられている。

僕は、ずっと言おうか迷っていたことを話すことにした。

「ありがとうございますって、一言だけ伝えたいんだよ」

僕の話を、華怜は黙って聞いてくれた。

「何度か諦めかけたけど、作家になりたいって思うきっかけができたのは、彼女なんだ。きっとあの瞬間に、あの人の作品に出会えていなかったら、今の自分は存在しなかったと思う。もちろん、それだけじゃない。今は華怜がいるから。華怜のおかげで、また作家を目指そうと思えてさ……」

照れくさかったけど、これだけは言葉にして伝えておかなきゃ、僕は一生後悔すると思ったから。何も隠したりせずに、素直な気持ちを声に乗せた。

「だから、本当にありがとう。ありがとうなんて言葉じゃ言い表せないぐらい、ずっとずっと感謝してる。あの時、あの瞬間に華怜に出会えていなかったら、きっと僕は……」

そこまで言うと、唇に柔らかいものが押し当てられた。それは、華怜の人差し指だった。

「たまたま、ですよ」

人差し指が触れたのは、ほんの一瞬だった。

「たまたま？」

「たまたま、その役割が私だっただけです。私じゃなかったとしても、公生さんは幸せな人生を送れてたと思います。私という人間を、過大評価しすぎですよ」

そんなことはない。少なくとも華怜がいなきゃ、小説を書き続けることを諦めていたんだから。小説を書くのを諦めた人生が、僕にとって幸せなのかはわからない。もしかすると、また別の幸せを掴んでいたのかもしれない。

それでも華怜と出会えてなかったら、ずっと心にぽっかりと穴をあけたままの日々を過ごしてた。今日という日も、ただ何もせず無為に過ごしていたと思うから。

「過大評価なんかじゃないよ。あの時、あの瞬間に出会えてなかったら、たぶんほんとにダメだった。何もかも諦めてたと思う」

「それなら、私がその瞬間に間に合えてよかったです」

華怜は屈託のない笑みを浮かべた。

「運命っていうのかもしれませんね、もしかすると」

「僕も、同じことを考えてた」

どちらからともなく、笑みがこぼれた。

「明日が楽しみですね」

「本当に」

この時の僕らは本当にただそれだけが楽しみで。ずっとその先の未来まで、この幸せが続いていくのだと思っていた。

だけどすぐに僕らは、幸せは永遠には続かないことを思い知ることになる。

五月二十四日（木）

今朝は天気予報を確認する必要もないほどの快晴で、いつも通りカーテンの隙間から差し込む朝日で目を覚ました。いつもと違ったのは、僕が華怜よりも早く起床したということ。昨日も一昨日も華怜は僕より先に起きて、朝食の用意をしてくれていた。

これはいい機会だと思い、起こさないように布団から這い出て洗面所へ向かう。顔に水を掛けて残った眠気を洗い流した後、台所で朝食の準備に取り掛かった。

ベーコンを焼いて、目玉焼きは固めにする。こっちの方が、華怜は喜んでくれるから。次いで味噌汁を作ろうとした時、背後から声がかかった。

「おはようございます、公生さん」

「おはよ、今作ってるからちょっと待っててね」

「手伝います」

まだ寝ぼけているのか、華怜の足取りは少しおぼつかなかった。だけど、味噌汁に入れる野菜をまな板に並べ包丁を握ると、目が覚めたのか手際よく切り始める。

ふと思い浮かんだことを、華怜に投げかけてみた。

「味噌汁って、作る人によって味が変わるよね」

「そうですか?」

「華怜のいつも作ってくれる味噌汁、すっごく美味しいよ」

僕の言葉に照れたのか、包丁を扱う手が止まった。

「私も、公生さんのお味噌汁は好きですよ」

「僕が作ったことあったっけ?」

「出会った日に作ってくれました。冷めちゃってましたけど」

出会った頃のことを思い出しているのか、華怜の口元から笑みがこぼれていた。

「そういえばそうだったね」

「それに、何だか……いつっ!」

突然、隣で短い悲鳴が上がる。彼女の手元を見ると、大根を押さえている方の指から赤い鮮血が垂れていた。

「消毒しないと」

「これくらい舐めとけば大丈夫ですよ」

「大丈夫じゃないって。バイキンが入ると悪化するから」

華怜の手を取り、血が滴り落ちる指先に水をかけた。それから清潔なタオルで水滴を拭い、消毒をして絆創膏を貼った。

その間一言も口を開かなかった華怜の表情をうかがうと、気づけばどこか上の空で。心ここにあらず、といったようだった。というか、もしかすると体調が悪いのかもしれない。

「大丈夫？」

「……あ、はい」

ワンテンポ遅れて、返事が返ってくる。

僕は華怜の腕を掴んで部屋へと連れていき、座布団の上に座らせた。

「あの、朝ごはんは……」

「僕が作るよ」

「私も手伝います」

立ち上がろうとしたところを、優しく制止させる。手荒くしたつもりはなかったのに、それだけで華怜はぺたんと座布団の上にお尻をつけた。

「手を切っちゃったんだし。それに……調子よくないんでしょ？」

「そんなことないです」

「ほんとに？」

「ほんとです」

じっと目を見つめると、僕の目をまっすぐ見つめ返してくる。それがなんだか、強がっているようにも見えて。余計に不安の気持ちは増すばかりだった。

「僕らが初日に約束したこと、華怜は覚えてる？」

確認のつもりで訊くと、すぐに華怜は答えた。

「体に異常があったら、公生さんに言う、ですよね。覚えてます。私、何ともありません」

頑として言い張るところを見ると、調子が悪く見えたのは、ただの思い過ごしなのかもと思ってしまう。

心配性の僕は、救急箱から体温計を取り出した。

「一応、これで熱測ってみて」

「熱がなかったら、手伝っていいですか？」

「朝ごはんは僕が作るよ。あとでサンドイッチも作らなきゃだから、熱がなくてもしばらく大人しくしてて」

小うるさくて嫌われてしまうかもと思ったが、こればかり譲れなかった。体調が悪いかもしれないのに手伝ってもらうなんて、そんなの彼氏として不甲斐なさすぎる。

それに、華怜は身元を証明できるものが一つもないのだ。体調を崩して病院にかかるとなれば、お金がバカにならない。

いや、お金なんてこの際関係ない。僕はいつも、華怜に健康でいてほしいんだ。

僕の気持ちを納得してくれたのか、華怜はパジャマをたくしあげて、体温計を脇に挟み込んだ。なるべく正確な数値が出るようにと、腕を横から軽く押さえてあげる。

しばらくすると、計測終了の軽快な音が鳴った。

「三十六度五分」

「ほら、熱なんてないですよ？」

「口開いて」

さすがにムッとされたけど、素直に開けてくれた。スマホの電灯で口内を照らす。喉が腫れているといった症状は見受けられない。

「らいよーぶれすか？」

「ごめん、もういいよ」

念のため、もう一度だけ釘を刺しておくことにした。

「何かあったらすぐに言ってよ」

「わかってますっ」

「それと、華怜のことを信じられなくてごめん」

「それは心配してくれてるってことですから、嬉しいです」

ふにゃりと微笑んだのを見て、僕もようやく少しだけ安心できた。

朝食時、初めに味噌汁を飲んだ華怜は、「やっぱり公生さんの味噌汁は美味しいです」と、幸福そうな表情で感想を漏らした。

食事の後は、二人でベーコンと卵のサンドイッチを作り、保存容器に詰めた。サンドイッチの比率はベーコン七割卵三割だ。

華怜は僕の買ってあげたお気に入りの洋服に着替え、僕も手早く着替えを済ませ、二人で大学へと向かった。


午前の講義が終わるとすぐにバスへ乗り込み、小一時間ほど揺られて目的の場所で下車する。二人揃って青空に向かって伸びをした。天気は、朝と同じように快晴だ。

「お出かけ日和ですねっ!」

緑地公園へ向かうべく川辺の方角へ向かうと、徐々に周りに緑の気配が増え始める。左右にはアーチのように木々が連なっていて、きっと春には綺麗な桜並木になるんだろうなという予感をさせた。

「空気が美味しいですね」

「何だか気分が安らいでくるね」

「やっぱり、来てよかったです」

しばらく目的もなく歩き続けると、やがて開けた場所へと出た。

「うわぁ」と、感嘆の息を漏らしたのは、もちろん華怜だ。だけどすぐに僕も同じように声を出した。

「緑ですね」

「緑だね」

中央には大きな噴水が据えられていて、周りには芝生が緑の絨毯のように敷かれている。その緑の絨毯の上を子供たちが走り回っていて、大人たちはレジャーシートを敷いて和やかに談笑していた。

その光景にしばらく見惚れていると、華怜のお腹がクーッと鳴った。

「とりあえず、お昼ごはん食べよっか」

「そ、そうですね！　そうしましょう！」

日差しが直接当たらないように、木陰にレジャーシートを敷いて、頬を赤く染めた彼女と腰を下ろした。

華怜は僕のカバンから出てくるものを心待ちにしているのか、両手を握りしめてウズウズした様子を見せている。意地悪せずに、すぐに並べてあげた。

「いただきま――」

「その前に、手拭こうね」

「む……」

お手拭きを渡すと、すぐさま手を拭いてベーコンサンドに手を伸ばした。口の中へ入れて咀嚼を始めると、一口噛むたびに頬が落ちていくみたいに幸せな表情を浮かべる。

「おいひいです！」

「飲み込んでから話そうよ」

華怜は言われた通りにごくんと飲み込んだ。

「美味しいです！」

「それはよかった」

「マヨネーズの味が効いてますね」

僕もベーコンサンドにかぶりつくと、じゅわっとベーコンの旨みが口に広がった。この頃、朝はいつもベーコンを食べているけれど、同じ食材でも屋外で食べるとまた違った味わいがある。パンに挟んでいるという違いもあるけど、たぶんそれだけじゃないんだろう。

しばらくサンドイッチに舌鼓を打っていると、華怜がそばに寄ってきて肩に頭をのせてきた。出会った頃は、近くにいるだけで緊張していたけど。今はこうして彼女と触れ合うのがとても自然なことで、何物にも比較できないほどの幸福だった。

「やっぱり、こうしていると落ち着きます」

「僕も。前までは緊張してたけど、今は落ち着くかな」

「緊張してたんですか？」

「だって、こんなこと一度もされたことなかったからね」

「ふふっ、私が公生さんの初めてなんですね」

それを言ってしまえば、手を繋いだのも初めてだし、キスをしたのも初めてだ。これからも華怜と色々な初めてを共有していく未来を想像して、僕の心はまた幸福に包まれる。

「私、ずっと思っていたことがあるんです」

「何を？」

「もしかすると、本当はどこかで公生さんと出会ってるのかもって。こんなに安心するってことは、私たちは幼馴染みだったりしませんか？」

「どうかな。僕も同じことを考えたけど、たぶん一度も華怜と出会ったことはないと思う」

「本当は、隠しているんじゃないですか？」

「隠すわけないよ」

仮に幼い頃に華怜と出会っていたとして、当時の出来事を覚えていないはずがない。それこそ僕が華怜の記憶だけを忘れない限り、いつまでも覚えているだろう。

「私、めんどくさい女の子ですよ」

「いきなりどうしたの？」

「これから先、絶対に苦労すると思います」

言いたいことは何となくだけど伝わった。

「浮気は絶対許しません」

「絶対浮気なんてしないから」

「毎日こうしてくれないと、心配になるかもしれません」

「それじゃあ、毎日寄りかかってきなよ」

「でも公生さんが愛してくれるぶんだけ、私も頑張りますよ」

「何を頑張るの？」

「頑張って、アルバイトを始めます」

思わず、笑みがこぼれた。

「公生さんが小説で上手くいかない時に、隣で励ましてあげます」

「それは頼もしいや」

「だから、小説家になってくださいね」

「うん……」

君のために、小説家を目指そう。誰かを前向きな気持ちにするために。そして何より、一番大切な華怜のために。

改めてそう決意していると、華怜は疲れたのか隣で大きなあくびをした。

「眠くなってきた？」

「ちょっと、眠くなってきました……」

「今日はいい天気だからね。ちょっと横になったら？」

言うが早いか、電池が切れたように華怜は僕の膝の上に頭を置いて、眠る体勢に移行した。綺麗な長髪を優しく撫でると、くすぐったそうに身をよじった。

「やっぱり、安心します」

「華怜が起きるまでそばにいるから」

「それはとっても、幸せです……」

その言葉を最後に、華怜はまぶたを閉じた。可愛らしい寝息が聞こえてくると撫でるのをやめて、つい出来心でほっぺたをつついてみた。寝ながらくすぐったそうにしていたのが面白かったけど、さすがに起きてしまいそうだからすぐにやめる。

そうしているうちにも、穏やかにゆっくりと時間は流れていって。気づいたら僕もウトウトし始め、いつの間にか意識がなくなりそうになっていた。

意識が本格的に飛びそうになった時、自分のほっぺを軽く叩いてかぶりを振った。

それからふと、思いついたように空を見上げた。

「曇ってる……」

あんなに晴れていたのに、いつの間にか青空はどんよりとした雲に遮られていた。雨がくる。そんな予感がどこからか湧き上がる。

今になって、天気予報を見ていなかったのを思い出す。最近はずっと晴れていたから油断していた。スマホを取り出し天気予報を調べると、午後の時間は雨雲のマークが出ている。

今朝、華怜の調子が芳しくなさそうだったのを思い出した。今帰らないと、確実に雨に降られる。風邪でも引かせてしまったら大変だ。

もう少しお昼寝をさせてあげたかったけど、僕はすぐに華怜の体を優しく揺すった。すぐに目を開けた華怜は、こちらを見上げてふにゃりと微笑んだ。

「おはようございます、公生さん……」

「おはよ、華怜。起きたばかりで悪いけど、今すぐ帰ろっか。雨が降りそうだから」

「雨?」

寝ぼけまなこで華怜も空を見上げる。鈍色《にびいろ》の空を見て目が覚めたのか、僕の膝から離れすぐに立ち上がった。

「まずいですね」

「うん、まずい」

「帰りましょっか」

「そうだね」

僕たちは、来た道を急いで引き返した。

幸いバスに乗り込むまで一滴も雨に降られなかったけど、降車するバス停に着いたほぼ同時刻に、パラパラと雨が降り始めた。

「雨、降ってきちゃいました」

「走ろっか」

「はい！」

わずかに濡れるのを覚悟して、僕らはアパートへの道を走った。だけど無慈悲にも、雨が大降りになる。

「ひゃー！　つめたいです！」

「あそこ！　あの公園に行こう！」

僕が指をさした先には、大きな公園があった。ちょうど屋根付きの東屋があり、とりあえずはそこで雨をしのげそうだった。といっても、もう全身はずぶ濡れだった。

僕たちは屋根の下へ入り込み、備えつけられているベンチに腰を下ろした。

「ああ……寒いです……」

「大丈夫？」

訊ねると、華怜が「くちゅん！」という可愛らしいくしゃみをした。平常時なら笑いながらいじれたけれど、今はそういうわけにもいかない。

華怜はベンチに座りながら体をかがめて、寒さに震えていた。五月といっても、濡れてしまえば体温は徐々に奪われていく。何かで暖めてあげられればと思ったが、着ているものは全部濡れていてどうしようもない。気休めにしかならないと思ったけれど、僕は後ろから華怜を抱きしめた。

「雨がやむまでこうしてるよ」

「ごめんなさい……」

華怜はまた、くちゅんとくしゃみをする。

「今朝のことだけど」

僕は気になっていたことを、今さら訊ねた。

「本当は、体調悪かったんでしょ?」

熱がなかったとはいえ、やっぱり思い違いじゃなかった。今朝、華怜は体調が悪かったのだ。

それでも出かけてしまったのは、あんなに遠出を楽しみにしていた彼女の落ち込む姿を見たくなかったからで。これでは、恋人失格だなと自嘲した。

華怜は言い逃れはできないとわかったのか、申し訳なさそうにぎこちなく笑った。

「バレちゃってましたか……」

「バレバレだよ」

「ごめんなさい……」

「怒ってないから」

むしろ確認不足だった自分を怒りたい。さらには、天気予報を見ずに、青空の下で一緒にウトウトしてしまった自分を。

「雨がやんで部屋に戻ったら、すぐにお風呂を沸かそう」

「はい……」

「それで、暖かい毛布に入ってすぐに寝ようか」

「はい……」

ぎゅっと、強く抱きしめてあげるると、いつも以上に体を縮こませた。

しばらくそうしていると、いつの間にか華怜は公園の中央に生えている大きな木を見上げていた。

「あれ……？」

「どうしたの？」

「あの、あれです……」

彼女は自分の背丈の何倍もある大きな木を指さした。

「あれがどうかしたの？」

「あれって、桜の木ですか？」

僕は、一ヶ月ほど前の記憶を思い起こす。そういえば今年の春にここを通った時、桜が咲いていた気がする。

「たぶん、そうだと思うよ。でも、どうしてわかったの？」

しばらく華怜は黙り込んで、じっとその桜の木を見つめていた。気になって顔を覗き込むと、再び彼女はゆっくりと口を開いた。

「私、前にこの公園で……」

そう呟いた途端、華怜は急に苦しそうに頭を押さえ始めた。

「ちょっと、どうしたの？」

「うっ、うっっ!!」

「華怜？　華怜!?」

彼女が急に呻き声を上げ始めて。僕は、どうすればいいのかわからなくて。

ただただ、必死に華怜のことを抱きしめた。

「大丈夫。大丈夫だから」

何度も、根拠のない大丈夫という言葉をささやき続ける。

その呻き声は、しかし唐突に鳴りやんだ。落ち着いたのかと思ったけど、それは違った。腕の中の華怜はぐったりとして、熱い吐息を漏らしていた。体はびっくりするほど発熱していた。

「……華怜?」

返事はない。気を失ってしまったんだ。熱に浮かされたのか、それとも何か別の要因があるのかはわからない。

僕は華怜を抱きしめたまま、アパートへの道を走り出した……。

# カレンと華怜

◆
◆
◆

華怜という少女は誰からも好かれる人間で、同時に誰に対しても分け隔てなく好意を振りまく人物だった。鈍感な部分があるかと思えば、妙に鋭い部分も持ち合わせていて。人の好意の感情には特に敏感に反応し、〝この人は私のことを好きなんだ〟ということがわかる人間だった。

そして心を許した人間には過度に甘え、独占欲の強い人間でもあった。とはいえ同年代、あるいは同じぐらいの歳の男に心を許したことは一度もなかった。そのせいか、中学時代、そして高校二年まで異性との交際経験は皆無だった。

ならば誰に対して心を許したのかというと、それは自分を産んでくれた両親に対してだ。幼い頃から厚い愛情を注がれて生きてきた華怜は、その与えられた愛と同じくらいの愛情を両親に向け、甘えていた。

甘えていたといっても、自分のことは自分でこなすタイプの人間だった。向上心があるため、興味を持ったことに対してはとことん関心を示す。料理が上達したのも、常に母親が料理する姿を見て、教えてもらっていたからだ。

普段は名前の通り可憐に可愛く振る舞うが、心を許した人間に対しては無防備な一面を見せる。たとえば鼻先に金箔をつけたり、みたらしを口元にぺたりとつけたりする。公生と寄り添って眠ることができたのは、彼を信頼して心を許していたからであって、誰に対しても行うというわけでは決してない。

そんな華怜には、歳の少し離れた幼馴染みがいた。その子とは家族ぐるみの付き合いをしていて。気づいた時には、いつの間にか自然と仲よくなっていた。

とはいえ、両親ほど心を許したりすることはせず、強いていうならば、〝お兄ちゃん〟という位置づけにとどまっていた。

これは、華怜が幼少期に体験した出来事だ。


四歳の春。ちょうど桜が満開で、華怜と華怜の両親、幼馴染みと幼馴染みの母親とでお花見に来ていた。

華怜は最初、バスに揺られながら沈んだ表情を浮かべていたが、城下町付近へやってきた頃には移りゆく景色を嬉しそうに眺めていた。

『コウちゃんコウちゃん』

隣に座っているコウちゃんと呼ばれた内気そうな幼馴染みは、やや照れた面持ちでカレンの方を見た。

『どうしたの?』

『ピンクピンク！　ピンクばかりだよ！』

『さくらっていうんだよ』

『さくら？　へー！』

城下町周辺には多くの桜の木が植えられており、地面には桜の花びらによってできたピンク色の絨毯が敷かれていた。

『ねえ、カレン』

『どうしたの？』

カレンと呼ばれた少女は、窓の外へ向けていた視線をコウちゃんに向ける。だけどコウちゃんは、すぐにその視線をそらしてしまった。彼女は首をかしげるも、なんとなくその意味は理解できていた。つまるところ、コウちゃんは私のことが好きなのだ、と。カレンは、他者のそういう感情の機微が直感的にわかっていた。

『バスの中は静かにしないと……』

つり革に掴まって立っていたお母さんも、お上品に口元に人差し指を近づける。コウちゃんに注意されたならまだしも、大好きなお母さんに注意をされたら、口を閉じずにはいられない。

それからは静かに外の景色を眺め、コウちゃんはホッと胸を撫で下ろした。

お手数ですが
切手をおはり
ください。

郵便はがき

104-0031

東京都中央区京橋1-3-1
八重洲口大栄ビル7階

**スターツ出版(株)　書籍編集部**
**「記憶喪失の君と、君だけを忘れてしまった僕。」**
**愛読者アンケート係**

(フリガナ)
**氏　名**

**住　所**　〒

**TEL**　　**携帯/PHS**

**E-Mailアドレス**

**年齢**　　**性別**

**職業**
1. 学生(小・中・高・大学(院)・専門学校)　2. 会社員・公務員
3. 会社・団体役員　4.パート・アルバイト　5. 自営業
6. 自由業(　　　　)　7. 主婦　8. 無職
9. その他(　　　　)

**今後、小社から新刊等の各種ご案内やアンケートのお願いをお送りしてもよろしいですか?**
1. はい　2. いいえ　3. すでに届いている

※お手数ですが裏面もご記入ください。

お客様の情報を統計調査データとして使用するために利用させていただきます。
また頂いた個人情報に弊社からのお知らせをお送りさせて頂く場合があります。
個人情報保護管理責任者:スターツ出版株式会社 出版マーケティンググループ 部長
連絡先:TEL 03-6202-0311

「記憶喪失の君と、君だけを忘れてしまった僕。」 愛読者カード

お買い上げいただき、ありがとうございました！
今後の編集の参考にさせていただきますので、
下記の設問にお答えいただければ幸いです。よろしくお願いいたします。

**ご購入の理由は？** 1. 内容に興味がある 2. タイトルにひかれた 3. カバー(装丁)が好き 4. 帯(表紙に巻いてある言葉)にひかれた 5. 本の巻末広告を見て 6. 小説サイト「ノベマ！」「野いちご」「Berry's Cafe」を見て 7. 知人からの口コミ 8. 雑誌・紹介記事をみて 9. 著者のファンだから 10. あらすじを見て 11. その他

**本書を読んだ感想は？** 1. とても満足 2. 満足 3. ふつう 4. 不満

**1カ月に何冊くらい小説を本で買いますか？** 1. 1〜2冊買う 2. 3冊以上買う 3. 不定期で時々買う 4. 昔はよく買っていたが今はめったに買わない 5. 今回はじめて買った

**本を選ぶときに参考にするものは？** 1. 友達からの口コミ 2. 書店で見て 3. ホームページ 4. 雑誌 5. テレビ 6. その他（　　　　　　　　）

**スマホ、ケータイは持ってますか？**
1. スマホを持っている 2. ガラケーを持っている 3. 持っていない

**学校で朝読書の時間はありますか？** 1. ある 2. 今年からなくなった 3. 昔はあった 4. ない

**ご意見・ご感想をお聞かせください。**

**文庫化希望の作品があったら教えて下さい。**

**生活の中で、興味関心のあること、悩みごとなどあれば、教えてください。**

**いただいたご意見を本の帯または新聞・雑誌・インターネット等の広告に使用させていただいてもよろしいですか？** 1. よい 2. 匿名ならOK 3. 不可

ご協力、ありがとうございました！

『すっごい！　きんぴかだよ！　きんぴか！』

　カレンの指がさした先にはソフトクリームを販売している甘味処がある。そのソフトクリームには、この土地の有名な工芸品である金箔がのせられていた。

『すごい、きんぴかだね』

『きんぴかっ！　きんぴかっ！』

　年相応にはしゃぐカレンの横で、目立つことが苦手なコウちゃんもその金色に思わず目を輝かせていた。

　カレンは、お父さんの足元にしがみつき、

『おとーさんおとーさん、カレンあれがたべたい！』

『さっきお昼ごはん食べたばかりだろ？』

『でもおなかすいたの！』

　そのあどけない笑顔を見せられると、誰でも仕方がないなぁと思ってしまう。結局お父さんはカレンとコウちゃんのためにソフトクリームを買ってあげた。

　近くにちょうどいい緑地の広場があったため、そこのベンチに腰掛ける。広場の中心には現代美術を展示する円形の美術館が建てられている。この建物は全国的にも有名な観光地で、県外から足を運んでくる観光客も多い。

　しかしカレンは美術館に興味はないのか、キラキラ光る金箔に目を輝かせていた。

『きらきら！　きらきら！』

カレンの母親は、カレンを横目で盗み見るコウちゃんが特別な感情を抱いていることに気づいていた。だからそれとなく〝アタックしてみなよ〟と、合図を送ったが、コウちゃんは恥ずかしがって首を横に振るばかりだった。

そうしている間に、カレンは金箔ソフトクリームにかぶりつき、幸せな表情を浮かべていた。だけどすぐに、釈然としないといった表情に切り替わる。

『これ、あじがぜんぜんしないよ？』

『金箔はそういうものなのよ』

解説してくれたカレンの母は、カレンの鼻先を見ながら笑みをこぼしていた。

コウちゃんはずっとカレンのことを見ていたから、もちろんその鼻先についているものに気づいていた。本当はそれを拭いてあげて、頼りになる男の子だとアピールするべきなのに、モジモジと体を左右に動かしたまま動き出さない。

そうこうしているうちに、お父さんがそれに気づいてしまった。

『華怜、鼻に金箔がついてるよ』

『えっ？』

ゴシゴシと鼻先をこするけれど、それは金粉となって広がるだけ。仕方ないといった風に微笑みながら、お父さんはハンカチで鼻先を拭いてあげた。

『くすぐったい！』

『ちょっとだけ我慢しててね』

大きな手で、カレンが動かないように頭を固定する。ゴシゴシ拭ってあげると、それはすぐに取れた。

『よしっ、これでもういいよ』

『ありがとー！　だいすきっ！』

そう言ってカレンはお父さんに抱きつきキスをした。お父さんはそれを受け止めて、よしよしとカレンの頭を撫でた。

コウちゃんはといえば、そんな二人を見て気分を沈めていた。僕もカレンのお父さんのようにしてあげれば、あんな風に抱きついてくれたのかも、と考えているのだろう。

いやいや絶対にそうはならないと思ったのか、すぐにかぶりを振った。コウちゃんは、カレンの大切な誰かにはなれていないからだ。

また、ある時の春。あのお花見からちょうど一年後ぐらいの春のことを、夢の中のカレンは思い出していた。

あの時も同じメンバーで集まって、家の近くの公園へ遊びにきていた。その一番の目的は、タイムカプセルを埋めるため。

それはカレンのお母さんが提案したことで、思い出作りの一環だった。ちょうどコウちゃんが家庭の事情で引っ越すことになったため、またいつかここで集まれるようにという思いを込めるためのタイムカプセルだったとカレンは聞いている。

カレンとコウちゃんは、砂場で小さなお城を作っていた。数年間一緒に遊んだ相手が引っ越すというのはカレンもそれなりに寂しいようで、どこか浮かない顔をしている。コウちゃんも、先ほどからずっと口をつぐんでいた。

だけど意を決したのか、ようやく口を開く。それは積み上げていた砂にトンネルを開通させる作業をしていた時だった。

『カレンは、おてがみになんてかいたの……?』

カレンは、お母さんからは、未来の自分へ宛てた手紙や、願いごとを書けばいいのだと言われていた。カレンは頬を染めながら『ないしょっ!』と恥ずかしげにそっぽを向いた。

『いじわるしないで、おしえてよ……』

コウちゃんの方が年上だというのに、若干目に涙を浮かべている。それでもカレンは教えたくないのか、口を真一文字に引き結ぶ。

もう手紙はタイムカプセルの中に入れられて、それは向こうの東屋で談笑している大人たちが持っている。お父さんたちはきっと、お互いに別れを惜しんでいるのだろうとカレンは思った。今すぐあそこに入れた手紙を入れ替えたい。恥ずかしいことを書いてしまったから。

でもあそこに書いたことは少女のまぎれもない本心で、嘘偽りのない本音だった。顔が熱くなるのをじっと耐えて、ようやくトンネルは開通する。

コウちゃんとカレンの手がピタリと触れ合った。コウちゃんはピクッと体を震わせて、思わず手を引っ込める。

『あ、あのカレン……!』

『うわっ、どうしたの?』

突然の大声でビックリしたのか、カレンは目を丸くした。それも構わずに、コウちゃんは話を続ける。

『じ、じつは、ひっこしするまえに、つたえたいことがあって……!』

『つたえたいこと?』

『じっじつは……』

コウちゃんが緊張しているとわかったカレンは、ニコリと笑顔を浮かべた。

『おちついておちついて。しんこきゅうしなよ』

『あ、うん……』

深呼吸をして落ち着いたコウちゃんは、おそらく気づいてしまったのだろう。ここで本当の気持ちを伝えてしまったら、どんなことが起こるのかを。もしかすると拒絶されて、将来ここに集まることができなくなるかもしれない。

それを一度でも考えてしまったコウちゃんの言葉は、喉の奥に引っ込んでしまった。

『どうしたの？』とカレンは純粋な瞳で訊ねる。

『ううん、なんでもない……』

『そう？』

それからカレンは物憂げな表情を浮かべて『やっぱり、さびしくなるね』と言った。

結局誰の思いも伝わらないまま、そのタイムカプセルは桜の木の下に埋められた。

＊　＊　＊

そして、それから十数年の時が流れて……。

五月二十日。華怜を乗せた航空機は、山の斜面へと墜落した――。

そうだ、私はあの飛行機に乗っていたんだ。

その全てを思い出して、私は悟った。

どうして私が公生さんの前に現れたのか。これはきっと、私に与えられた最後のチャンスだった。だけどそのせっかくのチャンスを、私は記憶喪失という形で無駄にしてしまった。

それだけならまだしも、私は致命的なまでに大きなミスを犯してしまっている。取り返しのつかないかもしれない、大きなミス。それに気がついてしまった私は、急に背筋に寒気を覚えて。地に足がついていないのではないかという錯覚に陥った。

本当なら、こんなはずじゃなかった。後悔をしたって、もう遅い。私はどうしようもないぐらい公生さんのことが好きで、愛していて、その思いを伝えてしまっているのだから。こんな純粋な思いは、伝えるべきじゃなかった。

私はただひたすら、ごめんなさいと心の中で謝り続けた……。

# 第五章 サイン会

五月二十五日（金）

「三十九度八分」

布団の上に横たわっている華怜の脇から体温計を取り出し、その数字を読み上げた。誤魔化しようのない、立派な風邪だった。荒い息を吐きながら、彼女は全身から大粒の汗を流していた。

「こうせいさん……」

「ごめん華怜……僕がそばについていたのに……」

華怜が起き上がろうとするのを制止させ、おでこにのせていた水タオルを取り替えた。熱のせいで、体に全く力が入っていなかった。

「こうせいさん……」

「今日はしっかり休もう。ずっとそばにいるから、安心して」

「そうじゃなくて……」

「どうしたの？」

「サイン、会……」

時計を見ると、すでにサイン会が始まっている時間だった。だから今さら駅に向かっても、間に合わない。

というより、行くわけがない。風邪を引かせてしまった女の子を置いてそこへ行くなんて、どうかしている。それにもう昨日の時点で、サイン会に行くのは諦めていた。

「僕のことは気にしないで。サイン会なんかより、華怜の方が大事だから」

熱に浮かされている華怜の目の焦点は定まっていない。

「行って、ください……」

「絶対に行かないよ」

華怜の汗の中に涙が混じり始める。

こんな時まで僕のことを考えてくれていて、彼女は本当に優しい女の子だ。

だけど今は、その優しさを真正面から受け止めることはできない。つらいけれど、これが僕が彼女にしてあげられることだから。

「わ、たし……」

華怜は弱弱しく呟いた。ただ一言「ごめんなさい」と。

それから気を失ったように眠り、その間も苦しそうに荒い呼吸を繰り返している。

パジャマが濡れてしまうほど体は汗ばんでいて、拭いてあげないと余計に冷やしてしまうと思った。

だけど恋人だからといって、女の子の服を脱がせて体を拭くというのはためらわれた。仕方ないし申し訳ないけれど、隣の部屋の先輩を呼ぶことにした。今頼れるのは先輩しかいない。

僕はどこかで、先輩はどうせ今日もパジャマを着たまま髪をボサボサにして、部屋の中で何かやっているのだろうと勝手に思っていた。とても失礼だと思うけれど、普段の先輩がそうなのだから仕方ない。

結論だけ言うと、先輩は部屋の中にいなかった。何度インターホンを押しても反応はないから、おそらく寝ているというわけでもないのだろう。

部屋へ戻って華怜のおでこのタオルを再び交換し、卵のおかゆを作った。風邪の時は消化のいいものを食べた方がいいと聞いたから、間違ってはいないだろう。

それから何度かタオルを取り替えていると、華怜は目を覚ました。もうサイン会は終わっているだろうから、諦めてじっとしてくれるかと思ったけど、違った。

「サイン会、行ってください……」

そう言って、また彼女は涙を流す。

「もうたぶん終わってるから、行っても意味がないよ」

温めたおかゆをスプーンですくって、華怜の口元へ近づけた。最初は口を引きむすんでいたけれど、やがて諦めたようにゆっくりと口を開いてくれる。華怜は長い時間をかけて咀嚼し、飲み込んだ。

それを何度か続けてから、アパート前の自販機で買ってきたドリンクにストローをさして飲ませてあげる。

「体、拭いてもいい？」

しばらくの沈黙の後、華怜はコクリと頷いた。彼女は自分でボタンを外していき、綺麗な肌を露出させる。その艶めかしい光景に一瞬目を奪われたけど、慌ててかぶりを振った。今はそういうことを考えるわけにはいかない。早くしないと、華怜は余計に体を冷やしてしまう。

上の方からバスタオルで拭いてあげた。それが胸のあたりへ行った時、ぽつりと華怜は呟く。

「あの、公生さん……」

「もしかして、何かまずかった？」

「いえ……むしろ、ありがとうございます……」

「どういたしまして。それで、どうしたの？」

華怜はもう一度、かすかに聞こえる声量で呟いた。

「ごめんなさい……」

どうして謝る必要があるのか、深くは聞かないことにした。今は、一刻も早く風邪が治ってほしいから。

「僕の方こそ、ごめん」

「ごめんなさい……」

「華怜は何も悪くないよ」

下着とパジャマを取り替える。パジャマは僕が高校生の時に使っていたジャージを着させてあげた。それから華怜をもう一度寝かしつける。おでこに手を当てて軽く熱を測ったけど、先ほどからあまり変化はなかった。

華怜がすがるように、僕の手を握ってくる。

「大丈夫、そばにいるから。安心して」

優しく伝えると安心した表情で、華怜はもう一度目をつぶった。しばらくすると安らかな寝息を立て始め、また糸が切れたように眠った。


いつの間にか時刻は夕刻になっていた。サイン会のことが頭をよぎったけど、後悔なんてなかった。名瀬雪菜がこの県に住んでいるのなら、きっとまたチャンスはいくらでもやってくる。たとえもうチャンスがやってこなかったとしても、後悔なんて絶対しない。華怜と一緒にいられるなら、僕はそれだけでいいから。

「コウちゃん……」

「え？」

思わず、華怜の寝言に反応してしまった。妹にコウちゃんと呼ばれていた時期があったことを思い出し、懐かしいなと思ったから。

もしかすると、僕のことではなく、記憶を失う前の友達の呼び名なのかもしれない。

今、華怜は幸せな夢を見ているのだろうか。せめて夢の中ぐらいは幸せであってほしいと、手を握りながら僕は願った。


華怜が目を覚ましたのは、夕刻の六時を少し回った頃だった。

その間ずっと手を繋いでいたからか、華怜は目を覚ました時に安堵の表情を浮かべてくれた。

「熱測っていい？」

「はい」

体温計を脇に挟んで熱を測ると、三十八度三分だった。少しだけ下がったけれど、まだまだ熱はある。

「つらい？」

「ちょっと、つらいです。でも少しだけ楽になりました」

おでこのタオルを替えると、冷気に心地よさを感じたのか、くすぐったそうに全身を震わせていた。つらい表情も和らぎ気持ちも落ち着いたみたいで、本当によかった。

「あの、公生さん。話しておきたいことがあるんです」

「どうしたの？」

とても大事な話なのか、華怜は布団の中でもぞもぞと動き、話ができるようにこちらを見つめた。

「記憶が、戻りました」

急に口の中に渇《かわ》きを覚え、心臓は経験したことがないほどの速さで不自然に拍動を始めていた。それが落ち着くのを待って、僕はじっくり考える。

記憶が戻ったということは、その先を決める権利が生まれたということだ。僕は華怜の決めたことに口を挟んじゃいけないから、どんな言葉が返ってきてもいいように覚悟を固めた。

「華怜は、どうしたい？」

一週間捜索もしてくれなかった家族のもとへ、本当に戻りたいのか。そんな最低な言葉を、必死に飲み込んだ。

僕は自分が最低の人間だと、痛いほどに自覚した。きっと何か事情があったんだ。会わなくても、華怜の家族が素敵な人たちだということは容易に想像がつく。あんなに美味しい味噌汁を作れる華怜の家庭が崩壊しているなんて考えられない。あの綺麗な肌を見て、虐待を受けたりしていないことは容易に想像できる。僕はただ、仮に華怜の身元がわかったとしても、帰らない方がいいと言える理由がほしかったんだ。本当に最低で傲慢で、卑怯者だ。

記憶が戻れば、華怜が家へ帰りたいと思うのは、至極当然の思考だ。もうこれで、甘く穏やかな生活が終わるのだと思うと、何だかとても、つらかった。

だから僕は、次に飛び出した華怜の言葉を理解するのに、やっぱりしばらくの時間がかかった。

「ここにいても、いいですか？」

手を握ったまま、まっすぐに、華怜はそう言ってくれた。この時の僕は、さっぱりわからなかった。どうして記憶が戻る前の生活より、この僕を選んでくれたのか。こんな、どうしようもない僕のことを。ここにいたって苦労をするだけで、幸せになれる保証なんて、ないのに……。

「いえ、間違えました」

「間違えた……？」

途端に不安の色に染まった心を、華怜はすぐに払拭してくれた。僕の目頭が、急に熱を帯び始めたのがわかった。

「ずっとここにいて、いいですか？」

「ずっと……？」

「ずっとです」

華怜は決して目をそらさない。熱で体はつらいはずなのに、ただ僕をまっすぐに見つめてくれる。

「家族には、何て言うの？」

「公生さんが了承してくれれば、何とかなります」

「高校は？」

「公生さんが了承してくれれば、すぐにやめます」

「本気……？」

「本気です。別に学歴がなくても、アルバイトぐらいはできますから」

熱に浮かされているとか、そんなのじゃない。華怜は本気だった。本気で僕との将来を考えてくれていて、そのために、取り戻した記憶を全て手放そうとしてくれていた。

そんなのは、ダメだ。華怜の両親に申し訳が立たないし、華怜のためにもならない。でも、そこまで言ってくれる華怜が嬉しくて、嬉しくて……。僕はいつの間にか、無意識に華怜のことを抱きしめてしまっていた。

「ここにいてほしい」

スッと華怜の鼻をすすった音が耳元で響く。体は未だ熱を帯びていて、ここにちゃんと生きていて、夢なんかじゃないことを強く実感させてくれた。

華怜はぽつりと、呟く。

「私、親不孝ものですね……」

「両親には、僕からもいずれしっかりと説明するよ」

「許してくれるか、わかりませんよ」

「それなら、駆け落ちしよう。どこか、ずっと遠くに」

「駆け落ち、ですか？」

その声は涙声で震えていた。

「北海道《ほっかいどう》でも、沖縄《おきなわ》でも、どこでもいいよ」

「暖かい場所がいいです」

「それじゃあ、ずっと南に行こう」

華怜となら、きっとどこへ行っても大丈夫だ。最初は僕が定職に就いて、華怜もアルバイトをしながら二人で生活費を稼ぐ。余裕が出てきたら、小説家になる夢をゆっくり叶えていけばいい。時間はたっぷりとあるんだから。

「嬉しいです」と、華怜は言って、抱きしめる腕を強めてくる。その腕はかすかに震えていた。泣いているとわかったから、強く抱きしめた。

僕はそれ以上何も言わなかったし、何も訊いたりしなかった。深い事情があることぐらいわかったけれど、そう簡単に話せるような内容ではないことも理解できていた。

だから華怜が話してくれる気になるまで、僕は何も訊かないことにした。

二人でいれば、怖いものなんて何もないと、ただ純粋にそう思ってしまっていた。


しばらくして僕の腕の中の華怜が落ち着きを取り戻した。僕も我に返り、今すべきことを考えた。

僕は普段風邪を引かないから、家に薬というものを常備していない。本当ならすぐにドラッグストアに買いに行って飲ませるべきだったけど、華怜を一人にすることの方が心配で外には出なかった。熱が下がってきているとはいえ、まだ三十八度台だ。風邪が長引くのもよくないし、なるべく薬は飲ませた方がいいだろう。

しかし華怜は、「ドラッグストアに行ってくる」という言葉に、首を縦には振らなかった。代わりに手を握って、

「ここにいてください」

と、甘えてきた。

「風邪、治るの遅くなるよ?」

「公生さんがいなくなる方が、風邪の治りが遅くなります」

どういう理屈だと呆れてしまったけど、華怜は僕を必要としてくれているのだ。

それは素直に嬉しい。

「ちょっとだけだから」

「ちょっとでもダメです」

「じゃあ、一緒に行く？」

「行きます」

おぶっていけばそれほど華怜の負担にはならないだろうと思い、彼女の意思を尊重して連れていくことにする。最初、おぶられるのは恥ずかしいと言われたが、これだけは折れなかった。病人を歩かせるなんて、どうかしているから。

公園から家に運ぶ時も感じたけど、彼女はびっくりするほど軽かった。女の子はみんな、こんな感じなのだろうかと、彼女を背負いながら思う。

「重くないですか？」

「全然」

「ほんとですか？」

「重いって言ってほしいの？」

「重いなら、頑張って痩せますから」

その健気さに笑みがこぼれる。熱はあるけど、華怜の口調はとても軽快だった。

「華怜は、そのままでいいよ」

「わかりました」

不意に頬を僕の後頭部に擦り寄せてくる。華怜は甘え上手だ。

彼女を背負ったまま部屋の外へ出て、繁華街の方へと歩いた。もう日は落ち始めていて、辺りは薄暗闇に満ちている。住宅街の道沿いに設置されている街灯が、夜の訪れを感じさせるようにパッと点灯した。

「寒くない？」

「あったかいです」

「それならよかった」

しばらく住宅街を歩くと、どこか昔を懐かしむ声色で華怜は呟いた。

「ここら辺も、ずいぶん変わっちゃったんですね」

「華怜は、昔この辺りに住んでたの？」

なぜか返事に間があって、十秒後ぐらいに「まあ、そんな感じです」という曖昧な返答が返ってきた。

「昔、タイムカプセルを埋めたんですよ」

「へぇ、何かいいね、そういうの」

僕は素直に、感じたままの言葉を返す。タイムカプセルがあれば、たとえ離れ離れになっても、また同じ場所に戻ってくることができる。それはとっても素敵なことだ。

「いい思い出でした。中には手紙を入れたんです」

「そうなんだ。華怜は、何て書いたの？」

「内緒です」

そう呟いた彼女の声は、涙声で震えていた。

「どうしたの？」と、僕は心配になって問いかける。おぶっていて表情はうかがえないけれど、きっと泣いているのだろう。

「な、何でもないですっ」

「何でもないってこと、ないんじゃない？」

「ほんとに何でもないんです」

「何か、悲しいことがあったの？」

しばらくの間、返事は返ってこなかった。

だけど、またすぐに短い言葉が返ってくる。

「幸せ、でした」

「本当に？」

「本当です」

それなら心配することはない。華怜が幸せを感じているなら。ましてやそれが嬉し涙であるのなら。

「眠っても、いいですか？」

「うん、ゆっくり眠りなよ」

「ありがとう、ございます……」

お礼を言った華怜は、頭を僕の背中へと預けてきた。静かになると彼女の心臓を打つ音が、どくんどくんと正確に伝わってくる。

安らかな音だった。この音を真剣に聞いていると、僕まで眠くなってきそうだから、かぶりを振ってドラッグストアへ向かう足を速めた。


閉店間際のドラッグストアはお客さんの数が少なかった。店員さんが閉店作業で慌ただしくしているなか、僕は風邪薬の置かれている奥のコーナーへと向かう。

大きな商品棚の中には、鎮痛剤、解熱剤、頭痛薬など豊富な種類の薬が置いてあるけど、そのせいでどれを買えばいいか迷ってしまう。商品説明には様々な風邪の症状が羅列されていて、どれが一番華怜に合っていて、どれが一番効くのかがさっぱりわからなかった。

もうドラッグストアは閉店する。かといって、忙しい店員さんに相談をすることも、どうしてか憚《はばか》られる。

「参ったな……」

背負っている華怜がずり落ちてしまいそうだったから、慌てて担ぎ直す。反動で起きてしまうかと思ったけど、まだ安らかに寝息を立てている。

　焦りだけが僕の胸中に積もっていく、そんな時。

「風邪ですか？」

　ふと背後から、優しい声が届いた。それは眠っている華怜を気遣ってかとても小さく、だから危うく聞き逃してしまいそうだった。

　振り返ると、気のよさそうな女性が微笑んでいた。少し茶色がかった髪は長くて、瞳は大きい。落ち着いた雰囲気をまとっていて、年上にも見えるけれど、同年代の人のようにも見えた。

　そういうことを考えていると、返事が遅れてしまって。いつの間にか彼女は、背中の華怜を覗き込んでいた。

「妹さんですか？　可愛い方ですね」

　そう言って、柔らかな笑みを浮かべてくる。

「あ、えっと……あの……」

「妹さんじゃないんですか？」

「妹です……」

　しどろもどろになって、思わず嘘をついてしまった。もう誰にも、嘘をつく必要なんてないのに。

しどろもどろになったのは、女性に話しかけられて動揺したからではない。いや、もちろん少しは動揺するけど、このままじゃ色々とマズイのだ。華怜が起きた時が一番マズイ。起きて、こんなにも綺麗な人が僕の目の前に立っていたら、小一時間ほど口を聞いてくれなくなるかもしれない。華怜は些細なことで、ヤキモチを焼く女の子だから。

「顔色が悪いようですが、大丈夫ですか?」

「あ、えっと……看病してて、朝から何も食べてないです……」

正直に答えると、彼女は口元を押さえながら上品な笑みを見せた。そんなわずかな仕草にも、気品が漂っている気がする。

「あなたが優しい人なのはわかりましたけど、私が訊いたのは妹さんのことですよ」

顔が焼けたように熱くなった。このタイミングで、風邪を引いている華怜ではなく僕に質問する人がどこにいるんだ。少し考えればすぐにわかったのに……。

「熱が三十八度以上あって。昨日雨に濡れたから、風邪だと思うんですけど……」

「頭痛は訴えてましたか?」

「特にそういうことは……」

「なるほどなるほど」

彼女は店員さんに声をかけ、僕のために、正確には華怜のために、薬を選んでくれた。そして、赤色のケースに入った薬を僕へと手渡してきた。

「熱の症状にはこれが効くそうです。妹さん、早くよくなるといいですね」

そう言って彼女はまた笑顔を見せた。〝妹さん〟という言葉に、思わず出しかけた言葉が引っ込んでしまった。だけどお礼を言わなきゃ失礼だから、無理やり引き戻して声に出す。

「あの、ありがとうございます……」

「お礼なんてとんでもないです。当然のことをしただけですから」

「それでも、ありがとうございます」

ここであのままじっとしていたら、おそらく閉店までに薬を見つけられなかった。薬を見つけられないということは、華怜に飲ませることもできないということだから、やっぱり感謝しかない。

彼女は「どういたしまして」と微笑んだ。その後彼女が、小さくコホリと咳をしたので、僕は思わず質問していた。

「風邪ですか？」

「実はちょっと前に妹が風邪を引きまして、うつっちゃったのかもしれません」

そして少し恥ずかしそうに視線をそらした後、また話を続けた。

「でも私、頑固なところがあるから、ただの自業自得なんですよね」

「自業自得？」

「実は私も今朝からどこか体調が悪かったんです。だけど、駅前の本屋に予定があったので、頑張って向かったんですよ」

本屋の予定とは何だろう。風邪を引いたからって、無理して行く人はそうそういないだろう。いつでも本屋には行けるし、ましてやネット通販もあるんだから。

それじゃあ、どうして今日無理をしてでも行く必要があったのか。

その理由は、すぐに思い立った。僕の口から思わず声が漏れた。

「名瀬雪菜……」

呟いた途端、彼女は屈託のない笑みを浮かべ、僕の方に半歩ほど詰め寄ってきた。

彼女は僕より少し背が低いだけだから、少し近づかれただけで変な威圧感がやってきて。思わず、こんな華怜みたいな笑顔も見せるんだと、少し意外に思ってしまった。

「名瀬先生のファンなんですか⁉」

今までの落ち着いた雰囲気とはかけ離れた勢いと物言いに、思わずたじろいでしまう。こういうのをギャップというのかもしれない。

「あ、えっと……」

「実は私もファンなんです！」

彼女は肩に下げていたおしゃれなミニバッグの中から、一冊の単行本を取り出した。

それはちょっと前に出た名瀬雪菜の最新作で、もちろん僕も持っているものだ。表紙には、マーカーでサインが入っていた。そして隣には、『嬉野茉莉華さんへ』と名前が書かれている。

僕は思わず、

「あ、羨ましい……」

と呟いていた。

「サイン会、行かなかったんですか？　もったいないですよ、せっかくのチャンスだったのに」

きっと悪気はなかったのだろう。だから言葉にした後、口元を押さえて彼女は申し訳なさそうな表情を作った。

「ごめんなさい、妹さん。風邪引いちゃったんですよね」

「いえ、気にしてないので。僕もたぶん、同じ立場だったら同じことを言っちゃったと思いますから」

好きな作家のファンに出会えて、嬉しくないわけがない。実際僕は今、すごく嬉しく思っている。名瀬雪菜のことを語り合える人なんて、今までは先輩ぐらいしかいなかったのだから。

だけどその相手が女性なのが、少しだけ残念だった。もちろん彼女は悪くない。華怜も悪くないし、悪いのはこの僕だ。華怜を不安にさせないように、必要以上に女の人と仲よくしないと決めたのは自分なのだから。

「んんっ……」

後ろから、可愛らしい寝起きの声が聞こえてくる。あ、まずいと思った頃には、嬉野《うれしの》さんという女性が華怜を覗き込んでいた。

「ごめんなさい、起こしちゃいましたか……?」

僕はこの後、華怜が僕の服をぐっと掴み、嬉野さんから隠れるように僕の背中で小さくなるだろうとばかり思っていたけれど、実際は違った。なぜかしばらく間を置いた後、ただ華怜はいつも通りの声色で、「初めまして。華怜っていいます。今ちょうど起きたかったところなので、大丈夫ですよ」と丁寧に挨拶した。

華怜の表情が見えないから、どんな感情を抱いているのかまではわからなかった。

僕がそれに少々驚いていると、嬉野さんも笑顔で挨拶をしてくれる。

「嬉野茉莉華《まりか》です。初めまして」

「まりか、さん」

華怜は小さく呟く。そしてもう一度、記憶に刻み込むように「茉莉華さん、ですね」と呟いた。すると、嬉野さんが僕の方を向いて言った。

「あなたのお名前は、何て言うんですか?」

いきなりのことに、すぐに答えられないでいると、華怜が代わりに答えた。

「小鳥遊公生さんっていうんですよ。とっても優しい私の兄です」

「公生さんですか」

どうして兄と紹介したのか、僕にはわからなかった。華怜なら、恋人だと正直に話すと思ったのに。それにもう、僕らは兄妹だと周りに偽る必要もないのに。

「もしよろしければ、連絡先を交換しませんか？　実は名瀬先生のファンの方と出会ったの、初めてなんです」

「あ、えっと……」

さすがに連絡先の交換は……と思っていると、華怜が後ろから不思議そうな声で問いかけてきた。

「連絡先、交換しないんですか？」

「……わかった」

華怜の様子にどこか釈然としないものを感じながら、僕はスマホを出して彼女と連絡先を交換した。もしかするとずっと一緒にいると約束したから、嫉妬もヤキモチも焼かなくなったのかもしれない。いやいや、そんなはずはない。僕が先輩と話しているだけで、華怜はヤキモチを焼いていたのだから。

だからこそ、どうしてこんなに綺麗な人に嫉妬をしないのかがわからなかった。もちろん華怜の方が可愛いに決まっているけれど。

本当は怒っているのかもしれない。だけど、声色からすると怒っているようにも思えない。一番可能性があるのは、華怜も嬉野さんと仲よくしたいと思っている線だ。記憶を取り戻したから、僕以外の人とも関わりたいと思ったって不思議じゃない。

華怜の思考に頭を巡らせていると、店内のＢＧＭがゆったりとしたものに変わり、もう閉店時間なのだということを教えてくれた。

「早く買わないと、ですね」

嬉野さんが言ってくれたから、僕も華怜を背負い直し、後をついて行った。

別々に薬を買って外へ出ると、もう日は完全に沈んでいた。嬉野さんは僕らの方へ振り返り、笑みを浮かべる。

「サイン会にも行けて、素敵なお友達が二人もできて、今日はとても嬉しい日でした」

きっと本心からそう思っているのだと、珍しく僕はそのままの意味で受け取ることができた。それはおそらく、彼女が真っすぐで誠実な人間だと感じるからだろう。

「私も、茉莉華さんとお友達になれてよかったです」

「そう？　嬉しいなっ」

華怜は、やはり彼女に対して全く警戒することなく、まるで姉妹のように笑い合っていた。もしかすると相性がいいのかもしれない。

それから嬉野さんは「家に帰って晩ごはんの支度をしないといけないので、今日はこれで」と、丁寧に別れの挨拶をした。

「いえ、今日は本当にありがとうございます」

「また、そのうち三人でお話ししましょうね」

華怜にも柔らかい微笑みを向け、嬉野さんは横断歩道を渡り向こうへと歩いていった。その姿が見えなくなるまで見送った後、華怜はぽつりと呟く。

怒られる、ふいにそう思った。

「茉莉華さん、いい人でしたね」

違った。それはいつも通りの声色だった。

怒っていない、のだろうか。やっぱり記憶を取り戻したから、華怜も仲のいい人を作りたいだけなのかもしれない。

もしそうだとしたら、これからも嬉野さんと関わることが増えるのかも。そう考えると、僕もちょっとだけ嬉しい。それは名瀬雪菜の話を語り合える相手ができたからであって、他意は一切ない。

「帰りましょうか」

「そうだね」

アパートへの道のりの間、彼女はずっと無言で。行きと同じく寝てしまったのかと思った。

だけどふいに、華怜が僕の首元に鼻を近づけてきて、すーっと息を吸い込んできた。その後に口元から深呼吸のように息を吐き出し、僕の首元に暖かい息がかかる。全身の毛が逆立ったように感じ、くすぐったかった。

「ど、どうしたの？」

「いい匂いだなって思ったんです」

「今日はまだ風呂に入ってないよ？」

「シャンプーじゃなくて、公生さんの匂いです。安心するんです」

そう言うと、また勢いよく匂いを嗅いできて。今度はふっと短く吐き出した。僕はまた身震いして、変な声が出そうになるのを耐える。

「安心した？」

「安心しました」

「それならよかった」

気づけば、お互いにくすりと笑い合っていた。

「今日は、帰ったら小説を書きましょう」

「いいね、書こうか」

「書いた小説は読み聞かせてください」

「それはちょっと恥ずかしいね」

「公生さんの膝の上に頭をのせながら、聞きますね」

昨日の公園での膝枕はちょっと恥ずかしかったけれど、二人だけの空間なら別に構わない。

「眠る時は、楽しいお話をたくさんしてくださいね」

「もちろん。華怜が眠るまで、そばにいるから」

「ありがとうございます」

華怜はまた、僕の匂いを嗅いできた。それはまるで、僕の匂いを忘れたりしないように刻みつけているみたいで。そんな妄想で、どうしようもなく心がざわついた。

どこにも行ったりしないよね？　そう訊きたかったけど、言葉にはできなかった。ずっと一緒にいると約束したんだから、どこにも行ったりするはずがない。余計なことを考えるのは僕の悪い癖だ。

アパートへ着くと華怜に薬を飲ませ、約束通りに小説の短編を書いた。内容は、よくある恋愛小説だ。ありきたりすぎる話だけど、読み聞かせると華怜は真剣に膝の上で耳を傾けてくれた。小説を読みながら頭を撫でると、くすぐったそうに身をよじる。

「小説家、なってくださいね？」

華怜は唐突に、そんなことを呟いた。

「うん。なるよ。華怜のために、小説家になるって決めたから」

「絶対に諦めないでくださいね」

「絶対に諦めるもんか」

「出版したら、朝から並んで買いに行きます」

「一番にサインしてあげるよ。ううん、華怜のだけにサインしてあげる」

「嬉しいです」

　スッと華怜は鼻をすすった。

「そろそろ、寝ましょうか」

「そうだね」

　少し残念だけど、もう夜も更けている。

　布団を敷いて灯りを消して横になると、華怜もすぐ隣に横になった。いつもよりその距離はずっと近い。

「抱きしめてください」と甘えてきたから、僕は何もためらわずに抱きしめた。もしかすると、不安だったのかもしれない。華怜じゃなくて、この僕が。

「これでいい？」

「安心します」

「それはよかった」

「楽しい話、してくれませんか？」

僕はすぐに、楽しい話を思い浮かべた。

「二人で駆け落ちした後、経済的に豊かになったら、何人子供が欲しいかな」

「いきなり、ですね」

「将来の夢を語るのは楽しいでしょ？」

くすっと腕の中で笑ったから、僕もつられて微笑む。こういう話は、心の中に秘めているより口に出した方が叶う気がする。

「子供は、別に作らなくていいですよ」

「どうして？」

「公生さんと一緒にいられる時間が減っちゃうからです」

将来僕らの間に子供ができて、その子供と仲よく遊んでいると、華怜が顔を真っ赤にさせて肩をポカポカと叩いてくるかもしれない。そう考えると、面白くて楽しくて、何だかそれもいいなと思ってしまった。

「どうして笑うんですか？」

「いや、何だか面白いなって」

「面白いですか？」

華怜はおそらく唇を尖らせて、むすっとした表情を浮かべたのだと思う。

「小説がたくさん売れたら、どこかに旅行へ行こうか」

「いいですね。でも、電車か新幹線で行ける距離がいいです」

「どうして?」

「飛行機は、怖いですから」

怯えるように体を縮こませたから、彼女のことをさらに強く抱きしめた。たしかに、飛行機は怖い。張り詰めた口調で惨状を繰り返すテレビレポーターの声。絶叫する被害者家族の姿。沈鬱な表情のテレビキャスターの口から次々に明らかにされる、事故の真実。それは日本の国民全てに植えつけられた、一生消えない記憶だ。

「じゃあ、飛行機は使わないことにしよう」

「危ないですから、絶対に乗らないでくださいね」

「絶対に乗らないよ」

心配性な華怜は念を押してくる。

「それじゃあ、京都《きょうと》なんかどうかな。あそこはいろんな観光名所があるから」

「金閣寺《きんかくじ》とか、一度見てみたいです」

「いいね、僕も行きたい。ふと思ったんだけど、いつか京都に住むのもいいかもね。毎日観光に行けるから」

「それも素敵ですね。着物を着て、公生さんと歩きたいです」

「着物ならいつでも買ってあげるよ。今年の夏は着物を着て川辺に花火を見に行こうか」

「花火、大好きです」

「僕も大好きだよ」

「大きな花火もいいですけど、線香花火もいいですよね」

「パチパチ火花が散るのが、人生みたいに儚《はかな》くていいよね」

もうそろそろ、花火の季節だ。

「秋は紅葉を見に行こうか」

「また、公園に遊びに行きましょう」

「冬はスキーをするのもいいかもね」

「スキー、できるんですか?」

「実は、やったことない……」

正直に答えると、華怜が小さく声を出して笑った。もともと、僕は運動がそれほど得意じゃない。

「スキーがダメなら、ソリでもいいですよ」

「じゃあ一緒のソリに乗って滑ろっか」

「いいですね、それ」

また二人で笑い合う。

ふと、月明かりを頼りに時計を見ると、あと数秒で今日が終わろうとしていた。華怜は風邪を引いているから、そろそろ寝ないと悪化するかもしれない。

そんなことを考えているうちに、金曜日は終わりを告げた。

五月二十六日（土）

「もう日付が変わったから、寝ようか」

「……え？」

腕の中の華怜が、ピクリと体を震わせたのがわかった。

「もう、そんな時間なんですね……早すぎます……」

「だね……もっと話していたいけど」

「……寝ましょっか」

そう言うと、華怜は僕の腕の中から離れた。そこで、僕はようやく気づく。暗がりの中、華怜の大きな瞳から、大粒の涙があふれていたことに。それは絶えることなく頬を濡らし続け、滴り落ちたしずくは真っ白な布団の上にいくつものシミを作った。

「華怜、どうしたの……？」

その問いの答えを返す前に、華怜は僕の首に腕を絡めてきて。唇を重ね合わせてきた。熱くて、暖かくて、やっぱりそれだけで僕の心は満たされる。何度か経験したその行為は、そのどれもが神秘的なものだった。

やがて唇が離れると、僕は息をするのを再開させる。しかし、また彼女に塞がれた。ただ、華怜のその行為を受け入れた。

しばらくしてようやくキスをやめたが、代わりに僕の胸に顔を埋めて体を震わせていた。僕はただ、そんな何かに怯えるような彼女のことを抱きしめた。

「朝になれば、いつも通りの私に戻りますから……」

「うん」

「だから今だけは、許してください……」

「大丈夫だよ」

抱きしめたまま、いつものように頭を撫でると、華怜は声を押し殺して泣き始めた。どうして泣いているのか、どうしてキスをしてきたのか。本当の意味は、その時の僕にはわからなかった。

それがわかるのは、この物語の終着点。

ずっとずっと、先のことだ。

僕は、せめてわからないなりに精一杯彼女のことを抱きしめ続け、そばにいるよとささやき続けた。

結局その後、華怜は糸が切れたように眠りについた。いつも通り安らかな寝息だった。

ようやく僕は安心して、まぶたを閉じた。

どうか明日も、笑顔でいられますようにと、ただそれだけを願いながら、僕も安らかに眠りについた。

第六章

# 彼女の異変

朝、目が覚めると、抱きしめていたはずの華怜がいなくなっていた。なぜか形容しがたい不安に駆られ、心臓が早鐘を打ち、まどろみの状態から一気に覚醒した。

布団を半ば投げ飛ばすように起き上がり、部屋を見渡す。華怜の姿はない。慌ててドアを開け、キッチンを見た。

そこに、華怜はいた。いつも通り包丁を握り朝ご飯の調理をしていて、僕は心の底から安堵していた。今思えば、どうしてこんなにも心が乱れたのか、わけがわからなかった。華怜はどこにも行ったりしないのに。

「おはよ、華怜。風邪はどう？　手伝うよ」

自然と言葉が出た。というのも、フライパンに油を引いて、固めの目玉焼きを作る。その動作がたった数日のうちに、僕の日常の中に組み込まれていたからだ。華怜もいつも「しょうがないですね」なんてことを微笑みながら言って、半歩ほど左へ移動してくれる。

しかし今日は、そうはならなかった。華怜は僕の方を振り返りもせず、ただ淡々と調理を続けている。無視したという感じでもない。どうかしたのかと思い心配になり、もっとそばへ近づいて、声をかける。

「華怜？」

「公生さんは、部屋で待っててください」

華怜はぶっきらぼうに、ほぼ無感情な声でそう言う。それでも僕は食い下がった。

「いや、手伝うよ。二人でやった方が早く終わるし」

「小説、書いててください」

「今日は土曜だから、時間はたくさんあるんだよ」

「机の上のスマホ、メール来てましたよ？　茉莉華さんが、もし時間が空いていたらお茶をしたいそうです」

「メール？」

華怜が勝手にスマホを見たことは、特にどうとも思わなかった。ロックをかけていないし、そもそも見られて困るようなものは何も入っていない。それに、華怜を信用しているから。

僕は部屋へと戻りスマホを起動させて、メールフォルダを見た。確かに、嬉野さんからメールが来ている。だけど二通あって、そのうちの一つは華怜が話していた内容。もう一つは『では、駅前の喫茶店で朝の十時に。華怜ちゃんと公生さんが来るの、楽しみにしていますね♪』というものだった。

送信フォルダを見ると、僕が『行きます』といった旨のメールを送ったことになっている。これはきっと、華怜が送ったものだ。

僕はキッチンへと戻る。

「ねえ華怜。メールを返すなら、一言ちょうだいよ」

思わず、語気が強くなってしまったんだろうか。華怜はこちらに振り向いた後、視線をわずかにそらして「ごめんなさい……」と謝った。

別に、僕は怒っていない。嫉妬深い華怜が、嬉野さんに対しては敵意を見せなかったどころか、『いい人ですね』とまで言ったのだ。僕としては、華怜が嬉野さんとやりとりをするために僕のスマホを使うのは全く問題がないと思ってる。

ただ、一言あればよかったのに、と思っただけで。

僕は華怜に近づいて、おでこに手を当てた。突然のことに驚いたのか、彼女はわずかに体を震わせた。

「熱、大丈夫なの？」

「……え？」

「朝起きてから、測ってみた？」

「測ってないです……」

「ダメじゃん。三十七度以下じゃないと、一緒に喫茶店には行けないよ」

華怜の手を引いて部屋へと戻り体温計を渡すと、素直に脇へ入れた。

しばらくしてから体温計に表示された値は三十六度五分。もう熱は下がっていた。

これは薬を選んでくれた嬉野さんのおかげだろう。

「熱、下がってよかったね。それじゃあ、午前中は喫茶店行こっか」

「あの……」

「どうしたの？」

急に華怜は口ごもり、両指を絡め、視線は右の方へ泳いでいた。黙って見守っていると、蚊の鳴くような声で彼女は言った。

「私は、行きません……公生さん一人で行ってください……」

僕は、華怜の言葉の意味がわからなかった。行く気がなかったなら、どうしてメールを返したんだろう。

「もしかして、どこか調子悪いの？」

訊ねると、逃げ場を見つけた子猫のように華怜は首を縦に振った。それからすぐに「……実は、お腹が痛いんです」と、腹部に添えた手をさすった。

「それじゃあ、喫茶店には行けないね」

「そうなんです。だから……」

「申し訳ないけど、嬉野さんには電話で断っておくよ。今日は一緒に部屋で休もう」

今度は戸惑いの混じった目で僕を見る。わけがわからない、といった風にも見てとれた。

華怜はたぶん、僕一人で行ってほしいんだろう。でも僕は、華怜を一人にしておくことなんてできない。記憶が戻ったとはいえ、僕がそばを離れることをあんなに嫌がっていた華怜が、どうして拒絶しようとするのか、わからなかったから。

「どうして……」

「鬱陶しいなって思うかもだけど、華怜のことが心配なんだよ。僕が天気予報をちゃんと見ておかなかったせいで、風邪を引かせてしまったんだから」

「鬱陶しいなんて、そんなことっ……」

華怜は声を震わせて、目に涙をためながら口を引き結び、俯いてしまった。

また、何か心配させるようなことをしてしまったのだろうか。僕は僕自身の甲斐性のなさに呆れてくる。心配させてしまう原因すらわからないなんて、本当にダメなやつだ。

頭を撫でると、華怜は引き結んだ口をほどいてくれた。

「嘘つきました……」

「気にしてないよ」

「お腹なんて、痛くありません……」

「風邪が治って、本当によかった」

華怜が嘘をつくなんて、よっぽどの理由があるんだろう。だけど、自分から彼女の事情を訊いたりしないと決めていたから、それ以上のことは言わなかった。

その後、僕らはまた二人でキッチンに立った。間には不自然な距離が開いていて。

きっとそれは、今の僕らの心の距離なんだろう。その事実が、たまらなくつらかった。

サラダを作った華怜は、いつも通り食器棚からお皿を取り出す。もう何度も見慣れた光景だから、僕は特に気にせずフライパンの上の卵に注意を向けていた。

それが、よくなかったのかもしれない。

唐突に、狭いキッチンの中で何かの割れる音が響いた。思わず音の発生源を見ると、彼女が取り出そうとしていたお皿が床の上で粉々に砕けていた。僕は、慌てて火を止めて華怜を破片から遠ざけた。

「ごめんなさい……」

「怪我、なかった?」

「……え?」

華怜はまた不思議そうな目で僕を見つめてくる。

「怪我だよ。飛び散った破片、足に当たったりしなかった?」

「怪我は、ありません……」

怪我がなかったことにひとまず安堵し、散らばった破片から華怜を遠ざけた。

「あの、公生さん。お皿割ってしまって、ごめんなさい……」

「お皿なんていくらでも買い換えればいいから。何も気にしなくていいよ」

「でも……」

「華怜が怪我をしなくて、本当によかった」

華怜は再び目に涙をためて、今度はそれがぽろっと頬に伝った。持っていたハンカチで涙を拭い、抱きしめてから優しく頭を三度叩く。

「朝ごはんは僕が作るから、華怜は部屋で休んでて」

「……わかりました」

「今は難しいこと、何も考えなくていいから」

もう一度頭を撫でた時には、可愛い顔が涙でくしゃくしゃだった。

「あの、嫌いになりましたか……?」

「こんなことで嫌いになんてならないよ」

その言葉に安心したのか、それとも別のことなのかはわからないけれど、それからも華怜は涙を流し続けた。僕はずっと頭を撫でて、涙を拭いてあげた。

誰のせいでもないけど、部屋の中の空気は最悪といっていいほど重かった。だから外へ出れば、少しは華怜も気晴らしになるかもしれない。

朝ごはんを食べている時は、一言も会話を交わさなかった。間違った接し方をすれば、華怜は壊れてしまいそうだったから。今の華怜は、ちょっとしたことで大きく感情が揺らいでしまう。

たとえば味噌汁を飲んでいる時、華怜は思い出したようにまた涙を流していた。目玉焼きを口に運ぶ時は、箸ごとテーブルの上に落としてしまった。

僕が「布巾を取ってくるから、待っててね」と言うだけで、華怜の感情は揺れていた。目玉焼きを僕のと取り替えればさらに涙を流し、もはやいろいろと収拾がつかなくなっていた。

それでも無事に朝ごはんを食べ終わると、いつも通り華怜はお皿をキッチンへ運び、いつも通りお皿を洗った。その間僕が隣にいて見張っていたからなのかはわからないけど、あからさまな失敗は一つもしない。

ただ一つだけ僕の心に重くのしかかったのは、華怜が意図的に僕と目を合わせてくれなくなったということだ。今まではふとしたことでも視線が重なっていたのに、それが今は一度もない。

食事の片づけが終わった後、向かい合って必死に目を合わせようとしても、華怜は僕から逃げるように視線を泳がせてしまう。それが、たまらなくつらかった。

華怜が外出用の洋服に着替える間、心配で心配でたまらなかったけど、僕はいつも通り外へ出た。

いつもなら、僕が玄関のドアを開けて数秒すると、見計らったかのように先輩が出てくるのに、今日は静かだった。僕としては、先輩と話さずにすめば華怜に言いわけをする必要もないからほっとするのだけど、やっぱりこっちも心配だ。なにせ、あの先輩が昨日部屋にいなかったんだから。いつも部屋にいるのが当たり前なのに、いなかった。これは結構大変なことだと思う。すごく失礼な話だけど。

さらにおかしなことに、十分ほど経っても華怜は着がえ終わった合図を示さなかった。さすがに不安に思い部屋へ戻ると、華怜は部屋の座布団に座ったまま、ただテーブルの上をじっと見つめていた。それにまだ、パジャマ姿のままだった。そして僕が戻ってきたのを認めると、ぎこちなく微笑んで「ごめんなさい」と言った。僕は華怜の頭を撫でて、着替えを手伝ってあげた。

一人では服を脱ごうともしなかったのに、僕が手伝うとすんなり着替えを始めてくれた。だけど能動的には動かなかったから、代わりにタンスの中から洋服を出してあげる。あの時、僕が華怜に内緒で買ってあげた洋服だ。それを華怜に着させた後、僕もすぐに着替える。

またぽつりと、華怜は言った。

「ごめんなさい……」

いったい、どうしてしまったんだろう……。

それからもいろいろあったけど、何とか待ち合わせに間に合う時間に支度が終わった。だけどやっぱり華怜が心配だったから、「今日はやめて、また今度にする?」と提案するも、首をふるふると横に振るだけで、折れようとはしなかった。

仕方なくドアを開けて外へ出た瞬間、タイミング悪く隣の部屋のドアが開いた。

「先輩、その格好……」

今日はおかしなことが、立て続けに起きている。部屋から出てきた先輩は就活用のスーツに身を包んでおり、髪もしっかりセットしていたのだ。こんなにもまともな姿を見たのは、実に二年ぶりだった。半分驚いて固まっていると、先輩は照れくさそうに頬をかいた。

「いやぁ、私も一応は就活生だからね。そろそろ、真面目にやらないとダメかなって」

「あ、あぁ。そうなんですか……」

僕は先輩が就活生だということをすっかり忘れていた。今から就活って、大変なんじゃないだろうか。準備とか、早い人は何ヶ月も前から始めているだろうし。

そんな余計な心配をしていると、僕の服の袖を華怜が引っ張った。やっぱり、こんな状態でも先輩と話すのは許してくれないらしい。どうにかして会話を中断させようと思っていると、先に先輩が「それじゃ、私は急いでるから」と言ってくれた。

「あ、はい。頑張ってください」

「君も、ね」

気のせいかもしれないけど、最後に見えた先輩の表情はどこか切なげで、儚さも垣間見えた。僕にはやっぱり、その表情の意味がわからない。わからないことが、多すぎる。

「……浮気はダメです」

「絶対しないよ」

「許しませんからね」

華怜はいつにも増して険しい顔をしていて、初めて少しだけ怖いと思った。もしかすると、今朝から態度がおかしいのは華怜が僕に対して怒っているからだろうか。怒られるようなことをした覚えはないのに。

また微妙な空気をまとったまま、僕らは待ち合わせ場所へと向かった。華怜はバスに乗っている間も会話を交わさず、いつものように景色を眺めることもしなかった。ずっと俯いたまま、バスを降りた後も僕と距離を取っていた。

嬉野さんに指定された喫茶店は裏通りにあり、普通に歩いていれば見落としてしまいそうなこじんまりとしたお店だった。こういう場所を隠れた穴場、というのかもしれない。木製のドアを開けて入店すると、軽快な鈴の音が鳴った。

店内は外装と同じく落ち着いた雰囲気でまとめられており、お客さんは少なかった。応対してくれた店員さんに待ち合わせをしている旨を伝えると、奥のテーブル席へ案内された。

「おはようございます。公生さん、華怜ちゃん」

嬉野さんは僕たちに気づくと、持ち上げかけていたフォークを置いて、柔らかく微笑んだ。今日は赤縁メガネをかけており、どこか知的な雰囲気が漂っている。

華怜は僕のやや後ろへと移動して「おはようございます……」と呟くだけだった。そんな態度に、嬉野さんは嫌な顔一つ浮かべず、正面の席に手を差し出し、「どうぞ腰掛けてください」と勧めてくれる。僕は壁際の席に腰掛けると、華怜は微妙な距離を開けて隣に座った。試しに僕が椅子を華怜の方向へずらしてみると、同じぶんだけ反対側に移動してしまったから、おそらく意図的にやっているのだろう。

それから注文を聞きに来た店員さんに、コーヒーとカフェオレをお願いした。僕がコーヒーで、華怜がカフェオレだ。嬉野さんの正面には、すでにコーヒーとチーズケーキが置かれていた。

「今日は突然お誘いしてすみません。ご迷惑でしたか？」

「いえ、僕たちも暇だったので大丈夫ですよ」

「華怜ちゃんは、もう風邪は大丈夫？」

「あの、えっと……治りました……」

しどろもどろといった風に答えた華怜は、忙しなく視線をさ迷わせている。

「そっかぁ、優しい公生お兄さんに感謝しなきゃね」

華怜はチラと僕を盗み見た後、すぐにまた視線を机の端に向けた。心なしか照れているように見えたけど、表情には気まずさも見てとれた。そんな複雑な表情のまま「ありがとうございます……」と呟くと、気配りのできる嬉野さんは何かを察したのか途端に不安げな表情を浮かべた。

「華怜ちゃん、もしかしてまだ体調よくなってない……?」

嬉野さんの言葉に、華怜は勢いよく首を横に振る。しかし華怜の目の端には、いつの間にか涙がたまっていた。

『今日はずっとこんな感じなんです』と視線で伝えると、それを嬉野さんは察してくれたのか、コーヒーの隣に置いてあったチーズケーキを華怜の目の前へと移動させた。

「華怜ちゃん、ほらチーズケーキだよっ! 実はこのお店一番のオススメなの!」

彼女は、とても優しい人だ。出会って間もない見ず知らずの僕らに、こんなにも気を使ってくれるなんて。

華怜は潤んだ瞳でケーキを見つめた後、猫のような上目遣いで今度は嬉野さんを見た。嬉野さんはニコリと笑って、ケーキ用のフォークを華怜へと手渡す。僕は女の子同士の方が通じ合えるものがあると思い、ここは見守っていることに決めた。

「甘いもの食べたら元気になるよ! 食べて食べてっ」

「……ありがとうございます」

控えめにお礼を言った華怜は、ケーキをフォークで切り分け口へと運んだ。

するど華怜の涙は、驚くほどピタリと止まった。そんなにここのチーズケーキは美味しいのだろうか。

「美味しいです」

「でしょ！」

嬉野さんは大喜びで手を叩き、その音が店内に響いた。あまりお客さんがいないからそれほど迷惑にはなっていないけど、少しだけその音にびっくりした。

それから注文していたコーヒーとカフェオレが運ばれてきて、店員さんが去ると共に嬉野さんが再び口を開いた。

「よかったら全部食べていいよ。実は華怜ちゃんのために注文したの」

彼女は嘘が上手いと思った。いや、本当に華怜のために注文したのかもしれないけど、僕はここへやってきたときに彼女がフォークを手に持っていたのを覚えていた。今まさにチーズケーキに手を付けようとしていたところに、僕たちはやってきたのだ。

最初は遠慮していた華怜も、嬉野さんの好意に素直に甘えることにしたのか「ありがとうございます」とお礼を言った。ケーキを食べている時、嬉野さんはこちらへ小さくウインクを飛ばしてくる。僕は、ありがとうございます、と会釈で返した。

その後、嬉野さんに「華怜ちゃんと公生さんは、あのドラッグストアの近くに自宅があるんですか？」と訊かれ、ずっと嘘をついていることを今さらながらに思い出した。華怜には答えられないから、僕が答えなければいけない。

「実家は別の県なんです。それで……」

そこまで言ってから、僕はマズイことに気づいた。地元を離れて一人暮らしの兄の家に住み、別の県の高校へ通うなんて、よっぽどの進学校とかなら考えられるかもしれないが、普通じゃありえない気がする。ありえないというか、不自然だ。

そろそろ、本当のことを説明しないといけないないと思った。そもそも隠す必要なんてなかったし、これからも仲よくしていくなら、いずれわかってしまうことだ。嘘をついたことを訂正するのは勇気がいるけれど、つく必要のない嘘を上塗りしていずれ何かの拍子にバレてしまうよりずっといいだろう。

「実は……」

「私は、こっちの県の高校に通ってるんです」

間の悪いことに、覚悟を固めた僕が訂正する前に華怜が嘘を塗り重ねてしまった。

「地元はここじゃないのに？」

その当然の疑問を嬉野さんは投げかけたが、華怜は動揺したり助けを求めてきたりせずに、普段通りの年相応なあどけない表情を見せて「はい」と頷いた。

嬉野さんは納得してくれたのか「そっか。お二人は、とっても仲がいいんですね」

と、どこか羨ましそうな声音で言う。

嘘をついてよかったんだろうか。どうして、華怜は嘘を貫き通すことにしたんだろう。理由はわからなかったけど、今僕が訂正すれば華怜を悪者にしてしまう気がするから、黙っていることしかできなかった。

「華怜とは、昔から仲が良いんです」

その〝仲のいい妹〟とは、未だ微妙な距離が開いている。この距離は心の距離でもある。少し離れてしまっただけで、華怜の考えていることが何一つわからなくなった。

そろそろ嘘をつくことに罪悪感を覚えてきたから、さりげなく話題を変えることにした。

「嬉野さんは、大学に通っているんですか？」

「私、高校を卒業してから就職したんです」

大学生かと思っていたけれど、違ったらしい。丁寧な言葉遣いは、仕事で身についたものなんだろう。

「実家はこちらですか？」

「生まれも育ちもずっとこちらですよ。実家暮らしなので、一人暮らしは憧れちゃいますね」

そう言った後、「そういえば二人暮らしでしたね」と微笑みながら訂正した。

そんな世間話をしている間も、華怜は隣で口を挟まず静かにチーズケーキを食べていた。ケーキの美味しさに感激してか、時折笑顔を浮かべていて、横目で見ていて少しだけ和んだ。

「今日はせっかくの休日なのに、よかったんですか？」

「昨日は有給を使ったんですけど、サイン会以外は特別用事もなくて。今日と明日はもともと休みなので、お気になさらなくても大丈夫ですよ。といっても私、休みの日は本しか読まないんですよね」

「あ、僕もです」

思わず反応を示すと、嬉野さんは笑顔になった。

「どんなジャンルをお読みになるんですか？」

「えっと……恋愛小説です」

一応、僕と嬉野さんが親しげに話しているのを気にしていないか隣をうかがうと、ちょうどチーズケーキを食べ終わったところだった。フォークをお皿の上へ置き、丁寧に手を合わせてから、「公生さんの本棚、恋愛小説ばかりですよね」と、さりげなく会話に混ざった。僕たちの会話は特段気にしていないようだ。心なしか気分も落ち着いているみたいで、少し気にしすぎていたのかもしれない。

「恋愛小説いいですよねっ。名瀬先生の第一作目とか、何回も読み直してます！」

「あの病を患った女の子が出てくる話ですよね」

僕も、あの作品は大好きだ。

「そうですそうです！　ヒロインが亡くなるところとか、私、思い出すだけで涙が止まらなくて……」

そう言った嬉野さんの目には、本当に涙がたまっていた。だけどすぐに気づいたのか、「あ、ごめんなさい！」と言って目元をハンカチで拭った。

華怜が「大丈夫ですか……？」と気にかけると「ごめんね。ちょっと、本のことになると熱くなっちゃうの」と微笑む。

「私、ちょっとしたことでもすぐにウルッときちゃって、涙で先に進めなくなっちゃうんです。感動する小説とか読むと、ほんとダメで」

「そんなに本が好きなんですね」

「両親が読書家だったので、子供の頃からずっと本に囲まれてたんです。それの影響ですね」

僕が微笑むと、嬉野さんも笑みを返してくれた。

「華怜ちゃんは、本は読まないの？」

「私は、ちょっとだけ読みますよ。お母さんに読め読めってよく言われていたので」

それは初耳だった。そもそもつい先日まで記憶を失っていたし、記憶を取り戻してからも華怜の生い立ちについては聞いていなかったから当然だけど。

「本を勧めてくれるなんて、いいお母さんだね。私のお母さんも、子供の頃に本を勧めてくれて今はとっても感謝してるの」

「私も、とっても感謝してますよ」

チーズケーキのおかげかはわからないけど、華怜は自然な笑顔を見せるようになって。こうして二人で笑っていると、僕より仲のいい姉妹に見える。いや、華怜は僕の妹じゃないんだけど。

そういえば、嬉野さんにも妹がいるのを思い出した。嬉野さんの年齢は、いくつなんだろう。そんなことを考えていると、「そういえば、公生さんって歳はいくつなんですか？」と、先に訊いてくれた。

「今年の四月に誕生日を迎えて、今は二十歳ですよ」

そう答えると、嬉野さんは驚いたといった表情を浮かべた後、柔和な笑みを見せてくれた。

「同い年っ！」

「え？」

「私たち、同い年だったんですねっ。それに、私も四月生まれなんです！」

「あ、嬉野さんも二十歳なんですね。てっきり二、三歳は上なのかと思ってました」

そう言った後、僕は慌てて「あ、あの。別に老けてるとかじゃなくて、大人っぽいって意味です」と訂正した。

すると慌てた様子が面白かったのか、今度は人懐っこい笑みを浮かべる。思わず後頭部を指先でかいた。

「大人っぽいって言われたの、初めてです。いつもは子供っぽいって言われるので。あと、私も公生さんって二、三歳は年上なのかなって思ってました」

全く同じことを考えていたみたいで、ちょっとおかしかった。

「公生さんと茉莉華さん、お似合いですね」

また、華怜がさりげなく話題に入ってくる。お似合いという言葉に、嫌味のようなニュアンスは混じってなくて。僕らの会話を聞いて、本当に楽しそうに笑っていた。

それから華怜は、「もしかして」と一区切り置いた後、興味深げに「茉莉華さんって、四月の何日生まれなんですか？」と訊いた。さすがにそれはないだろうと思ったけど、嬉野さんの次の言葉に僕は心の底から驚くことになる。

「四月の二十七日だよ」

「うわ、マジですか」

思わず、僕の口から変な日本語が飛び出した。

「もしかして、公生さんも？」

「僕も、四月二十七日なんです」

「すごい！　私たちって同じ日に生まれて、こうして偶然知り合えたんですね」

「なんか、すごい確率ですね」

「はいっ！　なんだか、運命みたいなものを感じちゃうなー」

そう言いながら、嬉野さんは屈託のない笑みを浮かべたから、なんとなく気恥ずかしくなった。たぶん彼女は裏表のない、素直な人なんだろう。

「もしよければなんですけど、この後、一緒に駅前の本屋に行きませんか？」

「本屋、ですか？」

「私、本好きのお友達と一緒に行くのが夢だったんです」

僕は別に構わなかった。そして華怜も隣で頷いていたから、お茶の後は本屋へと足を運ぶことが決まった。決まった瞬間、嬉野さんは「やった！」と声に出していて、名前の通り本当に嬉しそうにしていた。

華怜の表情にも、どこか期待と嬉しさのようなものが含まれていて。僕への気まずさは、ちょっとだけ和らいでいる気がした。

しかし喫茶店を出た後、華怜は思い出したかのように僕に対しての態度を急変させた。先ほどまでは機嫌が元に戻りかけていたのに、また距離を取って目を合わせようとすれば気まずそうにぷいっと反対方向を向いた。

それでも嬉野さんに対してはいつも通りの反応を示していたから、華怜は本当に懐いているんだろう。僕が黙っていれば嬉野さんも変には思わないし、二人の会話の邪魔をしないように半歩ほど後ろを歩いた。

駅前の本屋はショッピングモールの五階にある。七階には映画館があり、ちょうど新作の映画が公開されたのか、エレベーターに乗るのにそこそこ時間がかかった。

本屋の中は雑貨屋と複合していて、それなりに開放感がある。手前には雑誌棚が置いてあり、中高生が漫画の週刊誌を立ち読みしていた。そこを抜けると右手には漫画コーナー、左手には小説コーナーとわかれていて、迷いなく嬉野さんが左手へ吸い寄せられていったから僕もついていく。

初めは文庫本コーナーに行き、次々と棚から本を引き出しては、その小説の良いところを笑顔で語ってくれた。嬉野さんがオススメしてくれたのは、どれも面白そうだった。本当に本が好きだから、そのよさを僕らにも知ってほしい。そんな気持ちが会話の端々から溢れ出ていて、なおさら興味を惹かれた。

僕も本が好きだけど、きっと嬉野さんほどではない。彼女がそんなに夢中になれるのは、喫茶店で言っていた通り、ずっと本に囲まれて生活してきたからなんだろう。

そんな嬉野さんは、『生き別れになって死んでしまった妹が主人公の元へ会いに来て、昔の約束を果たしにくる』という内容の小説について話してくれた。華怜もこの時ばかりは僕のことを忘れて話に聞き入っていた。だけど、嬉野さんはふいに頬を赤らめて恥じらうような様子を見せて、黙ってしまった。

「どうしたんですか?」

「ご、ごめんなさい。いつもの私の癖で……本の話に夢中になると、周りが見えなくなるんです……」

「気にしてないですよ。僕も小説は大好きなので」

隣にいる華怜も「そうです」と頷いてくれた。

「こいつ、本のことになるとペラペラうるせーなって思ってませんか……?」

僕は少し噴き出した。そんなことは微塵も思っていなかったから、嬉野さんの口から飛び出した言葉が面白かった。今度は華怜が「むしろ、もっとたくさん聞かせてくださ い。茉莉華さんのお話、大好きですよ」と励ましを入れてくれた。

その言葉に安心したのか、嬉野さんはほっと胸を撫で下ろした。

「私、高校の頃も友人に本の話ばかりしちゃってて、気づいたらいつも引きつった表情で苦笑いをされてたんです。久しぶりに趣味の合う方と知り合えたから、つい……」

もしかするとその友達は、小説をそもそもあまり読まないタイプの人だったのかもしれない。それなら、嬉々とした表情でオススメの小説について聞かされても戸惑ってしまうだけだろう。

「僕たちも本が好きなので、思う存分に語ってくれて大丈夫ですよ」

「そう、ですか？　ありがとうございます……」

安心したのか、嬉野さんは胸に手を当ててほっとした表情を見せた。

それから嬉野さんは単行本の新刊が平積みされているコーナーに移動して、その中の一つを手に取った。表紙には、青々と生い茂った枝葉が印象的な大きな木に、背中合わせで寄り添っている二人の男女が描かれている。作者の名前は名瀬雪菜。それは名瀬先生の新刊だった。

「名瀬先生って、どんな人だったと思います？」

唐突にそんなことを言われ、僕は空想の中の名瀬先生の姿を思い浮かべた。

しかしその像は曖昧で、しっかりとした姿を形成しない。それは名瀬雪菜が性別以外の一切の情報を明かしていなかったからだ。彼女が何歳で、どんな容姿をしているのか。僕はそれがずっと気になっていたし、ファンの人も気になっていただろう。

「どんな人だったんですか？」

「私よりちょっとだけ年齢が上の女性でしたよ。もしかすると、大学生かもしれません」

「え、そんなに若かったんですか？」

「びっくりですよね」

本当にびっくりだ。二十代後半かそこらだと思っていたのに、まさか同じ大学生かもしれないなんて。

「とっても綺麗な人でした。私よりずっと年上の人だとばかり思ってたので、開いた口が塞がりませんでしたよ」

「僕もその場にいたら、きっと唖然《あぜん》としてたと思います」

そんな話をしていると、なぜか華怜の表情が張り詰めた気がした。どうしたんだろうと思いさりげなく隣をうかがうと、すぐに目をそらされてしまう。

「でも名瀬先生、ちょっと浮かない顔をしてました」

「浮かない顔ですか？」

華怜のことが気になったけど、すぐに嬉野さんの言葉に引きつけられる。

「ちょっとだけ話したんですけど、ずっとあたりをキョロキョロしてて、サインしてる時も誰かを探してるみたいだったんです。何か、あったんですかね？」

「知り合いに見つかるのが嫌だった、とかじゃないんですか？」

その発言をしてすぐに、それは違うなと思った。

「知り合いに見つかるのが嫌なら、そもそもサイン会なんて開かないと思います。もしかすると……誰かを探していたんですかね？」

嬉野さんが言った通り、その線が一番濃厚だと思った。今まで顔出しすらしてこなかったのに、わざわざサイン会を開いたのだ。もしかすると、誰かが来るのを待っていたのかもしれない。そう考えると、それはちょっとロマンチックだなと思った。

「公生さんは、どうして名瀬先生の小説が好きになったんですか？」

「いきなりですね」

「ずっと気になってたんです」

その質問を受けてから、もう一度華怜の方を見たけど、依然として目を合わせてはくれなかった。

あぁ、怒ってるな……と、何となくだけどわかった。これまでにも、何度かこういうことはあった。だけど質問された手前、答えないわけにもいかない。答えてから、華怜に釈明を入れようと思った。

「高校生の頃に名瀬先生の本を偶然読んで、思わず泣いちゃったんです」

「たしかに、泣けますよね」

「それからですね、名瀬先生の本を読むようになったのは」

僕は偶然にも名瀬先生の本を読んで、思わず涙した。伏線の丁寧さ、演出力の高さ、ヒロインの魅力、全てが秀でていたのだ。

当時の僕は全く本を読まない人間だったから、名瀬先生の作品がそれから読む全ての本の基準になった。それほど僕は名瀬先生に影響されて、ふと思ってしまったのだ。

僕も文章で誰かを感動させられる人になりたいと。

それからは必死だった。いくつもの活字に触れて、キーボードを何度も叩いて、物語を作っていった。だけど僕という人間は卑屈な部分があるから、それを表に出すことができなかったんだ。そして一度、あきらめかけていた。

そんな時に、先輩に出会った。だけど先輩にアドバイスをもらって技術は向上したけど、誰かに見せることはやっぱり怖くてできなかった。そしてふと、〝あぁ、やっぱりダメなんだな〟っていつものように思ってしまっていた。そうやって悩んでいる時に、華怜が現れたのだ。

懐かしい記憶に思いを馳せていると、嬉野さんは笑みを浮かべた。

「名瀬先生のこと、公生さんも大好きなんですね」

「憧れ、みたいなものです」

僕は迷わずに答えた。

「憧れる気持ちも、好きってことなんじゃないですか?」

そう嬉野さんが付け加えると、隣でずっと話を聞いていた華怜が僕らから一歩離れた。

気づいた時には、華怜は泣きそうな顔になっていて。「ごめんなさい……ちょっとトイレ行きます……」と呟き、そのまま逃げるようにして書店の外へ走り出してしまった。状況が飲み込めない嬉野さんは、戸惑いの表情を浮かべていた。

「ちょっと、ここで待ってて！」

「え？」

華怜を追いかけるために走り出した時、後ろから嬉野さんの声が聞こえた気がしたけど、無視した。書店を出ると華怜がエレベーターの方へと走っていくのが見えた。

「ちょっと待って、華怜！」

ショッピングモールの真ん中で大声を出すのは迷惑だと思ったけれど、仕方ない。

僕の声に、華怜は足を止めてはくれなかった。僕と華怜は何度も人にぶつかりながらも走り続ける。ここで離してしまったら、何もかもが終わってしまう気がした。そんな予感がどこかに渦巻いていた。僕は必死に追いかける。

その願いが通じたのかどうかはわからないけれど、華怜がエレベーターホールに到着した時、四台あるうちの一台もこのフロアには停まっていなかった。

華怜は最後の抵抗で、すぐ右手にある普段は誰も使わない非常階段の方へ走ったけど、さすがに僕の方が足は速い。五階と四階の間にある非常階段の踊り場で、僕は華怜を捕まえた。幸い、ここには僕と華怜以外に誰もいない。お互いに息を切らせて、その呼吸音だけが踊り場に響き渡る。

「ごめん、華怜……また、不安にさせて」

こっちを向いてほしい。表情を見せてくれなきゃ、何を感じているのかがわからない。声に出してくれなきゃ、何を思っているのかわからない。だから、返事を……。

「華怜……？」

瞬間。踊り場に、甲高い破裂音が響いた。それは手のひらが皮膚の表面に当たる時に発する音で、華怜の右手と僕の左頬から鳴り響いたのだとすぐにわかった。

左の頬が焼けたように痛む。そこに触れると、電気が走ったようにピリッと痛みが走った。

だけどこの場で動揺しているのは僕じゃなく、華怜の方だった。僕を叩いた華怜は、自分の右手を見つめて両目を見開いている。それから大粒の涙があふれ出して、頬を濡らし始めた。

「わた、し……こんなつもりじゃ……」

それから僕を見て、華怜は引きつった笑みを浮かべた。後悔と、自責と、悲しさと、寂しさと、不安の全てがないまぜになってしまった酷い表情だった。僕は、こんなにも華怜のことを追い詰めてしまっていたんだ……。

「ははっ……私のこと、嫌いになりましたよね……？」

「そんなことない」

「嘘ですよっ……こんな、私なんか……！」

考えるよりも先に、華怜のことを抱きしめていた。胸の中で華怜が暴れたけど、僕は必死に腕の中に収めた。

やがて大人しくなった華怜は、立っていられなくなったのか膝をがくんと折った。優しく抱きとめたまま、一緒に床へと膝をつけた。

「わたっ、私っ……！」

「大丈夫だから」

涙と緊張で華怜の声はヒクついていた。

それでもしゃべろうとした華怜の声は、風のようにかすかな音となって僕の耳へと届く。

「どうして……私のことを、嫌いになってくれないんですか……？」

僕には、どうして華怜がそんなことを訊いてくるのかがわからなかった。それでも、彼女が僕にそれを訊いてくるなら、もっと早くに伝えておくべきだったんだろう。恥ずかしくても、照れくさくても、言葉にしなきゃ伝わらないこともあるんだから。

「僕は、僕のことを好きになってくれた人を、嫌いになんてなれないよ……」

それが、全てだった。

「自分でも、今までずっと自分のことを好きになれなかったんだ。卑屈で、暗くて、自分勝手で最悪な人間だって自覚してたから、全然好きになんてなれなかった。それなのに、華怜は僕のことを好きになってくれた。それが、たまらなく嬉しかったんだ」

自分のことを好きになれない僕。そんな僕を差し置いて、華怜は僕を好きになってくれた。そんなの、嬉しくならないはずがない。記憶を取り戻しても、華怜はその記憶を全部手放してまで僕と一緒にいたいと言ってくれた。僕のことを必要としてくれたんだ。そんな人を、嫌いになれるわけがない。初めは、一目惚れだった。だけど今は、こんな僕のことを好きになってくれた華怜のことが、たまらなく愛おしい。

「でも、だって……今日の私、全然ダメだったんですよ……公生さんのことを無視して、お皿を割って、食べ物を落として、一人で着替えられなくてっ……！　いっぱいいっぱい、ダメなところがあったのに……！」

「どうして華怜は、ダメなところばかりを探すの？」

「……へ？」

「ちょっとぐらいダメな日があったって、華怜にはいいところがたくさんあるじゃん。僕はたぶん、華怜以上に華怜のいいところを知ってるよ」

僕は自分のことを好きにはなれなかったけど、華怜の素敵なところはいくらでも見つけることができる。だから華怜のダメな部分なんて、全く気にならない。たとえ華怜が自分のダメな部分を見つけてしまったとしても、僕はそれ以上にいい部分を見つけて、全てを覆い隠してしまえると思う。

大人しくなった華怜の頭を、僕は優しく撫でた。

「鬱陶しいって思われるかもしれないけど、華怜が僕のことを嫌いになったとしても、僕は華怜のことを好きでい続けるよ。だから、心配しないで。どこにも行かないし、見捨てたりもしないから。不安になることなんて、何一つないんだ」

もう一度強く抱きしめると、華怜の体に入っていた力がゆっくりと抜けていった。

そのまま僕に全てを預け、堰を切ったように大声を上げて泣き始める。

その泣き声を聞きつけたお客さんが何人かやってきて、ちょっとだけ階段周りが騒ぎになった。嬉野さんも駆けつけてくれて、泣き続ける華怜のことを必死になだめてくれた。

嬉野さんが来てくれたおかげもあって華怜は泣きやみ、疲れたのかスイッチが切れたように僕の腕の中で眠りについた。僕は華怜を背負い、駆けつけてくれた店員やお客さんに謝罪をしてから、そそくさとショッピングモールを出た。

歩きながら、バスに揺られながら、僕は嬉野さんに本当のことを話した。

嘘をついてしまったこと。

華怜はもともと記憶喪失で、アパートの前に倒れていたこと。

そして、僕と今付き合っていること。

嬉野さんは最後まで真剣に聞いてくれて。聞いてくれた上で、全てを許してくれた。

「なぁんだ。そういうことだったんだねっ」

日が沈みかけの住宅街を歩きながら、彼女はあっけらかんとそう言った。いつの間にか、僕に対する敬語は抜けていた。

「どうりで、兄妹にしては仲がよすぎるなって思ってたの」

「あの、ずっと嘘ついててごめん……」

だから僕も、敬語をやめた。

「気にしないでいいよ。でも、そっかぁ……二人、付き合ってるんだね……」

その言葉はどこか憂いを帯びていて、どうしてか僕の胸がキュッと締めつけられた。

「私、これからも公生くんや華怜ちゃんと一緒にいていいのかな?」

「それはむしろ、こっちからお願いしたいっていうか……華怜って、嬉野さんにすごく懐いてるから」

「それじゃあ、今までと何も変わらないね」

そう言って嬉野さんは微笑んだ。だけどその微笑みの端に、少しだけ寂しさが混じっているのがわかってしまって。

でもその理由は、今の僕にはわからなかった。

アパートに着いた時、背中の華怜はまだ眠っていた。起こしたりしないように、嬉野さんは気遣って小声で話してくれる。

「それじゃあ、帰ったらメールするね」

「うん、わかった。ごめん、家まで付き添ってもらって」

「公生くんは気にしないで。私も華怜ちゃんのことが心配だったから。だから華怜ちゃんが起きた時に、楽しかったよって伝えておいてくれるかな。本当は、直接伝えたかったんだけど」

「伝えておくよ」

最後にもう一度嬉野さんは微笑み、小さく手を振ってから帰っていった。彼女が曲がり角を曲がって見えなくなるまで見送った後、華怜を背負ったまま部屋へと戻る。

電気を点けてから、布団の上へと寝かせた。だけど不意にまぶたが震えて、薄っすらと開いた。

「ごめん、起こしちゃった?」

「……ここは?」

「アパートだよ。あの後寝ちゃったから、嬉野さんと一緒に戻ってきたんだ。楽しかったって言ってたよ」

そう伝えると、華怜はようやく小さくだけど微笑んでくれた。そんな姿に安心していると、唇がかすかに動く。

「あの、お願いごとをしていいですか……?」

「お願いごと？」

「私のこと、抱きしめてください……」

迷わず布団に横たわる華怜を抱きしめる。すると、安心したような吐息が耳元をかすめた。

「……ありがとうございます」

「どういたしまして」

「今日は、このまま眠りませんか？」

ちょっと早すぎるとは思ったけど、僕も布団の中へ入った。

すると華怜は抱きついてきて、僕は優しく受け止める。しばらくそのまま抱きしめ

ていると、胸の中でぽつりと呟いた。

「今日は、本当にごめんなさい」

安らかな声だった。

「私、本当に不器用で……公生さんは浮気なんてしないってわかってても不安になっ

て……それで、思わず叩いちゃったんです」

〝こんなつもりじゃなかった〟。あの時の華怜は、そんな後悔の表情をしていた。お

そらく叩かれた僕よりも、華怜の方がずっとずっと傷ついていた。

「今は、全部忘れよう。今日はちょっと調子が悪かっただけで、明日になればいつも

通りになってるから」

「そう、ですね」

何となく、歯切れが悪かった。

「公生さんは、ずっと私のことを好きでいてくれるんですよね？」

「当たり前だよ。華怜が僕のことを嫌いになっても、僕の前からいなくなったとしても、ずっと好きでいるから」

その証拠に、僕は華怜のことをより一層強く抱きしめてあげる。腕の中の彼女は、ただ穏やかに僕のことを受け入れてくれた。

「……嬉しいです。本当に、嬉しい」

それから昨日と同じく、華怜は僕の匂いを嗅ぐために大きく息を吸った。その行為がどういう意味を示しているのか、この時の僕には想像もできなかった。

もしかすると、一生忘れないために五感に記憶していたのかもしれない。

「もう、寝ますね」

「うん……」

「ありがとうございます、公生さん……私を好きになってくれて」

そう呟いた華怜は、安らかな寝息を立て始めた。凪のように穏やかな寝息を聞いていると、僕にも眠気が襲ってきて。次第にまぶたが落ちていった。

まどろみの中、声が聞こえる。何度も聞いた、僕の一番大好きな声だった。

『私は、ずっと前からあなたのことを知っていたんですよ。一緒に桜を見に行って、庭園に遊びに行って、一緒にタイムカプセルを埋めました。

それを思い出した時の私は、そんなことを考えちゃいけないのに、とってもとっても嬉しくて、再会を喜んでしまいました。

今だから言えるけど、私はずっとずっとあなたのことが大好きでした。あなたと再会する前から、他の誰よりもあなたを愛していたんです。

だけど、私がこれ以上先に進むことは許されません。

本当ならずっとずっと先の未来まで、あなたのそばに寄り添い続けたかったです。一緒に夢を叶えて、あなたの書いた本を一番初めに読みたかったです。

……だから、いつか必ず本を出してください。

私は遠いどこかで、それを待ち望んでいます。もしかすると、あなたのすぐそばで……。

本当に、今までありがとうございました……

最後にあなたと会えて、本当に幸せでした』

きっと次に目を覚ました時、そのまどろみの中で聞こえた言葉を、僕は全て忘れているのだろう。

五月二十七日（日）

ふと、目が覚めてすぐに華怜がいないことに気づいた。そして机の上に一枚だけ置かれている紙が目に留まる。

『今まで、本当にありがとうございました。家族の元へ帰りたいと思います。いつかあなたが本を出すのを、私はずっと心待ちにしています。話せないことが多すぎて、ごめんなさい……さようなら』

何かの悪い冗談なんじゃないかと思って、部屋を出てキッチンを見た。いつもなら華怜がそこで調理をしているはずなのに、今日は誰もいない。

華怜が、いなかった。玄関を見ても、置いてあるのは僕の靴だけ。タンスの中の服は、一組だけ残っていた。それは、僕のプレゼントした服だった。

その服を抱きしめながら、気づけば僕は涙を流していた。未だそれには華怜の匂いが色濃く残っていて、わずか一週間の出来事が次々とフラッシュバックした。

一緒に買い物へ行って、料理をして、一緒に眠って、大学へ行って、デートをして、キスをした。その全てがまるで昨日の出来事のように頭の中をぐるぐると回り続け、それはもう一生手の届かない場所にあるんだということを悟る。

僕は、スマホも持たずに部屋を飛び出した。もしかすると、まだ近くにいるかもしれない。もしかすると、駅で電車を待っているかもしれない。

走って、走って、最寄りのバス停に辿り着く。そこで、今はまだ始発のバスも到着していない時間だということを初めて知った。時刻は早朝で、だとしたら駅まで歩いて向かっているのかもしれない。僕は駅の方向へ全速力で走った。

数十分息を切らせながら走り、ようやく辿り着く。幸いにも日曜だから人の姿もまばらで、これなら見逃すことはないだろう。だけど駅舎の中を駆けずり回って探しても、華怜は見つからなかった。

改札の前を行ったり来たりして、駅員の人にも「背が低い、何も荷物を持っていない女の子がここを通りませんでしたか」と訊いた。だけど首を横に振るだけだった。

そこでようやく、ここにいるわけないじゃないかと思い当たった。

華怜の持っていたものはピンク色のスマホだけで、バス代も電車代も持っていない。こんな場所へ来ても全く意味がない。随分遠回りをしてしまった。ちょうど始発のバスが停車していたから、それに乗り込みアパート近くへと戻る。

そしてまた、近辺を駆けずり回った。もしかすると、またどこかの道端で倒れているかもしれない。そんな姿を想像すると、疲れているはずなのに足が前へと進んでくれた。

捜索範囲を広げて、大学にもお城にも庭園にも城下町にも緑地の公園にも行ってみた。そのいずれにも、華怜はいなかった。

どれだけ走ったのかわからなくなるほど探し回って、結局最後に辿り着いたのはアパート近くの公園だった。

「華怜！　どこかにいるんだろっ」

思わず叫ぶと、砂場で遊んでいた子供たちがこっちを見てきた。辺りを見渡しても、公園の中には年端も行かない子供たちの姿しかなかった。

僕はここにきてようやく、華怜はいなくなってしまったのだということを悟った。

「ごめんな、華怜……僕、約束守れそうにないよ……」

華怜のいなくなってしまった日常に、意味なんてあるのだろうか。この一週間、華怜の笑顔を見るためだけに生きてきた。華怜が喜んでくれるから、再び小説家を目指そうと決心できた。

その華怜がいなくなってしまったんだから、夢を追う理由も本当になくなった。華怜が一番最初に読んでくれないなら、意味なんてない。もう、小説を書くことなんてできない。

華怜が最後に残してくれたお願いすら果たせなくなるけど、仕方ないじゃないか。

もう、疲れてしまったんだから。

それから僕は、おぼつかない足取りでアパートへと戻った。

彼女と過ごした一週間の思い出は、思い返さないように努めた。ただの夢だったのだと、自分に言い聞かせようとした。

それでも彼女が残していった甘い残り香は、いつまで経っても消えてくれることなんてなかった。

## 第七章

# 僕が忘れてしまった記憶

どれだけ眠っていたんだろう。部屋の中は昇り始めた月明かりに照らされていて、もう夜の帳《とばり》が落ち始めていることは理解できた。

「起きた？」

それは、どこまでも優しい声だった。一瞬、華怜が戻ってきてくれたんじゃないかと思ったけど、すぐにそんな甘い幻想は打ち砕かれた。

僕の頭は、とても柔らかく暖かいものの上に置かれていた。それが女性の膝であることに気づいた時、さっと後頭部に優しい手のひらの感触が伝わった。薄暗闇の中、僕の顔を嬉野さんが安堵の表情で覗き込んでいた。

そんな優しさに触れて、勝手にあふれだした涙が止まってくれなかった。

「とっても、大切な人だったんだ……」

「大切な人だったんだね」

「初めて、だった……こんなにも誰かのことを思えて、好きになれたのは……」

「そんなに、彼女のことが好きだったんだね」

僕は頷く。

大好きだった。たとえ何もかもが上手くいかなかったとしても、彼女がいてくれさえすれば、どんな時でも幸福だと思えるくらいに。

「でもそれは僕が感じていただけで、ただの一方的な感情だったのかも……」

「君は、彼女に嫌われていたの？」

「わからないんだ……彼女が何を考えていたのか、僕にはわからない……」

「彼女は、君に酷いことを言ったりした？」

頬を叩かれた。睨まれたりもした。だけどあれは、きっと彼女の本心ではなかった。僕が、不甲斐なかったんだ。彼女を心配させたりしなければ、安心させていればあんなことにはならなかったはずだから。

「きっと華怜ちゃんは、公生くんのことが大好きだったよ」

「そんなこと……」

そんなこと、嬉野さんにわかるわけがない。僕らはまだ知り合って日も浅く、お互いのことを何も知らないのだから。それなのに彼女はどこか自信ありげで、全てを見透かしているかのような瞳をしていた。

「公生くんはさ。華怜ちゃんが、自分のことを愛してくれている人を嫌いになれる人だと思う？」

「あっ……」

それは僕が、華怜に伝えた言葉だ。僕は、僕のことを好きになってくれた人を嫌いになんてなれない。いろいろなところが似通っている僕らは、もしかすると同じことを考えていたのかもしれないと、いなくなった今になって思ってしまった。

それから嬉野さんは、僕から視線を外して暗がりの中辺りを見渡した。未だアルコールのにおいが漂うこの部屋には、空になって放置された空き缶がいくつも散乱していた。

「たくさんお酒を飲んだんだね」

「嫌なこと、全部忘れたかったから……」

「それで、君は忘れられたのかな」

僕は首を振る。

初めて飲んだビールはとても不味《まず》くて、だけど机の上には空き缶だけが増えていった。一缶飲み干すたびに頭がくらくらして、その間だけは余計なことを考えずにいられたから。

しかし不意に頭の中を華怜の笑顔がよぎった時、僕は何をやっているんだと自責の念に駆られた。きっと今の華怜が僕を見たら幻滅してしまう。だからそれすらも僕は忘れてしまいたくて、酒をあおった。やがて胃の中から苦い液体がせりあがってきて、トイレへ駆け込み全てを吐き出した。

そこまでやっても、華怜との思い出を忘れることなんてできなかった。忘れたかったのに、忘れることなんてできなかった。それは僕の頭の内側にへばりついて消えてはくれなかった。

「全部、忘れてしまいたかった。何もかも、失ってしまったから……」

「忘れられないのは、それが公生くんにとって、大切な思い出だったからだよ」

嬉野さんはただ優しく、僕の頭を撫でてくれる。まるで泣いている子供をあやすように。本当に子供みたいで、情けなくて、自分をみっともないと思った。

「つらかったね……」

机の上の空き缶を見ながら、嬉野さんは呟く。まるで自分のことのように、彼女は僕と一緒に傷ついてくれた。とても、とても優しい人なんだろう。そういうところは華怜とよく似ていて、思い出すだけでまた涙があふれた。

「勝手に部屋の中に入ってきちゃって、ごめんね」

それは玄関のドアに鍵を掛けなかった僕の責任だ。全てに疲れ果てていて、そんな余裕なんてなかったんだろう。でも、目を覚ました時そばにいてくれたのが、嬉野さんでよかったと今は思えた。

弱い部分を見せてしまったけど、全ての事情を知っているのは、この世界で僕と華怜以外には嬉野さんただ一人だけだったから。

「今は、ゆっくり眠りなよ。私が公生くんのそばにいてあげるから。だから安心して、眠ってもいいんだよ。私は、いなくなったりしないから」

彼女の甘い言葉に誘われて、僕のまぶたはだんだんと落ち始めた。優しい、何もかもを包み込んでくれる彼女のそばで、やがて僕の意識は途絶える。

けれどその時見た夢の中では、僕と嬉野さんと、それから華怜が一緒に笑い合っていた。だからもう一度目を覚ました時に、僕はまた涙を流した。


目を覚ますと、キッチンの方から包丁でまな板を叩く音が聞こえてきた。嬉野さんは僕が眠っている間に空き缶をまとめてくれたようで、充満していたアルコールの臭いもいつの間にか消えていた。

スマホを確認すると、嬉野さんからのメールが朝から数件たまっていた。どうやら昨日の華怜を心配してくれていたようで、何度かアパートにも来てくれていたらしい。酔っ払っている時に送ったから覚えてなかったけど、僕は嬉野さんに華怜がいなくなったことをメールで伝えていたみたいだ。だから、わざわざここまで様子を見に来てくれたんだろう。

ふらついた足取りでキッチンへ行くと、嬉野さんが冷蔵庫にあった食材で調理をしてくれていた。彼女は僕に気がつくと、安心したように笑みを浮かべてくれる。

「酷い顔してるから、洗ってきなさい。昨日から一度も鏡見てないでしょ」

「あ、うん……」

僕は洗面所へ行って自分の顔を見た。たしかに、酷い表情をしている。目は虚ろで、青白い顔をしていた。

顔を洗って、ついでに歯も磨く。そうしていると、幾らかは気分がすっきりした。

キッチンへ戻ると水を渡され、僕はお礼を言ってから一息に飲み干した。

初めてお酒を飲んだけど、もう特別な事情がなければ飲むことはないだろうなと思った。一時は何もかも考えずにいられたけど、代償が酷い。少し酔いが覚めた時に思い出がフラッシュバックして、また酒をあおってしまう。それに今もかすかに頭痛が続いている。僕はもう酒で逃避をするのはやめようと心に誓った。

「ちょっとは落ち着いた？」

「……うん」

「それなら、よし」

嬉野さんは調理してくれたものを部屋の机へ並べてくれた。僕が使っていた布団もたたんでくれて、洗うものは洗濯機へ放りこんでくれた。

彼女が作ったごはんを食べている時、僕はまた泣きそうになった。華怜との日々を思い出したのだ。手作りの料理を食べていると、それだけで心が苦しくなる。どことなく料理の味つけも似ている気がしたから。

「美味しい？　妹にたまに教えてるから自信はあるんだけど、友達に食べさせるのは初めてだから」

「美味しいよ。とっても、美味しい……」

「そ、よかった」

「どうして、知り合ったばかりの僕にこんなによくしてくれるの……？」

ずっと気になっていた。昨日も華怜のためにいろいろと心配りをしてくれて、今日も僕のために無償の働きをしてくれている。友達だと言ってくれたけど、本当にただそれだけなんだろうか。

「えっとね、初めは華怜ちゃんがきっかけなの」

「華怜が？」

「うん。公生くんにおぶわれてる華怜ちゃんを見た時、初めて会ったはずなのに、何だか全然そんな気がしなくて。どうしてかわからないけど、ずっと友達だった気がして。何というか、嬉しい気持ちになったの」

「そうだったんだ……」

僕もずっと、華怜には似たような感情を抱いていた。ずっと一緒にいたような気がして、他人の気がしなかった。どうしてそんな気持ちになったのかはわからないけど、不思議な感情が僕を惹きつけて、瞬く間に誰よりも大切な存在になっていた。

物思いに耽っていると、嬉野さんは持っていた箸を空いた茶碗の上に置いて、僕のことを見つめてきた。

「それで一緒にいる君のことも、ちょっと気になったの。妹思いのお兄ちゃんなんだなって。私にも妹がいるから、何となく親近感が湧いたのもあったかな。それで話してみたら、名瀬雪菜先生のことが好きだってことがわかって、この人とも仲よくなれそうだなって思ったの。まあ、本当は妹じゃなかったんだけどね」

責めるような口調ではなく、冗談を言う時みたいに嬉野さんは笑った。

正直言うと、僕も同じ作家を好きな彼女とは仲よくなれるかもと、出会った時から思っていた。

それから嬉野さんは「ここからは、ちょっと恥ずかしい話なんだけど……」と神妙な面持ちで前置きした。

「昨日も話したけど、私、本のことになると目の前が全然見えなくなるの。すごいマシンガントークしちゃって、だから今まで自分の思ってること、あんまり表に出さないようにしてたんだよね」

「夢中になれるものがあるのは、いいことだと思うけど」

「君はそう言ってくれるけど、みんなが君みたいに優しくはないから。私、社交辞令とかも間に受けちゃうタイプで。だからいつも、みんなと仲良くはしてるけど、変に思われたりしないようにどこかで距離を置いてた。でも公生くんや華怜ちゃんと話していると、なぜか自然に振る舞えてて。二人とも嫌な顔一つせずに聞いてくれて、とっても嬉しかった。だから私は、君にこんな風に接してるんだと思う。気の置けない友達ってやつかな。ほんとはちょっと、君のことが好きなのかもしれないけど」

「……え？」

最後の言葉が引っかかって、思わず変な聞き返し方をしてしまう。あまりに自然と口にしたから、聞き間違えかとも思った。だけど、たぶん聞き間違いじゃなかった。

嬉野さんは、照れ隠しをするみたいに人差し指で頬をかいていた。

「いや、ほらね。私、趣味のことは色々と隠してきたから、同じ作家が好きで共通の趣味を話せる人に出会えて嬉しかったの。その人が同じ日に生まれたって知った時は、運命かなって少しだけ思っちゃって。ほんと、今しゃべる話じゃないんだけど、きっかけって案外そんな単純なことなのかもね。華怜ちゃんが彼女だって知った時は、ちょっと落ち込んだんだよ？　でも、それなら応援してあげなきゃって思ったの」

きっと、こんなことを話すつもりはなかったんだと思う。だけど、たぶん僕のことを少しでも元気づけたかったから、恥ずかしいのを承知で話してくれたんだろう。嬉野さんは、とても真っすぐな人だから。

「あの、何というか、ごめん……でも、ありがと。ちょっとだけ、元気出たかも」

「華怜ちゃんは、きっとまた会いに来てくれるよ。元気出して」

「うん……」

もし僕が華怜と出会っていなかったら、今の告白にどういう返事をしたんだろう。少しだけ考えて、すぐにその思考を投げ捨てた。そんなことは考えちゃいけない。それは嬉野さんに対しても、華怜に対しても失礼なことだから。

「ありがと、嬉野さん」

「ううん、どういたしまして」

夕食を食べ終わった後、嬉野さんは食器を洗ってから、「スマホは常時身につけておきなさい」と叱るように言った。僕は苦笑いを浮かべられるぐらいには心に余裕ができていた。

「今日は、本当にありがとう」

「公生くんが困ってるなら、助けてあげるのは当然だよ」

やっぱり優しいなと思いつつ、仕事の休みを二日ぶん潰してしまったのは申し訳なく思った。

「明日、また家にお邪魔していい？」

「大丈夫だけど、仕事は？」

「仕事は五時に終わるから。そのまま来ようと思ってるんだけど、大学とか大丈夫？」

「その時間なら問題ないけど」

「それじゃあ、また明日ね」

成り行きで明日も様子を見に来てくれることが決まり、玄関先で「家まで送るよ」と言ったけど、丁重にお断りされてしまった。「失恋しちゃったから帰りながら泣きたいの」と冗談交じりに言ったけど、たぶん僕の体調を気遣ってくれたんだと思う。嬉野さんは小さく手を振って、一人で帰っていった。

部屋へと戻り、何げなく本棚に刺さっている小説を適当に一冊抜き取った。一瞬、執筆のことが脳裏をよぎったけど、誤魔化すようにかぶりを振る。

華怜のおかげで再び夢を追いかけようと思えたけど、突然いなくなってしまったことによって、今は新しく何かを書こうという気力は残っていなかった。

今の僕はただ、華怜にもう一度だけ、会いたかった。

五月二十八日（月）

目を覚ました時にはすでに、時刻は午後四時四十分を少し回っていた。危うく嬉野さんとの約束の時間に寝過ごしてしまうところだった。立ち上がると、もうめまいや倦怠感《けんたい》は消えていた。

彼女がやってくる前に部屋を片づけておかなければと思い、布団をたたんで部屋を掃除する。パジャマから普段着へと着替えるためにタンスを開けると、そこには見慣れない女性用の衣服が一着入っていた。

「何この服……」

白色のカットソーに、青のロングスカート。それを見つめていると、懐かしさのようなものがこみ上げてきて、急に胸の奥が締めつけられた。知らず知らずのうちに頬を涙がつたっていて、慌てて拭った。

僕は、この衣服を知らない。妹が置いていったものかとも思ったけど、今まで気づかなかったのはおかしい。というか妹の服を見て涙を流すなんて、どうかしている。

それなら、嬉野さんが置いていったものだろうか。一瞬考えてみて、違うなと思った。彼女は、昨日僕の部屋で着替えなんてしていなかった。お酒のせいで頭が回っていなかった気がするけど、細かな記憶はちゃんと残っている。それじゃあ、この衣服は誰が着ていたものなんだろう。答えの出ない問いはぐるぐると頭の中を回る。

捨てるという発想が思い浮かんだけど、なぜか、捨ててはいけない気がして。なにか……そう、例えるなら思い出という言葉がふさわしい。僕はたしかにこの服を知っていて、身につけていた人も知っていたはずなのだ。それは心の中に思い出として残っている……気がする。

でも、それが全部僕の中から抜け落ちていた。根拠はないけど、確かな自信は存在する。服についている匂いも、僕は知っているはずなのだ。だけど、全くといっていいいほど思い出すことができない。

頭の中に正体不明のモヤモヤが形成されていったが、部屋の外から女の人の大声が聞こえたことによって我に返った。何事かと思い玄関へ行きドアを開けると、そこには嬉野さんと先輩がいた。

嬉野さんは僕に気づくことなく、スーツを着た先輩に詰め寄っている。もしかして、知り合いなんだろうか。そんな予想をしていると、ようやく僕に気づいた嬉野さんの表情が、パッと晴れやかなものになった。

「この人！　名瀬先生なの！」

「……はい？」

僕は嬉野さんの言っていることが、おそらく八割方理解できなかった。先輩は諦めたように手のひらをおでこに当てて〝あぁ、バレてしまったか〟といったような諦めの表情を浮かべた。

「だから、名瀬雪菜先生なの！　金曜日にサイン会で会ったから間違いないよ！」

「え、嘘……？」

その真実を聞いて、ようやくバラバラだったパズルのピースが揃った。

初めて出会った時、先輩は名瀬雪菜について詳しかった。デビューする前の名瀬雪菜について知っていたのは、明らかに不自然だ。ネットのどこにもそんな情報は記載されていなかった。それに、小説のテクニックに詳しく、頻繁に僕の作品にアドバイスをしてくれていた。あの分析力や知識は、小説を書いたことがない人には持ち得ないものだ。

今思えば〝名瀬雪菜〟というペンネームが、先輩の名前である〝七瀬奈雪〟に似ていることに気づいてもよかった。僕はどうして、そんな簡単なことに気がつかなかったんだと、自分を叱責したくなった。

極めつけはサイン会だ……。名瀬雪菜のサイン会について教えてくれたのは先輩で、あの日は珍しく家にいなかった。きっと、サイン会に出かけていたからだ。

今となっては、どうして僕が先輩の部屋へ行ったのかは思い出せないけれど。

僕は何かを話したくて、だけど言葉は喉の奥から出てこなかった。衝撃の真実に戸惑いを隠せず、固まってしまっていた。だって、憧れの小説家がすぐ近くにいたなんて、想像すらしていなかったから。

「……今まで隠してて、悪かったね」

「それじゃあ、本当に……？」

「あぁ。私が、名瀬雪菜だ」

名瀬雪菜は七瀬奈雪であって、僕の憧れていた小説家だった。

ずっと会って話がしたかった。伝えたいことがあった。僕に小説を書くきっかけを与えてくれてありがとうございます、と。

でも小説家になりたいという夢は、中途半端な形で挫折してしまった。

それより……僕にはもう一つ伝えたいことがあったはずだ。名瀬先生には直接関係なかったけど、どうしても伝えたかった、何かもっと大切なことが。

それは、もう僕の中から消えていた。何かがぽっかりと空いていた。

先輩は気まずそうな表情で、「とりあえず、ここじゃアレだから中に入ろうか」と自分の部屋のドアへと手をかける。そしてこんな状況だというのに、嬉野さんはまたも興奮を隠せないでいた。

「名瀬先生の部屋に!?」

「……と、言いたいところなんだけど。私の部屋、今すっごく散らかってるからさ、小鳥遊くんの部屋にお邪魔しようか」

「あ、そうなんですか……」

嬉野さんは目に見えてしょんぼりした後、トボトボと僕の部屋へと入った。先輩は「悪いね突然」と小声で謝ってくる。

僕はやっぱり言葉が詰まってしまって「あ、いえ……」という歯切れの悪い言葉しか返せなかった。そんな姿に、先輩は苦笑する。

「作家だったからって、別に気を使わなくていいんだぞ」

「はい……」

その微妙な言い回しの意味に気づかなかった僕は、数分後に受け入れがたい真実を知ることになる。

キッチンで三人ぶんのお茶を用意していたら、嬉野さんに止められた。

「病み上がりなんだから休んでて」

「ありがと」

さっきまでは名瀬雪菜に出会ってあれだけ興奮していたのに、こういうところは本当に気が回る人だ。たぶん、こういうのを女子力が高いというんだと思う。テキパキとお茶の用意をしてくれて、その最中に思い出したようにポツリと嬉野さんは言った。

「それにしても、キッチン周りすごく片づいてるね。昨日も思ったけど、欲しい調理器具が欲しい場所に置いてあるし、冷蔵庫の中もちゃんと整理されてるし」

「最近は自炊してたんだよ。たぶん、それで色々と整理してあるんだ」

どうして自炊をしようと思ったのか、例のごとく理由は思い出せなかったけど。

「ふーん、そうなんだ。男の子が自炊って、何かいいね」

「大したものは作れないけどね」

お茶を用意している間に頭も冷えたのか、普段通りの嬉野さんに戻っていた。かと思えば、急に恥じらうような表情を浮かべた。

「なんか、ごめんね。部屋の前で取り乱しちゃって。やっぱりこういうところ、直した方がいいのかな」

「前にも言ったけど、別にそのままでもいいと思うよ」

本心を伝えると、受け入れてくれたのが嬉しかったのか「ありがと」と言って屈託のない笑みを浮かべた。同い年だけど、いつもは大人な雰囲気を見せているから、その表情は僕にとっては不意打ちだった。顔が熱くなるのを感じていると、なぜか嬉野さんも僕と同じように照れているようだった。

「公生くんは、私が昨日言ったこと、まだ覚えてる?」

「昨日?」

色々あった気がして、細かなことが思い出せない。たぶん酒を飲んで記憶が飛んでいるせいだ。

「ほら、公生くんを介抱した後、色々とお部屋で話したでしょ? 私も、恥ずかしかったからあんまり細かくは覚えてないんだけど……」

嬉野さんは、指先をお腹の前あたりでモジモジとさせる。

その様子を見て、僕はようやく思い出した。そういえば、僕のことが好きだと告白されたんだ。

どういう経緯で告白されたのかは思い出せないけど、断ったことはたしかに覚えている。どうして断ったのか、これも思い出せない。もしかすると、僕は最低な奴なのかもしれない。

嬉野さんは照れを隠すように、三人ぶんのお茶がのったお盆を手に持った。

「今、彼女いないんでしょ？」

「まあ、そうだね……」

なぜか言葉が喉の奥に引っかかって、歯切れの悪いものになる。生まれた時から今まで、僕に彼女なんていないはずなのに。

「私、諦めてないよ。正直仕事中も、ずっとあなたのことばかり考えてたんだから」

「そうなんだ……」

「でも、少し引っかかることもあるの。私たちを繋いでくれた誰かがいた気がして、そのこともずっと頭の中に引っかかってて……」

「嬉野さんも？」

「もしかして、公生くんも？」

お互いに頷き合った。この記憶は本物なんだろうか。正体不明の感情を僕らは共有していることがわかって、なぜだか少し安心した。だけど安心しただけで、それが何なのかまでは思い出せない。

「ま、まあ、私のこと、もう一度考えておいて。鬱陶しいって思うなら、もう関わらないようにするから……もし受けてくれなくても、友達のままではいたいかも……なんて、難しいとは思うけど。でも、あんな一方的な会話をずっと笑顔で聞いてくれてたの、すっごく嬉しかったから。もちろんそれだけじゃないんだけどね。それと、今度は公生くんの話も聞いてみたいかも……」

たぶん告白を受けるにしろ受けないにしろ、僕は彼女との関係を切ったりはしないと思う。僕は、僕に好意を持ってくれた人を嫌いになんてなれない。本当は緊張とか色々なもので鼓動が速まっていたけど、彼女の言葉でいくらかは冷静になることができた。

「ありがと、すごく嬉しいよ。嬉野さんとのこと、ちゃんと前向きに考えてみる」

そう言うと、彼女の表情がようやく晴れてくれた。僕の言葉で彼女を笑顔にできていることが、たまらなく嬉しかった。

それからお茶を持った嬉野さんと一緒に部屋へ戻ると、先輩は本棚の中を物色していた。面白いものなんてないと思うけど……その光景は、引っ越してきたばかりの頃を思い出させた。

「随分と本が増えたんだね。前の倍にはなってるんじゃない?」

「休日はずっと本を読んでるので」

「私の最新刊も買ってくれてるじゃないか」

「……当然ですよ」

隣にいた嬉野さんが、僕の服の袖を軽く引っ張ってくる。どうしたのかと思ってそちらを見ると、不安げな表情を浮かべながら耳打ちしてきた。

「前にも、先生を部屋に入れたの……？」

「前っていうか、一年前に引っ越しの手伝いをしてくれたんだよ」

「お手伝いか……」

その表情が安心したものへと変わると、すぐに僕から離れた。その行動の意味がよくわからなくて首をかしげていると、ぷいっとそっぽを向かれる。

「……どうしたの？」

「何でもないっ」

その一部始終を見ていた先輩は、微妙な笑顔を浮かべていた。

「君たち、仲がいいんだね」

それから嬉野さんを見て、「君は、サイン会に来てくれてた子だよね。たしか茉莉華ちゃんだったかな」と言った。覚えてくれていたことが嬉しかったのか、嬉野さんは身を乗り出していた。

「覚えててくれたんですね！」

「私の作品についてすごく熱く語ってくれたからね。忘れられるわけないよ」

先輩にもあの熱弁をしていたのか。そりゃあ忘れられるわけない。

「ご、ごめんなさい。私、夢中になるといつもあんな風になるんです……」

「書いた本人としては、すごく嬉しかったよ。ありがとね」

嬉しかったと先輩は言ったのに、僕の目にはどこか寂しさが混じっているようにも見えた。

「先生は、もう次回作の構想とか考えてるんですか？」

嬉野さんからの何げない質問を受けた先輩の表情は、途端に暗いものになった。だから心配になって「どうしたんですか、先輩……？」と訊いてしまう。

先輩は、答えた。

「悪いけど、もう私はやめたんだ……」

「え……？」

嬉野さんはその言葉の意味を飲み込めずに、表情が固まっていた。それを気にせずに、先輩は続けた。

「新作は出さないってことだよ。作家は引退したんだ。もう出版社や担当の人にも、辞めるって伝えてきたから」

そんな突然の告白に対して黙っていられるほど、僕は穏やかじゃなかった。

「ちょっと待ってください。辞めるってどういうことですか？　新作は、前よりも売れたんですよね？」

「その新作も、本当は出さないつもりだったんだよ。知っているだろ？　名瀬雪菜は不調が続いていたって」

知っている。去年は一冊も本を出さなかったし、不調だから引退したんじゃないかと巷で騒がれていた。

でもそれは、ただの一部の意見だ。僕はずっと名瀬雪菜の小説は好きだったし、他にも多くの人が先輩の小説を愛していたはずだ。そんなの、辞めてしまう理由にはならない。

「先輩の小説、僕はデビュー作からずっと追いかけてました。その全部が面白かったし、辞めてしまうなんてもったいないです。だいたい辞めるつもりだったなら、どうして新作なんて出したんですか。どうしてサイン会なんて開いたんですか」

「そ、そうですよ。私も、先生の小説好きですよ？　絶対に、みんなそう思ってくれてるはずです。だって、サイン会にもあんなに人が集まったんですから」

どれほどサイン会に人が集まったのか、僕は知らない。なぜかその時の僕はサイン会に行かなかったから。どうして行かなかったのか、今でも理解不能で、その時の自分を殴りたくなる。

先輩は、儚げな表情のまま答えた。

「多くの人に好かれていても、たった一人、見ていてほしかった人に見てもらえなきゃ、ダメなんだよ。君も、そういう経験が少しはあるんじゃないか？」

急に話を振られて、言葉に詰まった。僕の小説を見てほしかった人なんて、そんな人はいない。僕はずっと一人で書いてきたから。それに嬉野さんにも、小説を書いていたことは話していない。

でも、どうしてだろう。先輩の言葉に、僕はどこか共感できる気がして。胸の奥が、酷くざわついた。その感情の意味を、やはり僕は理解ができなかった。

「先輩の見てほしかった人って、誰なんですか……？」

先輩は昔を思い出すように、明後日の方向を見つめながら答えた。

「以前、君に言っただろう？　小説は作者の心みたいなものだ。面白くないって言われれば傷つくし、面白いって言われれば嬉しくなる。一番打ちひしがれている時に、励ましてくれた人がいたんだ。私はそれが、ただただ嬉しかった。その人のために小説を書きたいと思って、寝る間も惜しんで頑張り続けた。だけど、わかってしまったんだよ」

今までで一番か細い声で、先輩は呟いた。僕は、どうしてかはわからないけど、なぜか先輩と出会った日のことを思い出していた……。先輩はなぜか、僕のことをじっと見つめた。

「その人は、私のことを一番に見てくれてはいないんだって。とても勝手な話だけど、一度それがわかってしまったら、もう筆は執れなくなった。だからもう、小説は書かない。それに、ちょうどいい頃合いだったんだよ。もう四回生だから、就活を始めなきゃいけないし」

就活というもっともすぎる話に、社会人である嬉野さんも、それ以上口を挟むことはできなかった。先輩は、お茶を半分も飲んでいないのに立ち上がって、「それじゃあ、私はやることがあるから」と言って部屋を出ていった。

僕は、心が揺れていた。というより、焦っていた。それは自惚れかもしれないけど、鈍感な僕は一つの正解かもしれない答えに心当たりがあった。

名瀬雪菜は、サイン会の時に誰かを探していたらしい。その誰かが、おそらく先輩を不調の時に励ましてくれた人なんだろう。その人のために小説を書いて、だけどその人はサイン会に現れなかった。

先輩はずっと、部屋にこもりきりな人だった。名瀬雪菜はずっと素性を明かさなかったし、直接的に七瀬奈雪が名瀬雪菜であることを知っていた人なんて、おそらくそう多くない。

何も知らない僕は、先輩と初めて会った時、名瀬雪菜のことを熱弁していた。そして先輩は言ったのだ。

『きっと本人がそれを知ったら、とっても喜ぶんじゃないかな』

僕は、信じたくなかった。僕という人間が先輩の行動を変えて、先輩の辿るはずだった道を壊してしまったなんて。

何げなく過ぎ去っていく人生の中に、とてもかけがえのない瞬間や出来事が存在するんだと僕は思う。それは小さな引き金になって、後々の人生に多大な影響を及ぼす。たとえば僕が名瀬雪菜の本を読んだ瞬間。あの日、あの時間に名瀬雪菜の書いた本を読まなければ、きっと小説家になるなんて夢は生まれなかった。その夢を僕は諦めてしまったけど、少なくとも僕の人生は大きく変わった。

そして名瀬雪菜のサイン会に、僕が行かなかったということ。些細なことのように思えるけど、実はいろいろな出来事の分岐点だったのかもしれない。それは後の自分の人生を大きく変えることになっただけでなく、先輩の人生を変えてしまったのかもしれない。玉突きのように、蝶の羽ばたきのように。

僕はそれを知って、怖くなった。僕自身が、他人の人生に多大な影響を及ぼしたかもしれないことが、恐ろしかった。

だから僕は逃げてしまった。なるべく、ただの勘違いだと自分に言い聞かせた。僕という人間が先輩の人生を変えるなんて、そんなことはありえない。先輩にはきっと大切な人がいて、その人がサイン会に来なかったのだと。そう思い込むことにした。

そうしないと、僕は僕が冷静でいられなくなると思ったから……。

先輩が実はあの名瀬雪菜本人で、もう小説は書かないと知った時はそれなりに動揺した。だけど、嬉野さんの方が僕よりもショックを受けていたから、いくらか冷静になることができた。彼女を支えてあげなきゃいけない。本能的に、そう思った。

あれから嬉野さんはずっと目に涙を浮かべ、僕に名瀬先生の魅力を延々と語り続けていた。僕はその話を、しっかり受け止めてあげた。何度も何度も作家を辞めてほしくないと言い続け、その度に僕も胸が苦しくなった。嬉野さんと同じで、先輩の作品がまだ読みたかったから。

しかし彼女は、結局最後に「名瀬先生が決めたことだから、仕方ないんだよね……」と事実を受け入れ始めた。それは諦めにも似た感情なのかもしれないけど、とりあえず心の整理ができ始めているのは喜んでいいんだろう。

それから僕たちは、現在の時刻を一本のメールによって知った。嬉野さんのスマホに、お母さんからのメールが届いたのだ。内容は『もう九時だけど、今日は帰りが遅いの？』というものだった。

いつの間にか、三時間も経過していた。嬉野さんは袖で涙を拭う。

「もう大丈夫？」

「だいぶ、楽になったかも」

「家まで送ろうか」

先ほどまで泣いていた女の子を、一人で帰らせるわけにはいかない。

だけど嬉野さんはもう一度スマホを操作して、都合の悪そうな表情を浮かべた。僕に送られるのが嫌なのかと一瞬思ったけど、どうやら違うらしい。

「ここら辺の終バス、もう終わってる……」

「えっ」

「私の家、ここからだと、歩いて一時間はかかるから……」

歩いて一時間。女の子でも辛うじて歩けなくない距離だとは思うけど、もう時間も遅い。それに、今の嬉野さんは名瀬雪菜に会い、直後に引退という事実を知って、精神的に疲れて果てているだろう。それなら、選択肢は一つしかなかった。

「今、タクシー……」

「今日、もしよかったらでいいんだけど、泊めてくれないかな……？」

言葉が重なってしまった。僕の〝タクシー呼ぶよ〟という言葉は、尻切れトンボになって宙を漂う。それと同時に僕は、嬉野さんの言葉をしっかりと聞き取れていなかった。

「ごめん、嬉野さん。今何て……？」

訊き返すと、嬉野さんは少し頬を染めた。

「今日だけ、部屋に泊めてくれないかな……タクシーはお金かかるし、お母さんたちにも泣き顔は見せたくないから……」

その提案は僕が何としても回避しようとしていたもので。だから嬉野さんが提案してきたことに、かなり焦った。

「いやいや、女性が男の部屋に泊まるのはまずいって……」

「公生くんのことは信頼してるから。さっきまで、真剣に励ましてくれてたし……」

「嬉野さんのことを騙すために、わざといい人を演じてたのかもよ？」

「公生くんは、悪い人なの？」

純粋な疑問を真正面からぶつけられて、返事に困った。女性を部屋にあげている時点で、男としてその人に多少なりとも好意を感じているんだと思う。下心が全くなかったなんて言い切れない。

黙っていると嬉野さんは「公生くんのことは信頼してるから」と言ってくれた。それから冗談交じりに「それにほら、私公生くんのこと好きだから。何かされても、全部受け止められるよ」と言った。

正直言うと、それが一番まずいのだ。一時の感情で万が一のことが起きたとして、その時は嬉野さんに迷惑をかけることになるかもしれないから。

気にしないと言ってくれても、それが中途半端すぎる気持ちだったら彼女を悲しませることになる。男として、それだけはしたくなかった。

「家に帰らなかったらさすがに親が心配すると思うよ。働いてるけど、まだ二十歳になったばかりなんだから」

「今の精神状態で帰った方が、よっぽど心配させちゃうと思う。だから落ち着くための時間が欲しいの」

「そうはいっても、寝る服とかは……」

「それは公生くんのを貸してほしい」

「いやいやそれは……」

「公生くんさえ了承してくれれば、私は何も文句は言わないから」

　僕はやっぱり、ハッキリ断ることができない性分をしているみたいだ。結局最後は押し切られて、不覚にも首を縦に振ってしまった。

　その時に見せた彼女の笑顔が、夏の日差しに照らされたひまわりのように美しかったから。そんなに喜んでくれるなら、泊めることにして正解だったのかも。なんて、そんなことを考えてしまった。

　だけどやっぱり一定の距離は保てるよう、嬉野さんがお風呂に入る時には外に出た。夕食は「一宿一飯の恩義だから」と嬉野さんが言って聞かなかったから、全部任せてしまった。

冷蔵庫に残っている食材では大したものは作れないかもと言ってたけど、彼女の作る料理はどれも美味しかった。興味本位で「どうしてこんなに料理が上手いの？」と訊いてみたら、「好きな人に作るんだから、いつもより張り切っちゃうよね」と笑顔で言われて僕は黙り込んだ。

寝る支度を済ますと、彼女が布団の上に正座をして「私って、そんなに魅力ないかな？」と言ってきたから、流されて泊めることにしたのをちょっぴり後悔した。そんなことを訊かれて劇的な雰囲気にならないはずもなく、僕も嘘をついたりはできなかった。

「嬉野さんは、とても素敵な人だと思うよ……でも、」

「公生くんに好きな人がいるとか？」

「それはいないけど……」

「じゃあどうして？」

上目遣いに見つめられて言葉に詰まる。嬉野さんは、僕にはもったいないくらい魅力的な人だ。だけど、実はそれが一番の理由ではない。嬉野さんについて前向きに考えようとすると、なぜか苦しくなるのだ。心の中心が張り裂けそうなぐらい苦しくなる。どうしてこんな気持ちになるのかは、わからないけど。

その曖昧な気持ちを言葉にできず黙り込んでいると、嬉野さんが空気を読んでくれたのか折れてくれた。

「ごめん。こういうの、卑怯だよね。公生くんが答えを出すの、ずっと待ってるから」

「卑怯だなんて、そんなことないよ。むしろすぐに返事を出せなくて、ごめん……」

返事なんて、決まりきっているのに。彼女のことを困らせて、僕は本当に何がしたいんだ。

「そういえば、公生くんってどうしてサイン会に行かなかったんだっけ?」

「どうしてだろ……僕なら、風邪を引いても行くと思うんだけど」

「なんか、おかしいよね。二人揃って最近の記憶が曖昧って」

「そうだね……」

「私たちの他に、誰かがいた気がするの」

「僕も、実はそう思ってる」

僕と嬉野さんを繋いでくれた誰かがいる。顔も名前も忘れてしまったけど、絶対に誰かがいたはずなんだ。

「あ、そういえば」

嬉野さんと話をしていて、ふとタンスの中に入っていた洋服のことを思い出した。タンスからそれを取り出し、嬉野さんに見せてみる。

「実は、これなんだけど……」

「え、うそ。公生くん、そんな趣味あったの……？」

「え？　ちが……」

「でも、私ならたぶん受け止めてあげられるよ。ちょっと時間かかるかもだけど、ちゃんと受け止めるから……」

「だから違うって！　誤解！　誤解だから！」

「誤解？」

「気づいたらタンスの中に入ってたんだよ。なんかこれ見てると、懐かしい感じになるっていうか……胸が苦しくなるんだ」

洋服を手渡すと、嬉野さんはマジマジとそれを見つめた。

白色のカットソーに青のロングスカート。僕にそんな趣味はないし、おそらく誰かが着ていたんだろう。

「確認するけど、本当にそんな趣味はないんだよね？　女装趣味とか……」

「だから、そんなのないって」

重ね重ね否定すると、嬉野さんはホッと胸を撫で下ろした。本気で僕にそんな趣味があるとでも思ったんだろうか。いや、タンスから女性物の洋服を取り出す時点で、そういうことを疑われても仕方ないけど。

「これは、たとえばの話なんだけど……」

嬉野さんがもったいぶるように前置きをしたから、僕は耳を傾けた。

「公生くんはもしかすると、この洋服を着ていた女の子が好きだったんじゃないかな？」

その発想は、さすがに突飛すぎだ。嬉野さんは小説を読むのが好きだから、きっと想像力を働かせすぎたんだ。と思いはしたけど、僕は口に出して否定をすることができなかった。その可能性の話が事実なんじゃないかと、少しでも考えてしまったからだ。

そんな突飛な話じゃないと、僕が嬉野さんに抱いている中途半端な気持ちも説明がつかない。衣服を見て、懐かしく苦しい気持ちになるのは、この服を身につけていた人が好きだったから。そう考えてしまうこともできる。

だけどそれは全部憶測だ。不確定すぎる妄想で嬉野さんへの返事を先延ばしにしているのは、たぶんとても失礼なことなんだと思う。逃げていると思われても仕方ない。

嬉野さんはもう一度、「その人のことが好きなんじゃない？」と言い唇を尖らせたけど、すぐに一度大きく手を叩いて笑顔を作った。

「この話はこれでおーしまいっ。せっかくのお泊まり会なんだから、楽しい話しようよ」

「楽しい話って言っても、明日も仕事なんでしょ？　一度家に帰って着替えもしなきゃいけないから、明日は早く起きないと」

「細かいなぁ、公生くんは。でもまあ、たしかに早く寝なきゃだよね」

素直な嬉野さんはすぐに布団へ入ってくれた。僕は座布団を並べて簡易布団を作る。

彼女を部屋に泊める上で、実は先ほど協定のようなものを結んだ。それはどんな理由があっても嬉野さんが布団を使うというもので。それができなきゃ、僕はネカフェに泊まると宣言した。

どうしてわざわざそんな協定を結んだのかというと、彼女が畳の上に寝ると言い張ったからだ。僕としては女性を畳の上に寝かせて自分だけ布団で、というのはできなかったから、そこだけは否が応でも納得してもらった。

電気を消して、なるべく意識しないように、少しだけ離れた場所で横になった。

ぽつりと、暗がりの中で嬉野さんは呟いた。

「君を好きになった理由。実はもう一つあるんだよ」

嬉野さんは、やっぱり卑怯だ。こんな暗がりの中じゃ、まるですぐそばで言われているみたいで。そんな話をされて、男として平静でいられるわけがない。

「いつもは控えめだけど、大切な人のためならすごく真剣になれるとこ。私、本屋で君の後ろ姿を見て、ちょっとかっこいいなって思ったの。大声で叫んで、追いかけて、それがたぶん一番グッときた」

嬉野さんに言われてショッピングモールでの出来事を思い返したけど、僕が誰を追いかけていたのかは思い出すことができなかった。二人で本屋に行って、彼女はオススメの小説をたくさん教えてくれた。その後、僕は誰かを追いかけて非常階段まで走った。でも、僕の記憶はそこで途切れてしまっていた。

「……そういえば、公生くんは誰を追いかけてたんだっけ？」

「誰を追いかけてたんだろ……」

「うまく思い出せないけど、絶対に夢じゃなかったよ。すごく、かっこいいなって思ったもん」

この人は、本当に僕のことが好きなんだ。それが自惚れじゃないことが、痛いほど伝わってくる。だからこそ真剣に考えなきゃいけないとあらためて思った。

正直に言おう、たぶん僕は嬉野さんのことが好きなんだ。だけどその気持ちを素直に彼女にぶつけていいものなのか、ずっと迷っている。僕が嬉野さんに向ける好意の何倍もの感情を、彼女は僕に向けてくれているからだ。それが、怖かった。

果たして僕は、同じほどの愛情を嬉野さんへ注げるんだろうか。中途半端な気持ちは、相手を傷つけることになるから。

やがて嬉野さんは「今日はほんとにありがとね、おやすみ公生くん」と言った。僕も「おやすみ」と言ってまぶたを閉じる。

誰かと一緒に眠るというのはとても安心するけど、相手が相手だから変に緊張してしまった。しばらくすると嬉野さんの寝息が聞こえてきた。彼女がすぐに眠ったのは、よっぽど疲れていたのか、それとも僕のことを信頼してくれているからなんだろう。信用していない異性なら、こんなにすぐには寝られない。

僕はただ、平常心を保つことに意識を集中させていた。目を閉じて、なるべく何も考えないように試みてみる。けれどそれは全くの無駄だった。結局僕は一睡もできずに朝を迎えて、嬉野さんが起き上がったのを確認してから、さも今僕も起きましたという感じを装い起き上がった。

嬉野さんの髪は横に跳ねていて、覚醒しきれていないまどろんでいる表情が、どうしようもなく無防備で愛らしいと思った。

「おはよー、公生くん」

「おはよ、嬉野さん」

朝一の彼女の笑顔は、寝不足だったことを一瞬忘れてしまうくらい、可愛いものだった。

五月二十九日（火）

普段よりかなり早いけど、僕も嬉野さんと同じ時間に部屋を出て大学へ向かうことにした。

男としては送って行かなきゃだし、何となく一緒に行くよと言った方が嬉野さんは喜んでくれると思ったから。案の定、ご機嫌そうに鼻歌を口ずさみながら朝の支度をしていて。そんな姿を見ていると、僕の寝不足もいつの間にか吹っ飛んでいた。

二人で部屋を出ると、偶然スーツを着た先輩とそのタイミングが重なった。先輩は一瞬驚いた表情を見せ、気まずそうに目をそらす。僕も昨日のことを思い出し、どうしようか迷っていると、嬉野さんが先に先輩へと近寄った。

「嬉野茉莉華です。七瀬さん、もしよければこれから私と仲よくしてくれませんか？」

驚いたことに、彼女は先輩に向かって改めて自己紹介した。どうやら心配は杞憂だったようで、昨夜のうちに色々と心の整理がついたみたいだ。

対する先輩も、嬉野さんの歩み寄りのおかげで、張り詰めていた表情を解いていた。

「こちらこそ。よろしく、茉莉華さん」

それから先輩は僕の方を見て、ニヤリと微笑む。

「可愛い女性を部屋に連れ込むなんて、君も隅に置けないね。それに昨夜はお楽しみだったみたいじゃないか」

「いや、何もやってませんから！」

「ハハッ、面白いね君は。冗談だよ」

こんな会話を前にも交わしたような気がしたけど、違和感は頭の中からすぐに消えた。先輩と別れてバス停へと向かっている最中、嬉野さんは急に服の袖を掴んできた。振り返ると彼女は唇を尖らせていて、何かに怒っているようにも見えた。

「もしかして公生くん、七瀬さんのことが好きなの？」

「どうして？」

「綺麗な人だし、お隣同士だし、何より名瀬雪菜先生だったから」

「好きというより、憧れみたいなものだよ。もちろん先輩としては好きだけど、そういう風に思ったことはないかな」

正直に話すと安心してくれたのか、掴んでいた服の袖を話してくれた。

「私のことは、ちゃんと恋愛対象として考えてくれてる？」

「それはもちろん」

「そ、なら安心した」

それからバス停で彼女と別れて、僕も大学へと向かった。

しばらく法事で実家に帰省していた佐々木教授が大学へと復帰し、今日は何事もなかったかのようにスライドを使った講義が執り行われていた。ある人はスマホを触り、ある人は本を読み、僕は一人で真面目に授業へ取り組んでいる。

講義は後半へと差しかかり、あと十五分ほどというところで最後のスライドの説明が終わった。いつもの佐々木教授なら早めに切り上げるところだけど、今日は手元のノートパソコンを見つめたまま終わりを宣言しようとしなかった。どこか思いつめたような表情をしていて、講義室内も変に静まり返る。

教授はマイクの電源をオフにして、肉声で僕たちに語り始めた。

「先週、私が大学を欠席した理由だが、すでに君たちは耳にしたと思う」

心なしか、声が少し震えていた。なるべく後方の位置へ座ったから、みんなの反応が僕にはよく見える。スマホを触っていた人はカバンの中へとしまい、本を読んでいる人は静かにそれを閉じた。

「娘は、まだ高校二年だった。妻と二人で別の県に住んでいて、私は毎日のように家族と連絡を取り合っていた。しかし最後の日は、研究が忙しくて電話をしてあげることができなかったんだ」

最後の日というのは、修学旅行の前日だったんだろう。

「今でも、なんで電話をかけなかったんだと自分を責めている。せめて最後に、行ってらっしゃいという言葉だけでも、かけてあげたかったと。でも、もうそれは一生かかっても叶わない。あの日、娘とは一生の別れをしてしまったからだ……」

僕ら学生は揃って息を飲んだ。自分たちよりずっと長く生きている大人が、先ほどまで講義をしていた教授が、涙を流していたから。

そして最後に教授は言った。おそらく、それが一番伝えたかったことなんだろう。

「大切な人、思いを伝えたい人がいるなら、すぐに駆けつけてあげなさい。別れは、驚くほど突然やってきます。私はこの歳になって、そんなことも知らなかった。あなたたちがこれからの人生を後悔なく生きられるように、私は願っています……」

そう言い残し、佐々木教授は教壇を下りて講義室を後にした。

いつもなら各々のタイミングで学生たちも立ち上がるのに、今日は誰一人として立ち上がらなかった。ある人はすすり泣き、ある人は机に顔を伏せたまま微動だにしない。

結局、本来の授業終了時間まで全員が座り続け、次の講義で使う学生が入ってきた頃にポツポツと移動を始めた。僕も、その波に紛れながら講義室を出た。

なぜか、佐々木教授の言葉に共感している自分がいた。別れは突然やってくる。僕はいつだったたか、それを経験した気がする。その時のことを僕はもう思い出すことができないけど、全てに悲観して、打ちひしがれていた気がする。

教授が大切な人、思いを伝えたい人と口にした時、真っ先に僕の頭の中に思い浮かんだのは、昨夜寝食を共にした嬉野さんの姿だった。

今までずっと、僕は嬉野さんに対して抱いている感情が中途半端なものなんじゃないかと危惧《きぐ》していた。だからこそ、今まで返答を渋っていた。

正直に言うと今もその気持ちが本物なのかはわからなくて、相変わらず優柔不断だと思う。

だけど嬉野さんは、こんな優柔不断な僕を好きになってくれた。自分のことを好きになれない僕を、好きになってくれたんだ。

中途半端でもいい。僕は、僕を好きになってくれた嬉野さんのことが好きだ。多かれ少なかれ、これは嘘偽りのない僕の本音。足りないなら、これから少しずつ、もっと好きになっていけばいい。それは嬉野さんに返事を出してからでも、遅くはないと思った。

そして、嬉野さんが好きになってくれた僕という人間も、ゆっくり受け入れていけたらと切に思う。彼女みたいな魅力的な人が好きになった男なんだから、それはすぐに見つけられる気がした。

今後の方針が全て固まった僕は、キャンパス内で嬉野さんの仕事が終わるのを待った。そして頃合いを見計らいつつ、電話をかける。

嬉野さんはワンコールも鳴らないうちに電話に出てくれた。

『どうしたの公生くん？』

電話越しでもわかる、透き通るような澄んだ声。その声を聞いて、すぐに嬉野さんに会いたいと思った。僕はやっぱり、嬉野さんのことが好きなんだ。

「今から、話したいことがあるんだ。とっても大事な話だから、二人だけで会いたい」

『……うん、わかった。公生くん、今どこにいる？』

その声は、どこか期待の色に満ちていた。

「今は大学。迎えに行くから、今いる場所を教えてほしい」

嬉野さんから現在地を聞いた僕は、すぐにそこへと走った。駅から近い川沿いの橋の上に、嬉野さんはいるらしい。ちょうど仕事の帰りに、そこを歩いていたようだ。

バスに乗って、走って、橋のたもとに嬉野さんを見つけた。仕事帰りのビジネスカジュアルな服装は、いつものフェミニン系のコーデより大人びて見えて、僕の目にはとても新鮮に映った。

僕は彼女の前に立ち止まって、膝に手をつく。運動不足がたたって、息が切れ切れだ。そんな僕の肩に、嬉野さんは優しく手のひらを置いてくれる。

「大丈夫？」

僕は息を整えて、用意していた言葉を発する。もちろん、しっかり彼女の目を見て。

「好きです」

ガラスのように美しい瞳が、見る見るうちに涙で光をためていく。僕はもう一度、その言葉を伝えた。

「嬉野さんのことが、好きです」

二度目の告白をした時、嬉野さんは勢いよく抱きついてきた。思わず後ろ向きによろけてしまいそうになるのを耐えて、ごく自然に腰に腕を回した。僕の耳元で、彼女が囁く。

「こういう時は、ちゃんと名前で呼んでよ……」

きっと僕も、ずっとそうしたいと思っていた。だから躊躇いを覚えることなく、彼女の名前を口にした。

「茉莉華」

「なに、公生くん……？」

「茉莉華のこと、好きだよ」

もう一度気持ちを伝えた後、茉莉華の肩を優しく掴んだ。何も抵抗を示さなかったから、僕は茉莉華の唇を優しく塞いだ。人間というのは不思議なもので、愛しい相手がそばにいると、いくらでも大胆になれるらしい。

幸い周りには誰も歩いていなかったから、たぶん見られていないだろう。車を運転している人も、僕らのこの一瞬の触れ合いには気にも留めなかったと思う。

唇を離した後に茉莉華をまっすぐ見つめると、恥ずかしかったのか彼女の方から目線をそらしてしまった。

「公生くん、キスしたの初めてじゃないでしょ……」

「いやいや、初めてだよ」

「ほんと?」

「ほんとだよ」

「それなら、よかった」

もう一度茉莉華が抱きついてきたから、また腕を回した。幸せだった。夢なんじゃないかと思うほどに満たされて。

だけど、これは夢なんかじゃない。

この腕の中で、僕は茉莉華のぬくもりを感じていた。

第八章

# 君と結ばれて

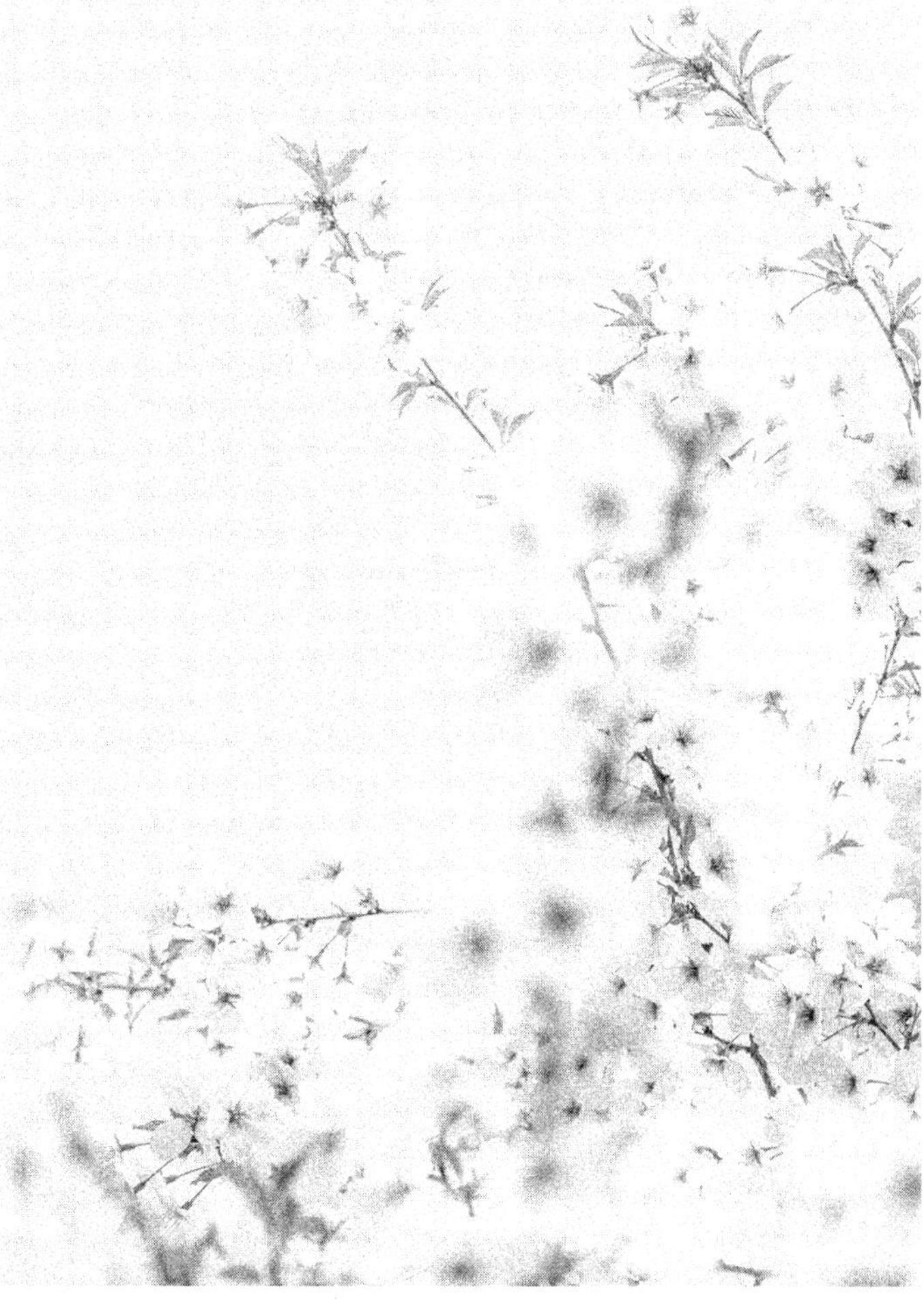

恋人同士になった僕らの時間は瞬《また》く間に過ぎていった。茉莉華とは順調すぎるほど上手くやれていて、お互いの都合がつけばほぼ毎日といっていいほど顔を合わせて笑い合っていた。

そして僕は街にある居酒屋でまたアルバイトを始め、そこそこ忙しく充実した毎日を送っている。

夏休み期間中には一度だけ嬉野家へお邪魔させてもらい、お父さんとお母さんに挨拶した。気が早いとは思うけど、これは茉莉華の提案だったから仕方ない。

というのも、ある日僕らが交際していることを茉莉華の両親に知られてしまったのだ。だけどお父さんは最初信じていなかったらしく、『本の虫のお前に彼氏なんてできるわけないだろ！』と笑い飛ばしたようで、それに怒りを示した茉莉華が『彼氏いるもん!!　次の休みの日に連れてくるからっ！』と怒鳴り返してしまったらしい。

茉莉華がそんな啖呵《たんか》を切った手前、挨拶しにいかなければ彼女のプライドが大きく傷つきそうだったから、なるべくちゃんとした服装で嬉野家の敷居をまたいだ。

嬉野家で自慢げな顔で茉莉華に紹介された時、お父さんは娘とそっくりな目を丸めていた。どうやら娘の言葉は真っ赤な嘘だと思っていたらしい。

お母さんは終始笑顔で『あらあら、まあまあ』と言って、僕を歓迎してくれた。

妹さんとは一瞬だけ顔を合わせたけど、会釈をしたらどこかへ逃げてしまった。人見知りのようで、初対面の人には総じてそういう態度を取ってしまうらしい。あとから聞いた話によると今は高校二年生だそうだ。

お盆休みに実家に帰ることを茉莉華に報告すると、案の定『私も行く』と言われた。断る理由もなかったから、地元に茉莉華を招待した。

茉莉華が家に来た時の驚きようは、嬉野家の比ではなかった。まず母さんが茉莉華を見た途端に壁へもたれかかるようにしゃがみ込み、いつもはうるさい父さんの口は驚きで半開きのまま動かなかった。妹はこの世の終わりを宣告されたかのような表情を浮かべた後、「嘘……兄貴に彼女なんて、ありえない……」と呟いたまま二階の部屋へ消えていった。

茉莉華は、いつもなら僕の前だと無防備な姿を見せてくれるけど、うちの家族の前ではそんな姿はなりを潜め、初めて会った時のような上品で落ち着いた雰囲気を出していた。つまり、猫を被っていた。

あまりにも愛想のいい茉莉華に、お父さんは子供みたいに顔を赤くして、それを見たお母さんが頭をひっぱたいていた。それを茉莉華を含めたみんなで笑い合って、なんか、いいなと思った。ちょっと気恥ずかしかったけれど、初めてできた彼女を紹介して本当によかったと思う。

この頃には何ヶ月か前まで頻繁に感じていた、他に誰かがいたような気がするという感覚は消えていて、僕もいつの間にか違和感があったことすら忘れていた。

だけどタンスの中に片付けたままの洋服を見た時は、さすがにその不思議な感覚を思い出す。懐かしさと胸の苦しさに襲われて、そんな時は茉莉華に会いたいと切に思った。

この気持ちの正体を知りたいという思いが少なからずあったけど、なるべく考えないようにした。茉莉華と過ごす時間はとても楽しかったから、考えないようにするのはとても簡単なことだった。


やがて夏が終わり秋がやってくる。十月九日の火曜日は大学の創立記念日だ。六、七日の土日もそれぞれ一緒に出かけたけど、「平日に丸一日会えることはなかなかないから」と言って、その日は茉莉華が僕の予定に合わせて有給を使ってくれることになった。

前日に電話をしながら予定を決めた。午前中は喫茶店でお茶を。午後はショッピングモール七階にある映画館で映画を見た後、本屋へ行き……その後の予定は特に決めなかった。決めなくても、たぶん本屋に入ってしまえばあっという間に時間は過ぎていくから。

そういえば、茉莉華と付き合いたての頃は着る服に気を使っていたけれど、ある時

「気にしないでいいよ」と言われてからは、そこまで悩んだりすることはなくなった。

だからいつも通りの普段着で駅前へ向かった。

前に一度駅前で待ち合わせをした時に、僕より茉莉華が先に到着したことがあった。その時に、茉莉華は見知らぬ男の人にナンパされたらしく、何とか一人で振り払えたけど、僕が到着した時には涙目になっていた。だから、今後そういう心配をさせないように、なるべく早く来るようにしている。待つのは好きだから、あまり苦ではなかった。

待ち合わせの三十分も前に到着したから、茉莉華はまだ来ていなかった。

ほどなくして、約束の十分ほど前に彼女はやってきた。今日はグレーのブラウスに、下はベージュのチュールスカートと落ち着いた色でまとめている、茉莉華はセンスがいいから、持ち前の綺麗さが際立っていた。僕を見つけると、微笑みながら小さく手を振ってくれる。

「ごめん、待った？」

「ううん、それほど」

「嘘、私のために早く来てくれてるんでしょ？」

「バレてた？」

「公生くんのことは、よくわかってるから」

茉莉華はそう言いながらさりげなく手を握ってきた。付き合いたての頃は手を繋ぐのにお互い了承を得ていたけど、いつの間にかそんな確認作業は必要なくなっていた。

それからいつもの喫茶店へ行き、しばらくの間たわいのない談笑をした。最近あったこと、最近読んだ本、最近あった嬉しいこと。そういうのを直に会って報告し合うのが、デートの一つの楽しみとなっていた。

「そういえば、七瀬さんに彼氏ができたの知ってる？」

「え、うそ。先輩に？」

「あ、その言い方は酷いなぁ、公生くん。七瀬さんすっごく美人だよ？」

美人なのは同意するけど、僕は先輩の素の顔を知っているから意外だった。実はどこかで、恋愛とかそういうのは興味のない人だと思っていた。学内では人気のある人だけど、僕の知っている限りでは恋人を作ったのは初のことだ。

「就職も決まったんだって」

「へぇ、どこに就職したの？」

「名瀬先生の時に小説を書かせてもらってた出版社。コネとかじゃなくて、しっかり七瀬奈雪さんとして受けに行ったんだって。恩返しがしたいって言ってた」

僕は、嬉しかった。先輩がもう一度、本に携わる仕事に就くことができて。もう名瀬雪菜の新作は読めないけど、今度からは七瀬奈雪がプロデュースした小説を読めるかもしれない。それはそれで、これからが楽しみでもある。

そう思いながら、砂糖を入れたコーヒーに口をつけた。やっぱりここのお店のコーヒーは美味しい。

「公生くんは、どこに就職するの？」

「え、僕？　まだ早いよ」

「早くないよ。もう数か月後には大学三年で、四年に上がる前に就活でしょ？　今のうちにある程度決めとかないと、焦っちゃうよ」

一度就活を経験したことがある人からの助言は、やはり重い。僕は少し、将来のことが不安になった。

「私は商業系の高校で資格とか持ってたから優遇されたけど、公生くん何か資格持ってたっけ？」

「持ってない……」

「やばいね」

「うん、やばいかも」

「でも、私が支えてあげるから安心して！　就活の時はサポートしてあげるから」

「それは心強いかも」

とはいっても、心配をかけさせないために、いくつか候補は決めておいた方がいいだろう。実は密かに本に携わる仕事に就きたいと思っていたから、それを頼りに就職先を探そうと思っている。

「七瀬さんと同じで、出版社はどう？」

「実は、就職するなら出版社かなって考えてた。でも大変らしいから、ちょっと不安かな……」

「まだ時間はあるから、ちょっとずつ自分に自信を持とうよ。公生くん、出会った時よりずっと男らしいよっ！」

笑顔で褒めてくれて、僕は照れくさくなった。不意を突いて褒めてくれるところは、まだ慣れていない。

それから僕らはショッピングモールの七階に移動して映画を見た。今話題の恋愛映画で、五月に茉莉華がオススメしてくれた本が原作だ。『生き別れになって死んでしまった妹が、主人公の元に昔の約束を果たしにくる』、というストーリーで、僕は不覚にも上映中に涙を流してしまった。

だけど茉莉華は終始納得いかないと言ったような表情をしていたから、僕の感性がおかしくなってしまったのかと不安に思った。

映画が終わると、茉莉華はすぐに僕の腕を掴み早足で本屋へと連行した。僕といえば、感動のストーリーに泣いてしまったからその涙を拭くのに精一杯だった。

茉莉華は『祝！　映画化！』というポップで華やかに宣伝されている単行本を指差す。

「公生くん、絶対に原作読むべき！」

「えっ。映画もう見ちゃったし……」

僕がそう言うと、茉莉華は可愛らしく小さな地団駄を踏んだ。こと小説の話になると豹変してしまう彼女を見るのが、実は日常のささやかな楽しみでもあった。

「違うのっ！　原作の方が面白いのっ！」

「そうなの？」

「そうなの！　もう色々と、話の展開変えすぎっ！　作った人は原作のよさを全くわかってないよ！」

僕は苦笑しつつも「じゃあ、読んでみるよ」と言った。

その後も二人で小説の話をして、映画の原作本を買った後にショッピングモールを出た。案の定辺りは暗くなっていて、想定外だったのは今から夕食を食べていたら最終バスに乗れなくなるということだった。

それはさすがにまずいから、僕らはいそいそと停まっていたバスへと乗り込む。二人でつり革に掴まって、しばらくバスに揺られた。

やがて茉莉華の最寄りのバス停へと停車して、乗客が次々と降りていく。ところが、その波を見ても、茉莉華は降りようとはしなかった。

「バス発車しちゃうよ？」

そう言ったのと同時に、ドアが閉まってバスは発進してしまった。茉莉華の表情をうかがうと、少し、頬が赤くなっていた。

それからやはり照れた面持ちで「今日、泊まっていい……？」と訊いてきた。僕は一瞬だけ迷って、だけど「いいよ」と答えた。茉莉華の言わんとしていることを、僕はしっかり理解できていた。

夕飯の食材を買うためにスーパーへ寄って、それからコンビニに寄って必要なものを購入してからアパートへと戻ってきた。

狭いキッチンで、二人で夕食を作る。休みの日は茉莉華が遊びにきてお昼を一緒に作ることが多かったから、手馴れているはずだった。だけど僕らはどこかぎこちなく、露骨なミスが多かった。

それでも夕飯は無事に完成して、二人で食卓を囲んだ。緊張で味はよくわからなかったけど、茉莉華の作った料理はいつも美味しいから、今日もそれは変わらなかったはずだ。

実はあの日から一度も、僕は茉莉華を部屋に泊めてなかった。茉莉華も部屋に泊まりたいとは言わなかったし、次にどちらかが提案をした時がその時なんだろうなという予感はあった。

先にお風呂へ入って一日の疲れを洗い流し、待ってくれていた茉莉華と入れ替わる。三十分ほど待っていると、茉莉華はバスタオルを体へ巻いた状態で部屋に戻ってきた。顔が赤くなっていたけれど、きっとお風呂だけが理由じゃないんだろう。

茉莉華は、倒れ込むように僕へと抱きついてきて、そのまま僕の唇を塞いだ。

僕はずっと、こうなる時を待ち望んでいたのかもしれない。


あの時と違うのは、僕らが同じ布団の中へ入って眠ったことと、起きた時に何も着ていないということ。

朝焼けの眩しさに思わず目を開き、目の前の茉莉華もほぼ同じタイミングで目を開けた。目が合って、お互いにくすりと笑い合った。

「お仕事、二日間お休みをもらえばよかったかも」

「だね。僕も、今日が休みの日がよかったかも」

とはいえ、いつもより早い時間に目を覚ましたから、まだ寝転んでいる余裕はあった。

「私、とっても幸せだよ」

僕のことを抱きしめながら、茉莉華は耳元でささやく。軽く息が噴きかかって全身が多幸感で震えた。その様子に茉莉華はくすくすと笑う。

「茉莉華は、いつも大胆だよね」

「大胆な私は嫌い？」

「好きだよ。でも、無理させてないかな？」

「無理というと？」

「僕って、結構控えめな性格してるから。いつも茉莉華に踏み出してもらってばかりで、無理させてるのかもって」

ずっと心配だったことを訊いてみると、茉莉華は「なあんだ、そんなことね」とあっけらかんと言った。

「無理なんてしてないよ。たしかに、公生くんに対してはちょっと積極的にアプローチしたかもしれないけど、それはやっぱりあの飛行機事故があったからかな。色々と行動しないで後悔するのは嫌だったから」

「茉莉華も、同じこと考えてたんだ」

「公生くんも？」

「実は大学の教授に事故で娘さんを亡くした人がいたんだ。その教授がこう言ったんだ。別れは突然やってくる、大切な人、思いを伝えたい人がいるならすぐに駆けつけてあげなさい。後悔をしないように、って……。その言葉を聞いた時、なぜかものすごく胸が締めつけられたんだ。そんな時、茉莉華の顔が一番に浮かんできた。だから茉莉華に告白できたんだよ」

「私も、後悔したらダメだって思ったから、公生くんに告白できたの」

最悪な事故は奇しくも僕らの後押しをしてくれたけど、同時にどこか煮え切らない気持ちを抱く。喜んだらダメなのに、あの事故がなかったら結ばれなかったかもと思うと、やっぱりどこか複雑になる。

でも今は、余計なことを考えなくてもいいと思った。ただ彼女と結ばれたことを喜ぶために、また唇を塞いだ。

キスは不思議だ。唇と唇を触れ合わせただけで、愛していると相手に伝わる。そこに言葉なんてものはいらない。しばらくそうしてじゃれあっていると、どちらからともなく唇を離した。僕らは照れたように笑った。

「また、時間がある時にしなきゃだね」

「だね、危うく自制が効かなくなるところだった」

もう布団から出ないと、仕事にも大学にも間に合わなくなる。それがわかっていたから、もう一度だけ短いキスをして気持ちを切り替えた。

こういうのを欲張るのはあまりよくないことだと思うけれど、もっと茉莉華との時間が欲しかった。それはたぶん茉莉華自身も思っていたようで、彼女はそれから週に二、三回、部屋に泊まりにくるようになった。

だんだんと茉莉華の私物が部屋に増えてきて、いつの間にか彼女の仕事と僕の大学以外の時間は、一緒にいることが当たり前になっていった。

そのほかに変わったことといえば、僕が大学四年に進級した頃に七瀬先輩が結婚したことだ。名字は桜庭《さくらば》に変わって、僕も茉莉華も先輩の呼び名は〝奈雪さん〟になった。

奈雪さんが結婚して隣の部屋を出ていっても、三人の友好関係に変化はなかった。僕も茉莉華も相変わらず奈雪さんと連絡を取り合っているし、たまに三人でどこかへ行って話をすることだってあった。

その後、僕はかねてより志望していた出版社の内定をもらうことができて、茉莉華は泣きながら喜んでくれた。

そして僕と茉莉華は、僕の大学卒業とほぼ同じタイミングで結婚した。それはずっと二人で決めていたことで、そのために僕は、就活をしながら何度も茉莉華の実家へ足を運んでいた。運んでいたといっても、嬉野家の人はみんな僕を受け入れてくれていたし、特に何かいざこざが起きるなんてこともなかった。そういえばいつの間にか僕は茉莉華の妹の朋華《ともか》さんと打ち解けていて、彼女も僕らのことを祝福してくれた。

そのようにして僕らは結ばれて、茉莉華は『小鳥遊茉莉華』という名前に変わった。週に二、三回だった二人暮らしは当然毎日のものとなり、二人だけの時間が格段に増えた。


僕らが結婚した年に、もう一つめでたいことがあった。奈雪さんのお腹の中から元気な男の子が生まれてきたのだ。

桜庭公介《こうすけ》。

それが、奈雪さんの子供の名前だった。


それから二年が経過した二〇二二年の夏の終わり頃、突然茉莉華は体調不良を訴えることが多くなり、仕事を休みがちになった。さすがに心配になって「万が一のことがあるかもしれないから、病院行ってみようか」と提案すると、茉莉華はすぐに了承してくれた。

最初は病気かと思いとても心配したけど、違った。二人が望んでいたことが、ようやく叶ったのだ。

茉莉華のお腹に新しい命が宿っていた。

その事実を僕らは泣いて喜んだ。

それから何週かほどが過ぎて、生まれてくる子供が女の子であると判明した。

「お腹の子が生まれてくる前に、もう少し広い部屋へ引っ越そうか」

茉莉華の隣で、優しく手を握る。大きくなったお腹を撫でると、幸福そうな表情を浮かべてふにゃりと微笑んだ。

「ちょっと名残惜しいけど、三人で暮らすには少し狭いもんね」

「僕も、名残惜しい」

思えばこの部屋でいろんなことがあった。茉莉華が落ち込んでいた僕を励ましてくれたのもここだったし、初めて肌を重ねた場所もここだった。

いつの間にか実家よりも心安らぐ場所になっていたことに気づいて、心が温かくなる。好きな人と毎日一緒にいられることが、こんなにも幸福なことだと、僕は今まで知らなかった。

茉莉華が産休を取り始めると、僕が仕事から帰ってきたら、いつも暖かい空間で出迎えてくれるようになった。家に入る時、鍵を全く使わなくなった。そういう些細なことにも大きな喜びを感じた。

結婚をしない若者が増えていると言われているけど、僕は心の底から結婚できてよかったと思っている。もちろん喧嘩をすることもあるけど、それは本当に些細なことだ。次の日にはけろっと忘れていて、僕らはいつも通り笑い合っている。

窓の外へ視線を向けると、例年より少し早い初雪が降っていた。あと一ヵ月もすれば、雪は全てを覆い尽くし、やがて春には雪解けとなる。それとともに桜が芽吹き始めて、お腹の子供が生まれてくるのだ。

そして今僕らは、茉莉華のお腹を撫でながら、生まれてくる子供の名前を決めている。

生まれてくる女の子に、どんな名前をつけようか。

茉莉華は机の上にあるメモ用紙に、スラスラと候補を書いていった。

「春ちゃんっていうのはどうかな？　春に生まれてくるから、小鳥遊『春』ちゃん」

「それなら小鳥遊『桜』っていうのもいいんじゃないかな」

「〝さくら〟にするなら、『桜良』の方が私は好きかな」

「んー、難しいね。漢字の雰囲気や読み方にもこだわりたいけど、きちんとした意味を込めたいし」

お互いに首をひねる。

僕はふと思いつき、その名前を紙に書く。

「じゃあ、『卯月《うづき》』っていうのはどうかな？」

「どうして卯月？」

「ほら、四月の陰暦は卯月だから」

「んー、卯月ちゃんかぁ」

少し微妙そうな反応だ。それならまだ、桜良の方が茉莉華は好みなんだろう。

今度は花言葉で攻めてみることにした。スマホで桜の花言葉を調べてみると、〝精神の美〟〝優美な女性〟だった。

僕は個人的に、優しい女の子に育ってほしいとは思うけど、美しいというより可愛らしく育ってほしいと思っている。以前、茉莉華もお腹を撫でながら、『可愛い女の子に育ってほしいよね』と話していた。

それならと思い、今度はその線で攻めてみようとしたら、ふと思いついたように茉莉華は再びペンを握った。

その思いついた名前を、彼女は紙に書いていく。そして、読み上げた。

「小鳥遊可憐」

僕は急に心が狂おしいほど締めつけられ、とても懐かしいという感情に陥った。こんな気持ちになったのは本当に久しぶりのことで、おそらく学生の時以来だった。だから僕は、こんな不思議な感情があることをすっかり忘れていた。

同じようなことを茉莉華も感じていたようで、「何だか、スッと心に落ちてきたの。これしかないなって思った。可愛らしく、愛らしく育ってほしいな」と名づけの理由を明かした。

僕も異論はなかったけど、これじゃあまだ安直すぎる気がした。もっとひねってみるのも面白い。

そしてふと、思いついた。その思いついたことを、僕はすぐに口にした。

「君の名前から漢字を取ってみるのはどうかな？」

その次の言葉を、茉莉華は待っていましたという風に笑顔で答える。

「じゃあ、私の名前から漢字を一文字プレゼントするね」

そうして出来上がった名前を、今度は僕が紙に書いた。

「華憐」

しかし茉莉華はまた首を少しひねった。僕もちょっとだけ、なぜか違うなと感じる。

「憐っていう漢字、あんまりいい雰囲気の漢字じゃないよね。〝いとおしむ〟っていう意味もあるけど、一般的にあわれむっていうイメージのほうが強いから」

「そうだね。これじゃあちょっとだけかわいそうかも」

僕はそれからもう一度代わりの文字がないかを探した。そして、すぐに見つけた。

『怜』の文字だ。『憐』の異字体だけど、賢いという意味で使われることがほとんどだ。そして、単独では〝レイ〟と読むけれど、『華怜』と書いて〝カレン〟と読める。

あぁ、もうこれしかないなと思った。それを伝えると、茉莉華はようやく笑顔に満足げな表情を加えてくれた。

その名前を、僕は紙に書く。

なぜか、その瞬間に瞳から涙があふれてきた。それは茉莉華も同じだったようで、泣きながら僕の方へと寄りかかってきた。

涙の理由を、僕たちはまだ知らない。だけど寂しさや悲しさじゃなくて、懐かしさや嬉しさから来ているものだとすぐに理解できた。

どうしようもないほど心の内側が満たされて、僕はもう一度その名前を読み上げる。生まれてくる子供にぴったりな名前だと、本当にそう思った。

「小鳥遊華怜」

それから雪解けとともに桜が咲いて、二〇二三年の春に茉莉華のお腹の中から華怜が生まれた。二千九百グラムのとても健康的な赤ちゃんで、どことなく雰囲気が茉莉華に似ていた。

最初は母親似だと思ったけど、病室のベッドで華怜を抱きかかえながら「あなたにそっくりね。目元とか、公生くんにとってもよく似てるもん」と茉莉華は言った。

自分の目元なんて普段は全然確認しないから実感は湧かなかったけど、並んで鏡で確認してみると本当にそっくりだった。きっと華怜は、ちょっとずつ僕と茉莉華に似ているのだ。

奈雪さんも、少し大きくなった公介くんを背中に背負いながら、病院に駆けつけてくれた。そして、茉莉華が抱きかかえる華怜を見て、柔らかい頬を撫でながら笑顔でぽつりと呟いた。

「本当だ、どことなく公生くんに似てる気がするよ。ほら、目元とか」

それから、また言葉を重ねた。

「でも茉莉華さんにも、とっても似ている。華怜ちゃんは本当に可愛い女の子だ」

すると華怜は「んあああああ！」と勢いよく泣き始めて、奈雪さんは苦笑しつつも頬から手を離した。その瞬間にすぐ泣きやんで笑顔になったから、少しおかしかった。華怜は、お母さんのことが大好きみたいだ。

「ほら、公生くんも抱いてみなよ」

「怖がらないかな？」

「怖がるわけないじゃない。私とあなたの子供よ？」

そう言われておそるおそる華怜を抱いてみると、思っていたよりもずっとその命は重かった。元気に生まれてくれて、本当に嬉しい。僕の心は多幸感に包まれていた。

嬉しくて、華怜の頬へ僕の頬をすり合わせる。すると華怜は、ぎこちなくだけど笑ってくれた。

「あなたのことが、とっても大好きなのね」

「公生くんは、華怜ちゃんに愛されてるね」

そんな会話をしていると、奈雪さんの背負っていた公介くんが目を覚まし、眠い目をこすりながら言った。

「ママ……?」

「ほら、公介。ママの友達の、大切な子供だ。華怜ちゃんっていうんだよ」

「かれん……?」

公介くんは寝ぼけまなこで華怜のことを見つめる。しかしすぐに目をそらしてしまった。子供ながらに、照れているのだとわかった。

それからは、ひとしきり一つの生命の誕生を喜び合った。

# 第九章

# 新たな生活

新しい僕らの部屋は、前に住んでいたアパートから少しだけ離れた場所にある。最近建てられた新築のマンションで、少し贅沢かなと思ったけど、華怜が伸び伸び過ごせればと思い、そこに決めた。それに、マンションから出ればすぐ目の前に小さな公園がある。「華怜がもう少し大きくなったら、休日はそこで遊べればいいね」と茉莉華が話していた。

最初のうちは、自分自身、突然の環境の変化に戸惑ってしまわないか心配だったけど、そんな心配は杞憂だった。畳がフローリングに変わったのはちょっと落ち着かないけど、茉莉華と華怜さえそばにいればどんな場所でも落ち着いた空間になる。

でもたまに、座布団がちょっと恋しいなと思うことがある。時代が進むにつれてそういうものがなくなっていくと思うと、ちょっとだけ悲しい。きっと華怜は、座布団を知らずに生きていくんだと思う。

キッチン周りは茉莉華が苦戦していた。今まで実家でもアパートでもガスコンロを使用していたからだ。それに、茉莉華は機械系に少し弱いため、僕の手助けなく使えるようになるのに少しだけ時間がかかった。

最初のうちは平べったい調理器具を見て『こんなので料理ができるの!?』と驚いていた。それから『なんでこんなにボタンが多いの!?　ガスコンロならひねるだけで点火するのにっ!!』と大声で不満を漏らし、そばにいた華怜を『うあーー!!　うあーーー！』と泣かせてしまうことがしばしばあった。

そのたびに僕は華怜のことをあやして、茉莉華も『ごめんね、ごめんね……』と必死に謝っていた。それはいかにもな新婚夫婦みたいでちょっと面白かった。

華怜が二歳になる頃には拙いながらも短い言葉を話せるようになって、食事が終わると『パパー！』と言って抱きついてくることが増えた。もちろん茉莉華に抱きつくこともあるけど、比較的僕の方が回数は多かった。

それがちょっと不満なのか、ある日、ベッドで三人川の字で眠っている時に、茉莉華が唇を尖らせていた。不安でもあったらしい。

「私、華怜に愛されてないのかな……」

華怜はスースー寝息を立てながら、僕と茉莉華の間で眠っている。

「華怜は茉莉華のことが大好きだよ。だって茉莉華が風邪で寝込んでる時、華怜がすごく不安げな顔で『ママ、ママだいじょーぶ……？』って言ってたから」

茉莉華はそれだけで安心してくれたのか、笑みを浮かべながら隣にいる華怜の頭を撫でた。すごく単純だけど、それが妻のいいところだ。

「もっともっと、元気な女の子に育つといいね」

「茉莉華みたいな元気な子に育つよ」

「公生くんみたいな優しい子にも育ってほしいね」

華怜のほっぺたをつつくと、むにゅむにゅとくすぐったそうに頬を緩める。茉莉華とくすくす笑い合っていると、華怜は寝ぼけながら「パパー、だいすき……」と言ってくれた。

「えっ、ママは？　ママは？」

戸惑いながら華怜に問いかける姿が面白くて、思わず笑みをこぼした。華怜も寝ぼけながら微笑んで「ママも、だいすき……」と呟いた。

ほら、やっぱり華怜に愛されてるじゃないか。

安心した茉莉華は華怜の頬へキスをして、それから三人で仲よく眠った。


僕らの期待通りに、華怜はすくすくと健康的に成長していった。自分で歩けるようになると茉莉華の買い物へついていったり、休日はアパート前の公園で元気に走り回っていた。

子供というのは不思議なもので、どれだけ動き回っても疲れる気配が全然ない。最初のうちは華怜と公介くんの追いかけっこに付き合っていたけど、へとへとになった僕は日陰のベンチで休憩している茉莉華と奈雪さんの元へ戻る。

しかし後ろから華怜に足を掴まれて、僕は立ち止まった。

「おとーさんおとーさん！　つかまえたっ！」

「あはは……捕まっちゃったかぁ……」

「つぎはおとーさんがつかまえるばんねっ！」

屈託のない笑みが眩しい。その笑顔で気力が復活していたのは、つい数分前までのことで、今はその笑顔を見ても癒えないほど疲労がたまっていた。

「お父さんちょっと電池切れだから、休憩しよっか」

「でんちぎれじゃないっ！　まだまだあそぶのっ！」

「公介くんと二人で遊ぶのは？」

「コウちゃん、あしおそいからたのしくなーい。おとーさんとあそぶー」

女の子に足が遅いと言われてしまった公介くんは、目に涙をためて俯いてしまった。

ハッキリした物言いに苦笑しつつも、意地悪を言う女の子に育ってほしくないから注意しなきゃと思い、華怜の目線の高さまで僕は腰をかがめた。

「友達にそんなこと言ったらダメだぞ。そんな酷いこと言う華怜とは、お父さんも遊んであげられないなぁ」

子供というのはとても純粋で、今度は華怜が目に涙をためて首をふるふると横に振った。

「やだっ！　やだっ！　おとーさんとあそびたいっ！」

「じゃあ、ちゃんと公介くんに謝りなさい」

華怜は泣きながら公介くんに「ごめんなさい……」と素直に謝った。公介くんは「僕も、足が遅くてごめんね……」となぜか謝っていた。

別に公介くんが謝る必要はないと思ったけど、結果的には仲直りできたからよかったんだと思う。

それから華怜はもう一度僕を見て、だけどいつもみたいに抱きついてはこなかった。まだ怒っていると思ったのだろう。

笑顔を見せると華怜が涙目のまま笑顔になって、ぱっと僕へ抱きついてくる。そのまま持ち上げて抱っこしてあげると、きゃっきゃと喜んでくれた。

「おとーさん、かれんもつかれたー」

華怜は素直になると、よく僕の真似をしてくる。たぶん愛情表現みたいなものだ。

「公介くんも、ちょっと休憩しよっか」

「うん」

公介くんは頷いて、僕のズボンを掴んでくる。大人になってからわかったけど、僕は子供に好かれるタイプのようだ。華怜はもちろん、特に何をしなくても、公介くんもすぐに懐いてくれた。

ベンチに腰掛けると茉莉華が「お疲れ様。公生くん」と笑顔で迎えてくれた。ちょっとだけ、疲れが取れた気がした。

まだ僕に抱きついている華怜の頭を撫でると、くすぐったそうに体をもじもじさせる。公介くんはもう小学生になるから、奈雪さんの隣できちんと座っていた。

「実は公介たちが遊んでいる間に、茉莉華さんとアイスを買ってきたんだよ」

「えっ、あいす!?」

腕の中の華怜は露骨に反応を示し、大きな瞳をめいっぱい輝かせた。公介くんはというと、あまり表情の変化は読み取れないけど喜んでいるのが伝わってきた。

茉莉華が持ってきたクーラーボックスを開けると、氷と一緒に棒アイスが入っていて、ひんやりとした空気が肌にかかった。

「えー、どれがいい？　おとーさんどれにする？」

そう言いながら、華怜は僕の方をチラチラとうかがっている。なんでも〝お父さんと一緒〟がいい華怜は、実はこういう時も僕と一緒じゃなきゃ気が済まないらしい。

僕が「じゃあこれにしよっかな」と言って二つあるソーダ味を取ると、華怜はすかさず「じゃあ、かれんもこれにする！」と言って、もう一つのソーダ味を取った。

「華怜はソーダ味が好きなの？」と訊いてみると「おとーさんはすき？」と訊き返してくる。「好きだよ」と返したら、華怜は満面の笑みを浮かべて「おとーさんがすきなら、かれんもすきっ！」と言って抱きついてきた。

そんな光景を見て、茉莉華も奈雪さんも笑っていた。

「公生くん、華怜に愛されてるね」

僕は照れくさくなって頬をかく。

「子供って、みんなこんなものなんじゃないの？」

「公介は、私の好きなものでも嫌いだってちゃんと言うね」

突然話題を振られた公介くんは顔を赤くして俯いた。

公介くんとは違い、華怜は本当によく僕の真似をする。特に食べ物には敏感に反応を示し、僕がりんごより梨が好きだと言えば「かれんもなしがすきっ！」と言うし、僕がクリームシチューよりビーフシチューが好きだと言えば「かれんもそっちのほうがすきっ！」と合わせてくる。チーズが好きだと言った時は、食べたこともないのに「かれんもすきっ！」と言って屈託のない笑みを浮かべた。

そういう経緯があったから、華怜は僕の好みに合わせていることに気づいた。

しかし合わせているといっても、僕が好きだと言ったものは華怜も本当に美味しそうに食べるから、たぶん無理はしていないんだと思う。現に今も、ソーダ味のアイスを僕の膝の上で美味しそうに食べていた。

「美味しい？」と訊いてみると、華怜はよだれを垂らしながら「おいしい！」と答えた。

しかし、華怜にも好き嫌いがあるということを僕は知っている。以前茉莉華が風邪で寝込んでしまった時、それは判明した。

あの時の茉莉華は起き上がれないほど風邪が深刻だったから、僕が代わりに朝ごはんを作っていた。華怜は料理をしている僕の後ろで『パパのりょーり!? はやくたべたい!!』とはしゃいでいた。ちなみにこの時の華怜は、まだ僕のことをパパと呼んでいた。

『ねーパパ、なにつくってるの？』

『目玉焼きとお味噌汁だよ』

『めんたまやき？ おめめやくの？』

目玉焼きを作りながら思わず噴き出すと、華怜はぷくりと頬を膨らませた。

『パパ！ パパ！ めんたまやきってなに！』

『卵を焼いて作る料理だよ。華怜も、ママに卵焼きとか作ってもらったことあるだろ？』

『しかくいやつ？』

四角いやつというのは、だし巻き卵のことだろう。

『あれはね、卵焼きって言うんだ。目玉焼きは卵焼きと似たような料理だよ」

『たまごやき、すっごくおいしかった！』

『今作ってるから、じっとしててね』

『うん！　じっとしてる！』

言いながら、華怜はじっと僕の足にしがみついてきた。これじゃあ全然料理ができないから、仕方なくおんぶしてあげる。華怜は目ん玉焼きという言葉が気に入ったのか、卵が焼ける音を聞きながら「めんたまっやき！　めんたっまやっき！」と歌っていた。

茉莉華の朝ごはんは別に作って、華怜と二人だけでごはんを食べる。華怜は上手に箸を使えないから、プラスチックのフォークとスプーンを使っていた。

『これがめんたまやき？』

華怜はフォークでつつきながら、初めてみる目玉焼きに興味を示していた。

『そうだよ。フォークで遊ぶのはお行儀が悪いからやめようね』

『はーい』

返事をしてから華怜が目玉焼きの膨れている部分をつつくと、中から黄身があふれ出してきた。それに驚いて『なんかでてきたっ！』と言って目を丸くする。僕は塩胡椒を少しだけ振ってあげた。

『白い部分と一緒に食べると、とっても美味しいよ』

『うん！　めんたまやきおいしいよねっ！』

もちろん華怜はまだ目玉焼きを食べていない。だけど僕が美味しいと言ったからそれに合わせて、何のためらいもなく大きな口を開けて目玉焼きを放り込む。

瞬間、華怜の表情が固まった。

だけど華怜は偉いから、口の中へ入れた分はゆっくりと噛んで飲み込んだ。しかし表情はかなり険しく、苦虫を噛み潰したような顔をしていた。

『もしかして、口に合わなかった……？』

おそるおそる聞いてみると、ふるふると首を横に振った。必死な様が伝わってきて、あぁ口に合わなかったんだな、と何となく察する。

『お、おいしい……』

『あんまり無理しなくてもいいよ』

『パパのすきなたべもの、かれんはぜんぶすきだから……』

『ありがとね』

『でも、これはパパにあげるね』

好き嫌いをするのは本当はよくないけど、かなり嫌そうな顔をしていたから仕方ない。それにこれに関しては好みの問題だから。

今度は味噌汁へと手を伸ばした。半熟の目玉焼きの件があったから華怜もおそるおそるといった風だったけど、一口含むとみるみる表情が笑顔に変わった。

『おいしいっ！』

いつもは茉莉華の作った味噌汁を飲んでいたから、実は口に合うのかが少し不安だった。

『美味しい？』

『ママのつくったのよりおいしい！』

僕は慌てて寝室の方へ耳を澄ました。物音が一つもないから、きっと寝ているんだろう。

子供というのは本当に素直だ。もし聞かれていたら、茉莉華が落ち込んだかもしれない。口元に人差し指を当てて華怜に注意する。

『ママが起きちゃうから、静かにな？』

すると口元を両手で押さえて、首を何度も縦に振った。

それから控えめな声で『でも、ほんとにおいしかったよ？』と言ってくれる。僕は華怜の頭を撫でた。

『でも、ママの作った味噌汁も美味しいでしょ？』

『うんっ』

そう言って華怜はニコリと微笑む。きっと、僕の作る味噌汁の出汁や味噌の量が、華怜の好みに合ったんだろう。

それから次の日も僕は華怜に朝ごはんを作ってあげて、今度は目玉焼きを固めに焼いてみた。

半熟の目玉焼きが苦手みたいだったから嫌がるかと思ったけど、華怜は『パパのつくったごはんだから……』と言いながら渋々食べてくれた。

結果は予想以上に好評で『パパまほうつかったの!?』と驚いていた。そして味噌汁もやっぱり好評で、〝パパの作った料理はぜんぶおいしい〟と心から思ってもらえるようになった。


しかしそれからというもの、茉莉華の作る料理の全てを〝おいしーおいしー!〟と食べていた華怜が、味噌汁を飲んでいる時だけ反応を示さなくなった。それを茉莉華はやっぱり不安に思ったらしく、食事中に『もしかして、お味噌汁美味しくなかった……?』と訊いてきた。華怜は『ううん、おいしーよ。でも……』と言いながらチラと僕を見る。

言わない方がいいかと思ったけど、もう黙っておくことはできないなと思った僕は、茉莉華が風邪を引いた時の出来事を全て話した。落ち込むかと思ったけどそんなことはなく、『なあんだ、そんなことねっ』と笑顔だった。強がって言ったのかと思ったけど、違うらしい。茉莉華曰く、『公生くんのお味噌汁は私も好きだから、私と味覚が似たんじゃないかな』ということらしい。むしろ同じ感覚を共有できて嬉しかったようだ。

それからというもの、僕は毎食の味噌汁担当になった。僕の味噌汁で茉莉華と華怜の笑顔が見られて、とても嬉しかった。


そして最近の僕は、以前も何度か起こっていたデジャブを再び体験するようになっていた。それは華怜と接している時に頻繁に起きて、胸の奥が苦しいほど締めつけられる。その感覚がなんなのか、上手く説明はできないのだけれど。

たとえば、華怜が四歳になった時のことだ。お祝いの一環として、いつものメンバーでお花見に行くことになった。城下町の方は桜が満開だからということで、バスに乗って向かっていた。

つり革に掴まりバスに揺られながら、僕はお花見以外のことを頭の中で思い浮かべていた。それはいつからか再び起きるようになったデジャブのことで、なぜか今この瞬間もそれが発生している。バスに揺られながら城下町へ向かったことは何度もあるけど、それが理由ではない気がする。

考えていると、茉莉華に顔を覗き込まれていた。奈雪さんも、僕のことを心配そうな目で見つめている。

「どうしたの、公生くん?」

「あ、うん。ちょっと考えごと……」

「もしかして体調が悪いのか？」

「いえ、ほんとに大丈夫です。ただ……」

僕は迷ったけど、話しておくことにした。茉莉華にもデジャブが起きることがあったから、もしかすると今も同じ気持ちを感じているのかもしれない。

だけど、茉莉華は首をかしげるだけだった。

「私は、今はそんなこと感じないけどなぁ」

「公生くんの勘違いじゃないのか？」

「そうなんですかね……」

僕はふと、座席に座っている華怜を見た。窓の外を思いつめた風に眺めていて、本当は来たくなかったんじゃないかと心配になる。隣に座っている公介くんも、そんな華怜を不安そうな表情で見つめていた。

「華怜、どうしたんだ？」

「ん？　なーに？」

僕が話しかけると、急に笑顔になった。

「楽しみじゃなかった？」

「んーん、たのしみだよ」

「じゃあ、もしかして何かあった？」

桜を見に行くと決めた時は、ご近所迷惑なほど騒いでいたのに、今は楽しくなさそうだ。華怜は窓の外を指差して、またつまらなそうに言う。

「だって、おそとたのしくないんだもん。おなじたてものばかりでつまんなーい」

そう言われて、僕は窓の外を見た。華怜の言っていることが何となくわかった気がする。

ここ数年、住宅地の方にも近代化の波がやってきた。公園はだんだんとなくなっていき、一時期より高層マンションが増えている。木造の家を建て替える人たちも増えてきて、昔ながらの町並みが失われつつあった。この光景は繁華街の方へ向かうほど顕著になる。

華怜を遊ばせる時はなるべく外へ連れていたから、おそらく一般的な子供より自然と多く触れている。そのせいで、華怜の感性は僕たちの世代のものと似ているのかもしれない。僕も、こういった無機質な風景はつまらないと思うから。

だけど都市化が進んでも、変わらない風景はある。僕は華怜を笑顔にさせるために、それを教えてあげた。

「これから行くところはとっても楽しいところだから、きっとたくさん驚くと思うよ」

「ほんとっ!?」

「ほんとほんと、だから楽しみにしててね」

「うんっ！」

華怜が微笑んだのを見て、公介くんも安心したのか笑顔を浮かべていた。

「公介くんも、楽しい？」

「うん、楽しい」

「華怜がバスの中ではしゃいだりしないように、見張っててもらっていいかな？」

「わかった」

公介くんは華怜と比べてだいぶおとなしい。先ほどから華怜の隣で固まったようにじっとしている。だけどそれは、性格的なものだけじゃないんだろう。そばで見ていればすぐにわかるけど、公介くんは華怜のことが好きなのだ。華怜がつまらなそうにしていれば、公介くんは不安げな表情を浮かべるし、嬉しそうにしていれば公介くんも笑顔になる。ただ、ちょっと内気なところがあるのは事実で、公介くんの気持ちが華怜に伝わっているのかはわからない。

やがてバスは城下町付近を走り始め、ピンク色の景色が増えてくる。その頃になると、華怜は窓に手をつきながらはしゃぎ始めた。

「コウちゃんコウちゃん」

華怜は公介くんの服の袖を引っ張りながら、興奮した面持ちで外を見ている。公介くんは顔を赤らめながら「どうしたの？」と訊いた。

「ピンクピンク！　ピンクばかりだよ！」

「さくらっていうんだよ」

「さくら？　へー！」

それから先ほどの僕の言葉を思い出したのか、公介くんは意を決したように華怜のことを見る。

「ねえ、カレン」

「どうしたの？」

チラと華怜は振り向いて、公介くんは慌てて顔をそむけた。僕はそれを優しい目で見守っている。

「バスの中は静かにしないと……」

茉莉華も華怜の方を見て、口元に人差し指を近づけた。静かにしなさいよという合図だ。それを受け取った華怜は、口元を両手で押さえて首を縦に振る。

華怜が静かになって外の景色を眺めていると、公介くんはホッと胸を撫で下ろした。

バスから降りてすぐ目の前には、現代美術を展示する円形の美術館が建てられている。少し遠くには大きなお城があり、着物を着て歩く観光客も増えてきた。しかし華怜はとあるお店の方が気になったようで、今日一番の快活さを見せて指をさした。

「すっごい！　きんぴかだよ！　きんぴか！」

華怜の指の先にはソフトクリームを販売している甘味処がある。そのソフトクリームには、この土地の有名な工芸品である金箔がのせられていた。

「すごい、きんぴかだね」

公介くんもその金色に目を輝かせていた。

「きんぴかっ！　きんぴかっ！」

そう言いながら、華怜は僕の足へとしがみついてきた。もう華怜の目には金色のソフトクリームしか浮かんでいないんだろう。

「おとーさんおとーさん、カレンあれがたべたい！」

「さっきお昼ごはん食べたばかりだろ？」

「でもおなかすいたの！」

本当は何でもかんでも買い与えるのはよくないんだろうけど、華怜の笑顔に逆らうことはできなかった。ちょっと寄っていっていい？　と茉莉華に視線で伝えると、わかったよという風にウインクしてくれる。

僕は華怜と公介くんのソフトクリームを買った後、近くの緑地の広場へ行って腰を下ろした。華怜はキラキラしているソフトクリームに興奮していた。

「きらきら！　きらきら！」

そんな華怜を見て、公介くんも笑顔になる。

華怜はすぐにソフトクリームへとかぶりつき、幸せそうに笑った。だけどすぐに釈然としないといったような表情に変わる。

僕はまた、デジャブのようなものを感じていた。以前もこんなことがあったような……。そうだ、僕は前にもここへ来て、ソフトクリームを食べたんだ。だけど、どうしてこんな場所に一人でやってきたんだろう……。

そう考えているると、華怜はいつの間にか僕の顔を覗き込んでいた。

「どーしたの？　おとーさん？」

「あ、ううん。何でもない」

「そー？」

心配してくれた華怜の鼻先に金箔がついていて、僕はくすりと笑った。どうしてそんな場所についちゃうんだろう。

「華怜、鼻に金箔がついてるよ」

「えっ？」

華怜は自分でゴシゴシと鼻先をこする。だけどそれは金粉になって広がるだけだった。仕方ないなと思いつつ、僕はハンカチを取り出して、鼻先を拭いてあげることにした。

「華怜、ちょっとじっとしててね」

「うん」

しかしくすぐったそうに身をよじるから、動かないように頭を固定した。

ゴシゴシと、金箔を取ってあげる。

「おとーさん、どーしたの？」

「えっ？」

「おめめ、ないてる……」

そう言われて、僕は遅れて気がついた。いつの間にか両目から涙があふれていて、それが止まらなかった。どうして泣いているのか、本当に理解できなかった。別に悲しくなんて、ないのに。

「公生くん、何かあったの？」

茉莉華も僕を心配して肩に手を置いてくれた。公介くんも不安げな表情で僕を見つめて、奈雪さんも心配してくれている。

「ご、ごめん。ほんとに何もないから。ほんと、なんで泣いてるんだろ……」

わけのわからない涙は、全然止まってくれない。ひたすらに、僕の頬を濡らしていった。

「おとーさん、いーこいーこ。だいじょーぶだよ」

華怜は僕の持っていたハンカチを手に取って、あふれてくる涙を拭ってくれた。それがまた僕の心を大きく刺激して、余計に涙があふれた。

なぜか罪悪感のようなものが湧いてきて、なおさら僕の思考を混乱させる。何かを思い出せないことが、とんでもなくつらかった。もう喉元まで思い出しかかっているはずなのに、その正体を掴むことができない。

僕はたしかに、ここへ来たことがある。それも、とっても大切な人と。

それは茉莉華じゃなくて、違う誰かだ。もちろん、茉莉華を大切に思っていないというわけじゃない。僕にとって茉莉華はとっても大切な人で、たぶんその思い出せない誰かも同じくらい大切な人だったんだ。

「おとーさん、だいじょーぶだよ。かれんはげんきだから、おとーさんもげんきだして」

「華怜……」

いつの間にか華怜が僕の頭を撫でていたことに気づいて、ようやく落ち着きを取り戻すことができた。華怜は、金箔ののったソフトクリームを僕に差し出してくれた。僕はそれを一口食べて、一つの確信を得た。

前にも、誰かとここへ来たことがある。それは夢なんかじゃなくて、現実に起きたことだ。誰かにソフトクリームを食べさせてもらって、僕もその誰かに食べさせてあげた。お互いに笑い合って、さっきと同じことをしてあげたんだ。

気づけば、もう涙は止まっていた。僕は、僕のことを落ち着かせてくれた華怜の頭を撫でてあげた。

「ごめん、華怜。心配させたね」

すると華怜は満足げに微笑んで「どーいたしましてっ！」と誇らしげに言った。

それから華怜はソフトクリームを見て、「このきんぴか、あじがぜんぜんないよ？」と質問してきた。

「それは金箔っていって、味が全くないんだよ」

「へー、へんなの！」

「ほんとに、変だよね」

僕と華怜が笑うと、そばにいた茉莉華や奈雪さん、それに公介くんもつられたように笑った。

一度自分の中で整理がつくと、少しだけ心が楽になった気がする。きっとどこかにつっかえていたものが取れて、あるべき場所に収まってくれたんだ。あとはそれを思い出せればいいんだけど、上手くいくかはわからない。だけどいつかは思い出せる自信があった。もう、少しずつ思い出しかけているから。全てを思い出すのは時間の問題だと思う。

それから僕らは、城下町と庭園へ行きお花見を楽しんだ。池に泳いでいる鯉を見ながら華怜が「あのおさかなさんも、からだにきんぱくつけてるの？」と質問してきた時は思わず笑ってしまった。

その後、目を離した隙に華怜が池に落ちてしまったから、僕は慌てて池に飛び込んだ。幸い無事に助けられたからよかったけど、全身はずぶ濡れになるし華怜は泣き出すしで大慌てだった。

だけど家に帰った後、華怜とお風呂に入っていたら「たのしかったたっ！」と抱きついてくれたから、やっぱりお花見に行ってよかったなと思えた。

この時の僕は、こんな風にみんなと笑い合える時間が、ずっとこれから先も続いていくのだとばかり思っていた。

## 第十章

# 桜の下の君への思い

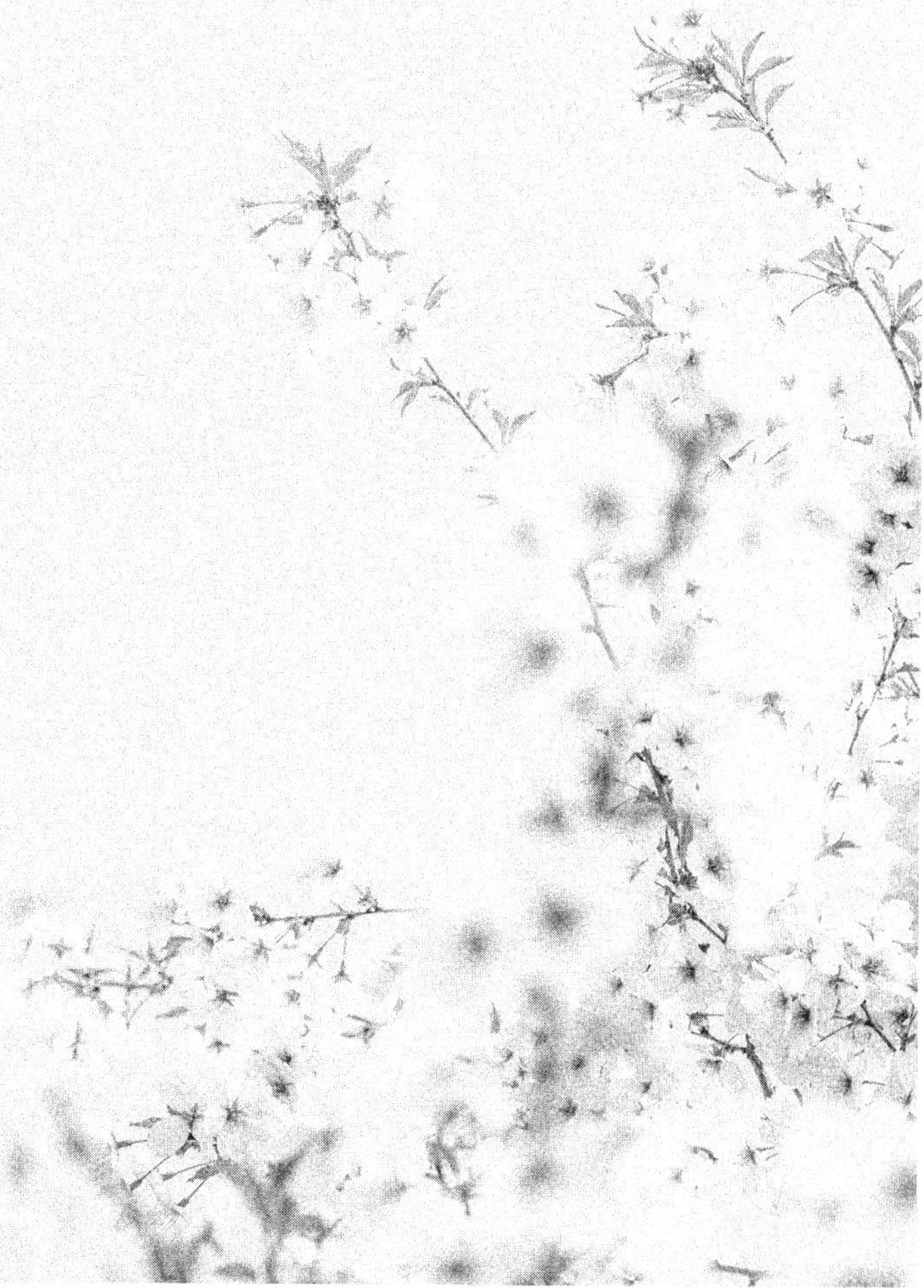

次の年の春、まだ桜が咲く前の蕾の季節。唐突すぎるほどに、僕にその現実が突きつけられた。奈雪さんと公介くんが、とある事情でこの町を去ることになったのだ。

その事情というのが、いわゆる夫婦仲の悪化というもので、婚姻関係を解消しないものの別居という形を取ることに決めたらしい。

今までそんなそぶりを一度だって見せてこなかったから、それを聞いた時、僕はかなり動揺し、茉莉華にいたっては自分のことのように涙を流した。

華怜は事情を上手く飲み込めていないようで「コウちゃん、とおくいっちゃうの？」と、さすがに寂しそうにしていた。

唯一救いだったのは、奈雪さんがそれほど思いつめていなかったということだ。その後、何度か時間が空いた時に電話で連絡を取ったけど、本人は『一度距離を置いて、また一緒に暮らせたらと思っているよ』と話していた。その様子に茉莉華は安心したらしく、ほっと胸を撫で下ろしていた。

ある日の夜、いつも通りベッドで川の字になって寝ていたら、急に華怜が僕に抱きついてきて、不安げな表情で訊ねてきた。

「おとーさんとおかーさんは、どこにもいかないよね……？」

華怜にとっては初めてのお別れになるから、きっと不安を感じているんだと思う。

茉莉華も思い出したように涙をためていたけど、母親として優しく華怜のことを抱きしめていた。

「どこにも行かないよ。お父さんとお母さんと華怜は、ずっと一緒だから」

「お母さんも、ずっと華怜のそばにいる。華怜が嫌だって言っても、絶対そばにいてあげるんだから」

子供ながらに、何となく事情を察していたんだろう。奈雪さんは普段通りだったけど、公介くんはいつも以上に無口になっていた。華怜は人の心を敏感に察知する観察力が優れているから、隠してしまってもお見通しなんだと思う。

だけど僕らの言葉に安心したのか、「ありがと。おとーさんも、おかーさんも、ずっとだいすきだよ」と笑ってくれた。その言葉に僕は少しだけ感極まって、茉莉華は華怜を抱きしめたまま泣いてしまった。だから僕は、二人のことを優しく抱きしめた。

やがて華怜が小さな寝息を立て始めた頃、茉莉華が言った。

「奈雪さんと公介くんが引っ越しする前に、タイムカプセルを埋めようか」

「タイムカプセル？」

「将来の自分に向けて手紙を書くの。子供たちが大人になった時、みんなでまた同じ場所へ集まれるように」

それはいい提案だと思った。約束があれば、何かの事情で連絡が取り合えなくなっても、いずれ同じ場所で再会できる。帰ってこられる場所がちゃんとあるというのは、それだけで二人の心の支えになるだろう。

「じゃあ二人が引越しをする前日に、タイムカプセルを埋めよう」

「どこに埋める？」

埋める場所を考えて、あそこしかないなと思った。いつも休みの日にみんなで遊んでいる、マンションの前の公園だ。

それを伝えると、茉莉華はすぐに賛成してくれた。

「じゃあ、桜の木の下に埋めましょ。そこなら絶対に間違えたりしないから」

「そうだね、そこに埋めよう」

約束をした次の日に、華怜と奈雪さんと公介くんにタイムカプセルのことを伝えた。奈雪さんは快諾してくれて、あとはタイムカプセルに入れる手紙を考えるだけだった。

でも僕は、埋める二日前になっても手紙の内容を決められずにいた。こういうのはしっかり書かなきゃダメだと思って、変に思考が空回りしてしまう。

茉莉華はもう書き終わったらしく、「ちょっとだけでいいから教えてよ」と訊いてみたら「やーだよっ」と笑顔でかわされてしまった。

迷いながらも、時間だけは過ぎていく。

いつの間にか、タイムカプセルを埋める日が明日にまで迫っていた。

翌日。珍しく仕事が早く終わり、実はずっとやってみたかったことに挑戦してみることにした。家に電話をかけると、数秒で茉莉華が受話器を取ってくれた。

「もしもし、茉莉華？」

『公生くん？　今日は早いんだね』

「珍しく早く終わったんだよ。それでさ、今日は僕が華怜を幼稚園に迎えに行っていい？」

『華怜は喜んでくれると思うけど、一人で大丈夫？』

「茉莉華は僕を何歳だと思ってるの」

苦笑しながら言うと、茉莉華もくすりと笑ってくれた。

『冗談よ。お風呂沸かして、美味しいごはん作って待ってるからね』

「うん。いつもありがと」

『こちらこそ、いつもありがとうね』

それからどちらからともなく通話を切った。いつもは勤務時間の都合上幼稚園に迎えには行けないから、一度だけでも行ってみたかった。

幼稚園までは、帰りのバスを途中で降りて少しだけ遠回りをすれば寄ることができる。僕はちょっと緊張しながら、普段は通らない道を歩く。しばらくすると、大きな教会と、少し前に建て替えられた綺麗な幼稚園が見えてきた。華怜の通っている、キリスト教系の幼稚園だ。とはいっても、この幼稚園に通っているからといってキリスト教信者にはならなくてもいい。

この幼稚園に決めたのは、茉莉華が提案してくれたからだ。実は彼女が子供の頃に通っていた幼稚園で、僕たちの結婚式もここの教会で挙げた。茉莉華にとって、この教会で結婚式を挙げるのが子供の頃のささやかな夢だったらしい。そんな可愛い一面を、結婚式の最中に教会の牧師さんが暴露して、ウエディングドレスを着た茉莉華は顔を赤面させていた。その牧師というのが、茉莉華が子供の頃お世話になった園長先生だ。

というわけで、僕は以前ちょっとだけここでお世話になったから、幼稚園の先生に顔を覚えられていた。

幼稚園の中に入り事務室へ寄ると、若い女の先生が笑顔でこちらに駆け寄ってきた。

「小鳥遊さんですよね?」

「はい、小鳥遊公生です。今日は妻の代わりに迎えにきました」

「待っててくださいね、華怜ちゃん今呼んできますので」

先生は奥の教室へ入っていき、やがて幼稚園の制服に身を包んだ華怜が笑顔で走ってきた。僕は少しかがんで、華怜が抱きついてくるのを受け止めた。

「おとーさん！　きょう、おとーさんがむかえにきてくれたの!?」

「そうだぞー！　お父さん仕事早く終わったから、華怜のこと迎えにきたんだ」

「やたー！」

抱っこしたまま立ち上がると、先生が僕を見て微笑んでいた。華怜を見てちょっとはしゃいでしまったから、少し恥ずかしい。

「お二人は仲がいいんですね」

「おとーさんだいすきっ！」

そう言いながら華怜は僕の胸へとほっぺを擦り寄せてくる。僕は嬉しさと恥ずかしさで、きっと変な笑い方をしてしまった。

そうしていると、先ほどの教室から子供たちが何人かこちらへ走ってきた。たぶん華怜の友達だろう。その子供たちが、僕を指差してくる。

「あ、かれんちゃんのおとーさん？」

「かれんちゃんのおとーさんだ！」

今度は子供たちが僕へとしがみついてきて、身動きが取れなくなった。

「ゆり組で、小鳥遊さんはちょっとした人気者なんですよ」

「えっ、そうなんですか？」

「華怜ちゃん、いつも小鳥遊さんの自慢ばかりしてますから」

「せ、せんせ！　バラしちゃだめっ！」

珍しく華怜が頬を染めながら慌てだし、僕の腕の中で暴れ出した。足にしがみついている子供たちはみんな、それを見てわははと笑っている。みんな、華怜のことが大好きみたいだ。

「そういえば、今日は子供たちに将来の夢を紙に書いてもらったんですよ。それで、華怜ちゃんは……」

「せんせ！　ほんとにだめ！　だめだから！」

「ちょ、華怜。そんなに暴れないで」

足をバタつかせ、せめてもの抵抗をする華怜。僕は何とか必死に抱きしめて、それを押さえつけた。その様子を見ながら子供たちはまた笑っている。

その中で、一人の女の子が僕に話しかけてきた。

「かれんちゃんねー、なんてかいたとおもう？」

「えっ、何て書いたの？」

思わず僕は質問してしまう。女の子はにししと笑った。

腕の中の華怜は「わー！　わー！」と暴れ狂い、だけど収まりのいい抱き方を見つけてしまったから、僕から離れることができなくなった。

女の子は、また笑いながらそれを教えてくれた。

「かれんちゃん、おとーさんのおよめさんになりたいんだって！」

それを聞いて少し顔が熱くなってしまったのが、ちょっとだけ恥ずかしかった。


家への帰り道を、華怜と手を繋ぎながら歩く。こういうのも一度やってみたかったことで、だけど華怜は恥ずかしさで顔を赤くしながらプンプンしていた。友達に将来の夢をバラされたことを根に持っているらしく、さらにその夢の内容を僕に知られてしまって、とても恥ずかしいようだ。

「華怜、機嫌直しなよ」

「ゆかちゃんなんてしらないっ！」

「友達のこと、そんな風に言ったらダメだぞ？」

「だって、ないしょだっていったのに……！」

僕は苦笑しつつ、華怜の後ろへ回って持ち上げた。突然浮き上がったのにびっくりして、華怜は「わわわ！」と言いながら足をバタつかせる。

「でも、お父さん嬉しかったよ。華怜がお嫁さんになるって言ってくれて」

バタバタしていた華怜が急に大人しくなったことに安心して、持ち上げたまま歩き始めた。

「おとーさん、かれんをおよめさんにしてくれるの……？」

「ん、華怜が結婚できる年齢になった時に、それでもまだ結婚したかったらね」

世間一般のお父さんならこう言うだろうと思い、模範解答で答えた。

すると腕の中の華怜は体をそらし、真上を見ながら僕の表情をうかがってくる。

びっくりするほど、顔が赤くなっていた。

「ほんとに？　おとーさん、ほんと？」

「ほんとだよ」

「ぜったいのぜったいだよ？」

「絶対の絶対」

そう言うと華怜はようやく安心したのか、大きな声で歌を歌い始めた。たぶんお遊戯会で歌う曲だろう。

「華怜はほんとにお歌が上手だなぁ」

「えへへ、おとーさんにほめられたぁ！」

それからしばらく歩いていると、華怜は歌うのをやめて僕に訊ねてきた。

「おとーさんって、しょーらいなにになりたいの？」

「えっ、お父さん？」

「うん、おとーさん」

将来何になりたいかと訊かれても、僕はもうすでに大人になっている。仕事でもっと上の役職に就きたいとか、老後は安心して暮らしたいとか言っても、華怜は面白くないだろう。というか、何を言ってるのかさっぱりわからないと思う。

だから僕は、子供の頃になりたかったものを思い浮かべていた。幼稚園、小学校、中学校、高校と思い浮かべていって、ようやく初めて夢ができた時のことを思い出す。

それは、志半ばに挫折した夢だった。その夢を、僕はぽつりと呟く。

「子供の頃は、作家になりたかったんだよ」

「さっかー？　ぼーるになりたいの？　いたいよ？」

「違う違う。作家だよ、小説家」

「しょーせつか？」

「お母さんが、いつも本を読んでるでしょ？」

「じゃあ、ごほんになりたいの？」

「そうじゃなくて、ご本を書く人かな。そういう人に、僕はなりたかったんだよ」

懐かしい青春の頃の思い出だ。小説家を目指し始めてすぐの頃は無我夢中で、ただそれだけを目指して努力していた。だけどそれは諦めて、また別の幸せを手に入れた。

その手に入れた別の幸せは、同時に華怜という大切な女の子を連れてきてくれた。後悔はないと、あの頃は思っていた。だけど、それを思い出してしまった今、また何かを忘れてしまっている感覚に取り憑かれた。僕はいったいどうしてしまったんだろう。

「おとーさん、ごほんかかないの？」

「書かないというより、書けないのかな。それにもう諦めちゃったし」

全然悲しくなんてないはずなのに、僕は声が震えてしまっていた。もう僕は、ずいぶん前に夢を投げ出したのに。

「おとーさん、だいじょーぶ……？」

心配した華怜がまた僕を覗き込んでくる。僕は一度華怜を地面に下ろして、それから肩車をしてあげた。さっきと同じく華怜は「わわわ！」と驚く。

今はできるだけ、昔のことは思い出したくなかった。

「よーし華怜、たかいたかーい！」

「たかいたかーい！」

華怜がきゃっきゃとはしゃいでくれたから、僕も気を紛らわすことができた。

「おそらにてがとどきそうだね！」

「華怜がもっと大きくなったら、もしかすると届くかもな」

「ほんと!?　やったー！」

僕らは元気よく家へと帰り、お風呂に入ってから茉莉華の作ってくれたごはんを食べた。それから三人川の字で横になり、二人の寝息が聞こえてきた頃、僕は起き上がって、思いついたように自分宛の手紙を書いた。

どうしてそれを書こうと思ったのかは、わからない。ほんの気まぐれかもしれないし、魔が差したのかもしれない。


『拝啓　将来の自分へ。

僕は今、とっても幸せです。子供の頃は結婚なんてできないと思っていたけど、今は幸せな家庭に恵まれて、楽しく暮らせているからです。

僕ら三人はとても仲がいいから、おそらく何年後の未来でも笑い合っていることでしょう。

でも一つだけ、今の自分にも叶えられなかったことがありました。

子供の頃に目指した小説家という夢です。

志半ばに挫折して、今まですっかり忘れていた夢をどうしてここに書こうと思ったのかはわかりません。

ただ、華怜に「将来何になりたいか」と訊かれて、僕にはそれしか思い浮かびませんでした。

もうとっくの昔に諦めたのに、変ですよね。

もしあなたがこの手紙を読んでいる時、小説家になれていたら、今の自分を誇ってあげてください。

でも、小説家になれていなかったとしても、責めないであげてください。どちらにしても、幸せなことに変わりありませんから。

では、明日も早いのでこれぐらいにしておきます。いつまでも、三人そばにいられますように。

小鳥遊公生』

昨日の夜まで、手紙を最後に書いたのは僕だと思っていたけど、それは違った。

朝日を覚ますと、華怜はリビングで色鉛筆を持ちながら、いそいそとタイムカプセルに入れる手紙を書いていた。僕が「おはよう、華怜」と言うと、慌てたように手紙を隠してしまった。

それから「お、おはよー！　おとーさん！」と、明らかに動揺している姿を見せた。僕は邪魔したりしないように、リビングから出る。きっと自分に書いた手紙を読まれたくないんだろう。

華怜が書き終わったのを確認してから朝ごはんを食べて、集合場所である公園に向かった。

今、みんなが書いた手紙は大きな瓶のタイムカプセルの中に入れられ、東屋に設置された机の上に置かれている。僕ら大人たちは、別れを惜しんでいた。別れといっても、これが最後というわけじゃないけれど。会いたいと思えばいつでも会いに行ける距離だから。

「すまないね。私たちの家庭の事情で、色々と心配をかけさせてしまって」

「いえ。僕たちは、ただ早く元に戻れることを祈ってますよ」

「うん。できるだけ、早く元に戻れたらって思ってるよ……」

奈雪さんは、以前は気にしていない様子だったのに、今は少し思いつめた空気を漂わせていた。心配になった茉莉華は、彼女の手を握った。

「大丈夫ですよ。きっと、何とかなります。奈雪さんの思いは、ちゃんと届きますから」

その励ましの言葉に、奈雪さんは目を伏せた。どうしたんだろうと見守っていると、ぽつりと呟くように奈雪さんは話す。

「夫は悪くないんだよ。悪いのは、実は全部私なんだ」

「え?」

僕と茉莉華の疑問の声は、二つ同時に重なった。奈雪さんは今まで具体的なことを話してこなかったから、どうして関係がこじれたのかを僕たちは知らなかった。だから勝手に推測をしていたが、奈雪さんが発端だとは全然考えもしていなかった。

「奈雪さんのせいって、どうしてですか？」

「単純なことなんだよ。夫は私のことを好きになってくれたけど、私は心の底から好きになる努力をしなかった。それが、一番の原因なんだ」

「好きになる努力をしなかったって……」

「夫のことは好きだよ。でも、心の底からと言われると、自信がない。そんな中途半端じゃ、夫婦仲が上手くいくわけないだろ？」

奈雪さんは自嘲気味に笑った。

その心情は、茉莉華と付き合う前の僕に似ていた。僕は茉莉華のことを、茉莉華が思ってくれているのと同じくらい好きになれるのかが不安だった。だけどそれは自分の中でちゃんと決着がついて、足りないなら好きになる努力をして補えばいいじゃないかという結論が出た。それからの僕は、しっかりと茉莉華に向き合い、少しずつ距離を縮めて、次第に肌も重ねるようになった。

あの頃は不安だったけど、今ならハッキリと言える。僕は、茉莉華が僕を好きでいてくれるのと同じぐらい、茉莉華のことが好きだ。そして、華怜のことも。

「奈雪さんは、これからどうするんですか……？」

それを訊いたのは茉莉華で、僕は黙ったままだった。

僕は一歩考え方を間違えていれば、茉莉華だけじゃなく、華怜にも不幸を背負わせていたのかもしれない。

「私は、距離を置いて反省するよ。できるだけ夫と連絡を取り合うようにして、これからは好きになる努力をする。ずいぶん遅くなってしまったけど、手遅れというわけじゃないと思うんだ。そして心の底からまた会いたいと思ったら、自分からここへ戻ってくるよ」

その決意はおそらく本物で、だから僕の心も少しだけ軽くなった。奈雪さんがそうと決められたなら、きっと上手くいく。

「ずっと待ってますよ、奈雪さんと公介くんのこと」

「あぁ、待っててくれ」

奈雪さんは、最後に柔らかく微笑んだ。もうそろそろ頃合いだと思った僕は、砂場で遊んでいる子供たちへと目を向ける。

二人はちょうど砂のトンネルを作っていたところで、お互いの指が触れ合ったのだろう。公介くんはびっくりして跳びのき、華怜は公介くんの大声で体を震わせていた。

初々しいなと思いながらそれを見守っていると、どうやら会話は終わったようだ。

僕は手紙の入ったタイムカプセルと穴を掘るために用意したスコップを持ち、二人のところへと向かう。

「そろそろ、タイムカプセル埋めよっか」

華怜は僕と目を合わせずに「うん……」と頷いた。そんなに恥ずかしいことを手紙に書いたのだろうか。僕は数年後にタイムカプセルを開けるのが楽しみになった。

桜の木の下に立つと、「満開だね」と茉莉華が言った。頭上を見上げると、桜の花びらが鮮やかに舞っていた。

きっとここでみんなと集まったことは、一生忘れない思い出になる。たとえ遠くへ行っても、この木を見れば懐かしい日々をすぐに思い返すことができるだろう。

「華怜、ちょっと持っててもらっていい？」

「あ、うん……」

華怜に一旦タイムカプセルを預け、僕は地面にスコップを突き立てた。誰かが掘り出して見つけてしまわないよう念入りに、深くまで掘り進める。

必死に穴を掘る僕を、みんなが見守ってくれている。数年後に思いを届けるために、なおも穴を掘り続ける。

不意に、スコップの先に何かがぶつかる音が響いた。

「……あれ？」

僕はそれをツンツンと突いてみた。わかったのはガラス製の何かだということだけで、疑問に思ったみんなが周りから覗き込んできた。

「もしかして、岩が埋まってた?」

「たぶん、何かの瓶だと思う」

僕はそれを避けるように穴を掘り進めた。そしてそれが何であるのかを、僕らはようやく理解する。茉莉華が残念そうに、「もう、先客がいたみたいだね」と言った。

僕の胸は、不自然に大きく脈打っていた。急に息苦しくなって、本当はそんなことしちゃダメなんだろうけど、気づいた時には、無我夢中でそれを掘り返そうとしていた。

「ちょっと公生くん、まずくない? もし誰かのタイムカプセルだったら……」

初めて茉莉華の声を無視して、僕は一心不乱にそこを掘り進めた。頭の中にあるのは、〝この正体不明の感情の意味を知りたい〟という思い、ただそれだけだった。

やがて、その埋められたものの全容が見えてくる。それは僕たちが埋めようとしていた瓶よりだいぶ小さなもので、取り出してみると中にあるものが少し揺れた。

そこに入っていたのは、数枚の手紙だった。僕はいつの間にかその瓶の蓋に手をかけていて、茉莉華が慌てたように僕の腕を掴んだ。

「さすがにそれはダメだよ。公生くんも、自分の手紙を見られたら恥ずかしいでしょ? ほら、今すぐ元の場所に……」

この時の僕はきっとどこかで、確信めいたものがあったんだと思う。だから制止の手も無視して、強引にその瓶の蓋を開けてしまった。

茉莉華は、諦めたように腕を離した。僕は小さく「ごめん、茉莉華……」と謝った。

「公生くんが、興味本位でそんなことする人じゃないってわかってるから。だからきっと、何かあるんでしょう?」

茉莉華の優しさに感謝して、僕は頷くと共に、その中に入っている手紙を取り出した。それは数枚に渡って綴られた、誰かに宛てた手紙だった。僕はその一枚目の冒頭を読んで、ようやく、全てを思い出した。

とても、とても長かった。

その手紙の一行目に書かれていたのは……。


『拝啓　親愛なる小鳥遊公生さんと、小鳥遊茉莉華さんへ』

その一行目を見た茉莉華は思わず僕の腕を掴んだ。そして僕たちはその長い手紙を一緒に読んだ。

『もし別の方がこの手紙を先に見つけてしまったら、そっと元の場所に戻してくれると嬉しいです。おそらく数年後に、二人がここへやってきて見つけれくれると思いますから。

この手紙を読んでいる頃には、きっとあなたは私のことを忘れているかもしれません。もしかすると手違いがあって、これは読まれないかもしれません。だけど、たとえ忘れていたとしても、たとえ読まれなかったとしても、大切な二人のために、この手紙を残したいと思います。

どうしてあの時、あの瞬間に私が公生さんの前に現れたのかをずっと考えていました。二〇一八年の五月二十一日。私は残された短い時間でそれを考え続けて、ようやく結論のようなものを見つけることができました。

私はあなたと出会ったことを〝たまたま〟だと言いましたが、たぶん、そう、公生さんの言った通り、偶然なんかじゃなかったんだと思います。だってそれは私も、もちろん公生さんも望んでいたことだからです。

それは必然や運命なんて言葉じゃ言い表せないほど奇跡的なもので、だけど私はそのチャンスを大きな失敗で逃してしまいました。

大切な思い出を、記憶喪失という形で失ってしまったんです。せっかく与えられたチャンスなのに、私は全然それを活かすことができませんでした。あなたとの毎日が楽しくて、毎日が嬉しいことの連続で、記憶なんてなくてもいいじゃないかと思ってしまいました。

あなたは、何もかもが不確かな私を、全てを失った私を愛してくれたから。何も持っていない私を愛してくれたから。

私は愛されていると自覚するたびに、自分自身の記憶に蓋をするようになりました。思い出した時、私は公生さんにふさわしい人間であるかが怖かったからです。もし、何かの罪を犯していたら、悪いことをしていたらと考えると、不安で押しつぶされそうでした。

そんな時に、公生さんは言ってくれたんです。

どんな私だったとしても、嫌いになんてならない。どんな私でも好きになってくれるって。

自分が何者なのかもわからなかった私は、ただただ嬉しくて、満たされて、もし叶うのなら、公生さんのそばにずっといたいと心の底から思いました。

将来、公生さんが大学を卒業したらすぐに結婚をして、家で家事をしながら執筆のお手伝いをして、ずっと一緒に、幸せに暮らすことを夢に見ていました。

上手くいかない時は私が励まして、いつか公生さんのためにアルバイトをしようとも考えていました。

でもそんなこと、願ったらダメなことだったんです。記憶を取り戻してすぐ、私はなんてことをしてしまったんだと思いました。いっそのこと死んじゃえばよかったのに……とも。

だけど頭では考えていても、そんなことはできませんでした。全ての事実を受け入れても、知ってしまっても、そばにいたいと欲張ってしまったんです。

たとえ全てを裏切る行為だったとしても、公生さんのことが好きだったから……。

ドラッグストアで公生さんが茉莉華さんと出会った時、運命って言葉は本当にあるんだなって思いました。私のやっていたことは二人の邪魔ばかりで、入りこむ隙間なんてどこにもなかったんです。

だから公生さんと茉莉華さんが出会ったあの日を最後に、この恋から身を引こうと決心しました。二十五日で最後だと、自分に言い聞かせました。

だけど日付をまたいだ時に、やっぱり諦めきれなくて、公生さんのことを困らせてしまいました。

茉莉華さん、ごめんなさい。大切な公生さんを取ろうとしてごめんなさい。

言い訳がましいかもしれませんが、公生さんを茉莉華さんに返すために、たくさん努力をしたんです。

必死に嫌われる努力をしました。公生さんの言葉を無視して、勝手にスマホを触って勝手にメールを送ったり、嘘をついてみたり、お皿を落としたり……食べ物をこぼしてみたり、自分で着替えをしなかったり……

だけど、ダメでした。私がどんな悪いことをしても、公生さんは私のことを嫌いになんてなってくれませんでした。

公生さんが茉莉華さん以外の女性の話を楽しげにしている時、思わず本気で怒ってしまいました。それはたぶん、私自身の嫉妬も含まれていたんだと思います。

だから私は思わず、公生さんのことをぶってしまいました。あんなこと、したくなかったのに。でもこれで私のことを嫌いになってくれると、嬉しくもありました。

だけど公生さんは私のことを優しく抱きしめるだけで、嫌いになんてなってくれませんでした。だからその理由を知った時、私は心の底から涙を流しました。

あんなにも私のことを愛してくれていて、とてもとても、言葉じゃ言い表せないぐらい嬉しかったんです。

私も公生さんのことを嫌いになんてなれないから。だから私は、公生さんの前から去ることを決めました。私がいると、茉莉華さんにも迷惑をかけてしまうと思ったから……。

公生さん。手紙一枚で部屋を出ていって、ごめんなさい。本当はちゃんと公生さんに事情を話してから、あの場所を去りたかったです。勝手なことをして、本当にごめんなさい。

これが、あの一週間の間に私が感じていたことの全てです。

手紙なんて残すのはダメだと思いましたが、私の本当の気持ちを知ってもらいたくて書き記しました。気に入らなかったら、忘れてしまっていたら、破って捨ててしまってください。


ここから先は純粋に、三十歳になった公生さんと茉莉華さんのために書きたいと思います。

そうはいっても、実は心残りはあまりありません。私が訊いたりしなくても、十年後の二人はとっても仲よしだと知っていますから。

ほんと、妬けちゃうぐらい仲がいいよね二人とも。

これを掘り起こしたってことは、みんながまだ一緒にいるっていう何よりの証拠だから。

だから、特別書きたいことは残っていません。

でも、一つだけ心残りがあるとしたら……。

公生さんは、小説家になれた？

私との約束、ちゃんと覚えてるよね。

私のためにに小説を書いてくれるって。今の私はそれを読めないけど、少し大きくなった私に、たくさんたくさん読ませてあげて。ほんとは私も読みたかったんだけど、それはもう叶わないことだから。

私はあなたの夢の手伝いをできたことを、いつまでも誇りに思うよ。

きっと有名になって、いろんな人が公生さんのことを好きになってると思う。それを茉莉華さんがほんのちょっぴり妬いちゃって、五歳になった私が声を出しながら笑っちゃうの。

五歳の私は一生懸命公生さんを励まして、三十歳の茉莉華さんは公生さんをサポートしてあげる。そんな未来がいいな。そんな未来だったら、私が頑張った甲斐があるよね。そこに私はきっといないけど、公生さんが幸せだったら私も幸せだよ。

もし、小説家になれていなかったとしたら……さすがに恥ずかしいけど、五歳の私が書いた桜の木の下に埋めるはずだった手紙を読んでみて。

そこにたぶん、全てが書いてあるから。私は恥ずかしがるかもしれないけど、他でもない私が許してあげるから、遠慮なく見ていいよ。

それを見て、もしもう一度頑張れるなら、今度は目の前にいる私と茉莉華さんのために、小説家を目指してあげて。

公生さんなら、きっとまた立ち直れるはずだから。私はいつだって信じてるよ。

あと、一つだけお願い。

これから先、私が公生さんに変な態度を取っちゃったら、あの一週間の出来事を思い返してあげて。たぶん私は素直になんてなれないと思うから、公生さんの方から歩み寄ってくれると嬉しいな。

心残りなんてないって言ったのに、いろいろと注文つけちゃってごめんね。怒ってると思ったけど、たぶん公生さんのことだから怒ってないんだろうね。公生さんは、とっても優しい人だから。

茉莉華さん。公生さんともっともっと幸せになって、小学生、中学生になった私を、たくさん妬かせてあげてね。

締めの言葉がなかなか思い浮かばなかったけど、決めました。最後は華怜じゃなくて、二人の娘として書きたいと思います。

私、ずっとずっと二人のことが大好きだよ。他の誰より、あなたたちのことが。

さようならは言わないよ。きっとまた、会えるから。

だから今は一つだけ、
ありがとう
私を産んでくれて、本当にありがとう。

お父さんとお母さんのことをずっとずっと愛しています。

二人の大切な娘より。

小鳥遊華怜』

その全てを読み終わった僕は、華怜との約束を何も守れていなかったことを思い出した。小説家を目指すと誓ったこと。ずっとそばにいると誓ったこと。

その全てを忘れてしまっていた僕は、十年分のいろんな思いが一挙に押し寄せてきて、押しとどめることができなかった。茉莉華は隣で泣きながら、僕の方へと寄りかかってくる。

華怜は僕と茉莉華の足を掴んで、必死に励ましてくれていた。ダメだ、このままじゃダメだ。それを埋めてしまう前に、確かめなきゃいけないことがある。きっとそこには、高校生の華怜が僕の前に現れた理由が書かれているから。

全てを吐き出す前に華怜の肩を掴み、優しく訊いた。声の震えは止めることができなかった。

「ごめん、華怜……タイムカプセルに入れた手紙、読ませてもらっていいかな……?」

「え……てがみ、みるの……?」

「うん、見せてほしいっ……」

一瞬の逡巡《しゅんじゅん》の後、頰を染めた華怜は笑顔で頷いた。

「おとーさんにならら、みられてもいいよっ！」

僕は「ありがとう……」と言って、埋めようとしていたタイムカプセルを開けた。

今朝華怜が書いていた手紙を開き、それを読む。

『おとーさんが、しょーせつかになれますように。それでしょーらい、おとーさんのおよめさんになれますように』

その自分宛の手紙を読んだ僕は、十年前の出来事を一つ一つ思い返していた。

僕のために、小説家になる手伝いをしてくれた華怜。僕を支えてくれていた華怜。ずっとそばにいたいと言ってくれた華怜。

『男の子が大学を卒業したら、女の子と結婚するんです』

『いきなりぶっ飛んだね』

『ずっと部屋の中でひとりぼっちだったんですから、すぐに男の人を好きになるはずですよ』

『それから男の人は小説家になります』

『どうして小説家？』

『だって、外に仕事に行ったら女の子が寂しくなりますから。家で小説を書きながら、二人で一緒に仲よく暮らしていくんです』

『そんな風になったら、いいですよね』

たとえ記憶をなくしたとしても、華怜は小さな華怜と同じ様に僕を思ってくれていた。僕の夢を叶えようとしてくれていた。だからこそ、忘れてしまっていた僕が何も果たせていなかったということに気づいて、僕はどうかしてしまいそうだった。

　こんなはずじゃなかった。

　僕はただ、華怜の笑顔を見たかっただけなんだ。

　歪に絡み合う思考の中で、それでも華怜は僕の頭を撫でてくれた。何も約束を果たすことができなかったのに、優しく僕のことを撫でてくれた。

　だから、あふれてくる涙を止めることができなかった。僕は声の限りに泣き叫んだ。僕の前からいなくなってしまった君を思って、涙が枯れてしまうほどに泣き続けた。いつまでたっても、思い出は僕の心にあふれてくる。

　いつの間にか、僕は華怜に抱きしめられていた。それでも泣くことをやめられずに、僕はただずっと、泣き続けた。

　華怜はそんな僕を「おとーさん、だいじょーぶだから。かれんがずっとそばにいるからね」と慰め続けてくれた。それがまた僕の心を刺激して、あふれてくる涙を止められない。

　いつもいつも、華怜は僕に似ていると思っていた。そんなの、当たり前だった。華怜は他ならない僕の娘で、僕の背を見てずっと育ってきたんだから。

僕はどうしようもないほどに嬉しかった。こんなにも華怜が僕のことを思ってくれていて。だけどそれと同じぐらい、僕自身が情けなかった。僕は華怜との約束を全て破ってしまったんだから。

もう一度、頑張ることができるんだろうか。華怜は、信じてるよと言ってくれた。そして目の前にいる華怜と茉莉華のために、小説家になってあげてと言ってくれた。僕は、華怜のいない世界で再び頑張ることができるんだろうか。

何度も諦めてしまったから、これから再び頑張れる自信がなかった。でも、そんな僕に、やっぱり華怜は微笑んでくれた。今度は小さな手で、僕の頬を優しく挟み込んでくれた。

「お父さんなら、これからもきっと大丈夫だよ。だから、頑張って。私はずっとずっと、応援してるから」

それは五歳の華怜に言われたはずなのに、高校生の華怜が後押しをしてくれた気がした。僕の涙はいつの間にか止まっていて、心が温かいものに満たされていた。

僕は知らず知らずのうちに頷いて、また一筋涙がつたう。華怜はやっぱり、笑ってくれていた。

「ごめん……ごめんな、華怜。お父さん、全然約束守れなくてっ……」

「ゆるしてあげるよ。でも……」

僕から少し離れた後、華怜は右手の小指を差し出してきた。僕はその意味がすぐにわかって、小指を差し出す。

「おとーさんのごほん、ちゃんとかれんによませてね」

「うんっ、約束する……」

「やくそくやぶったら、はりせんぼんだよ？」

「もう約束は破らないから、安心して」

絡めた指を数回振った後、どちらからともなくそれを離した。ずいぶんと遅れてしまったけど、今度こそは、何があっても守りたいと思う。守らなきゃ、高校生の華怜が僕のことを心配してしまう。

それから華怜は頬を染めて「やっぱり、はりせんぼんはいたいから、やくそくやぶったらよるごはんぬきね」と訂正した。僕はようやく笑うことができて、見守ってくれていたみんなも連鎖するように笑みをこぼした。華怜は恥ずかしさで頬を染めていた。

僕は今、とても幸せだった。

君は今、どこにいるんだろう。色々と君について理解できたことがあるけど、それだけが唯一わからなかったことだ。もう、元の時代へと帰ったんだろうか。それともまだこの世界のどこかにいるのか。

もしこの世界にいるのなら、見つけてあげなきゃいけないと思った。だって出会った時のように、道端で倒れているかもしれないじゃないか。

じゃあ、それはどうやって見つける？

その方法は案外とすぐに思いついた。何年かかるかわからないけど、きっと果たせると思う。だって僕は小説家になると決めたんだから。

もし、もうこの世界にいなかったとしても、それは決して無駄になんてならない。君が、この世界にいたのだという証を残せるんだから。

僕はまた、前を歩き出す決心をした。

『記憶喪失の君と、君だけを忘れてしまった僕。』

あとがき

本書を手に取っていただき、誠にありがとうございます。

ここまで読んでくださったみなさんは、きっと混乱してしまっていると思います。どうして僕が、この小説を世に出したのか。ここに書かれていることは、全て実話なのか。これは、僕と彼女が歩んできた実話をもとに構成しています。でも、きっと、信じてくれない人の方が多いかと思います。

だけどこの本の読者がみんな信じてくれなかったとしても、あなただけは信じてくれると僕は願っています。なぜなら、華怜はあの一週間を、僕と一緒に過ごしたんだから。

僕は、いなくなった君のことを、今でもずっと探しています。

小鳥遊公生

# エピローグ

二〇四〇年 四月

『全く、君には驚かされてばかりだね』

とある平日の昼下がり。僕は日頃お世話になっている担当編集さんと、打ち合わせの電話をしていた。とはいえ、もう小説は印刷の段階に入っていて、あとは本になり店頭に並べられるだけだから、ただの世間話みたいなものだけど。

「すみません……こんな無理を押し通してしまって……」

『いくら謝っても、全然足りないぐらいだ。私の青くさくて忘れたい過去話まで、君はこれから白日の下に晒《さら》そうとしているんだからね』

先輩——編集者である桜庭奈雪さんは、とても愉快だと言わんばかりに笑っている。この話を持ち出した時、この話を書いている時、そして書き終わった時、いつかは本気で怒られると思っていたのに。

「本当に、すみません……」

僕はもう一度、奈雪さんに謝罪する。彼女には最初から最後まで、たくさん迷惑をかけてしまったから。

『別に、本当は怒ってなどいないよ。これが君の選んだ道なんだろう？ あの瞬間から、君はこの時だけを目指してきたんだから。何年も経ったんだ。私はもう、覚悟くらいできている』

「……ありがとうございます」

再び小説家を目指すことを決意したあの時、僕は同時にあることも決断していた。それは、僕の書いた小説で華怜を見つけるということ。

僕の小説がたくさんの人に読まれて、僕の名前がたくさんの人に知られれば、世界のどこかにいる華怜が気づいてくれるかもしれないと思ったから。だから僕は小説家になって人気が出てきたら、この話を書くことを心に誓っていた。この、僕と華怜の物語を。

「奈雪さんが編集担当者になっていなかったら、出版まで漕ぎ着けなかったかもしれません」

『そんなに私を過大評価するんじゃない。でもまあ、編集者としての最後の仕事で、この作品にたずさわれて本当によかったと思っているよ』

奈雪さんは、もうすぐ公介くんが成人して、本来なら以前よりもずっと仕事に集中できるはずなだけど、何か思うところがあって、今回の仕事を最後に退職し、家庭に入るようだ。本当に最後までお世話になりっぱなしで、彼女の前では頭を下げっぱなしである。

『編集長から聞いたけど、こういう実話に基づいた作品は、読者の反響を期待できるそうだよ。まあ、編集長はきっと今も半信半疑だろうけどね。でもほかの編集者さんは、きっと華怜ちゃんも、小鳥遊さんのことを捜してます！　と主張していたよ』

「その反応は、作者としては嬉しい限りですね」

あの華怜との日々は、もちろん作り話なんかじゃない。実際に僕らが経験した実話をもとに構成している。最初は誰も信じてくれないんじゃないかと思っていたけど、そんなことはなかった。それほどみんな、非現実的なものにあこがれているということなんだろう。

『もうSNSなんかでは小さな話題になっているよ。作家の小鳥遊公生が、自分の名前を小説の中に登場させたんだから。もっと広まってくれれば、本当に華怜ちゃんが見てくれるかもしれないね、小鳥遊先生』

先生という呼ばれ方に、僕はくすぐったさを覚える。

「その呼び方はちょっと……」

『君はいつになったら慣れるんだい？』

小説家になって日は浅くないけど、それでもまだその呼ばれ方に慣れていない。何だか、むずがゆくなってしまうのだ。

『ところで、茉莉華さんは今どこに？』

「今は外で、家族の洗濯物を干してくれてます」

『そうかそうか、いい奥さんだね』

僕は「ありがとうございます」と代わりにお礼を言った。

しばらく話をしていると、向こうから男の声が聞こえてくる。どうやら公介くんに呼ばれたようで、奈雪さんは『それじゃあまた今度。茉莉華さんによろしくと伝えておいてくれ』と言った。

「わかりました。伝えておきます」

『それじゃ、サイン会の日を楽しみにしてるよ』

そう言って、奈雪さんは通話を切る。

僕は手持無沙汰になり、原稿の一番最初から物語をもう一度読み直してみた。それは僕の記憶を辿る行為だ。あの頃の出来事は、今でも鮮明に思い出すことができる。

二〇一八年の五月二十一日から、二〇二八年の四月まで。完全に僕の視点を忠実に追ったこの物語の中に、真実は隠されているんだろうか。

過去のことを思い返していると、ドアの向こうから「ただいまー!」という元気な声が突き抜けてきた。僕は笑顔になり「おかえり、華怜!」と言ってリビングへ向かう。

果たしてそこにいたのは、十年前の彼女とそっくりに成長した華怜だ。そして、あの倒れていた時と同じ制服に身を包んでいる。あの華怜と、今目の前にいる華怜が同じ人物かもしれないだなんて、我ながら突拍子もない考えだなと、苦笑いが浮かぶ。

そんな僕の心の内を知らず、華怜は僕を見つけるとパッと笑顔になり、勢いよく抱きついてくる。そしてもう一度「ただいまー」と嬉しそうに笑った。

「華怜はもう十七歳だろ？　いつも思ってたけど、ちょっと子供っぽくないか？」

「いいもーん、子供心を忘れないのは、とってもいいことだからっ！」

やがて茉莉華もリビングへと戻ってきて、華怜に「おかえり」と微笑んだ。華怜は「ただいま、お母さーん」と、僕に抱きついたまま返事をした。

「本当に二人は仲がいいわね」

そして次は茉莉華へ抱きつき、「お母さんも大好きだよー」と甘え始める。

こんなことをするのはさすがに家の中だけのことだが、華怜は幼稚園の頃と同じく高校でも僕らの自慢をしているらしい。最近はそのことが原因で、マザコンファザコンと言われるようになったらしく、だけど本人は喜んでいた。華怜にとっては喜ばしいことのようだ。

スキンシップもほどほどに、茉莉華は一枚の紙を棚から取り出して華怜に見せた。

「ほら、来月の修学旅行で必要なもの揃えなきゃ。前日になってあれがないこれがないって言われても困るのよ？」

「わかってるよー」

少々めんどくさそうに華怜は言った。あまり修学旅行には乗り気じゃないらしい。行き先は香港《ホンコン》らしいけど、海外旅行なんて滅多に行けないから楽しんでくればいいのにと思う。

そんな華怜は僕の腕を掴み、すり寄ってきた。

「ねー、お父さん、本当に修学旅行行かなきゃダメ？」

「絶対行かなきゃダメってことはないけど、行かないと思い出が作れなくて後悔すると思うぞ？」

すると華怜は唇を尖らせてそっぽを向いた。いったいどうしたんだろう。

茉莉華は呆れたようにため息をつく。

「海外旅行なんて一生に何度も経験できることじゃないんだから、精一杯楽しんできなさい」

「もういいもんっ！」

華怜は露骨《ろこつ》に不機嫌な様子を見せて、自分の部屋へ戻っていった。茉莉華は肩をすくませる。

「華怜、どうしたのかしら？」

「もう高校生だから、いろいろ多感な時期なんだろ」

「いいことなのかしら」

「ちょっと寂しいけど、これも成長したってことなんじゃない？」

寂しいけど、いつまでも僕たちにべったりというわけにもいかない。華怜もいずれは親離れをして、大人になっていくんだから。

しかしそうは言うものの、やっぱり親離れというのは寂しいものだ。


それから数日が過ぎて、五月になった。修学旅行の日が近づくにつれて、華怜は僕に気まずい表情を送ることが多くなり、いったいどうしたんだろうと心配になる。

そういえば手紙の内容の中に『これから先、私が公生さんに変な態度を取っちゃったら、あの一週間の出来事を思い返してあげて。たぶん私は素直になんてなれないと思うから、公生さんの方から歩み寄ってくれると嬉しいな』と書かれていたことを思い出した。

華怜が伝えたかったことは、もしかすると今のことを言っているんだろうか。

僕は大学二年の日々を思い返す。

あの時の華怜は、何をするにも僕にべったりとくっついてきた。大学に行くと言えば『私も行きます』と言って僕を困らせたし、ドラッグストアへ行くと言えば『ここにいてください』と甘えてきた。そのうえ、何か隠しごとがあれば露骨に様子がおかしくなるしで、あの頃は大変だった。だけど今にして思えば全てが懐かしい思い出だ。

今、僕たちに妙な態度を取っているのは、もしかすると修学旅行へ行きたくないからなのかもしれない。あの時と同じく、僕と離れるのが嫌なのかも。、華怜のことだから、本気でそう思っていても不思議じゃない。

修学旅行へ行けば、一週間は僕と会えなくなってしまう。それを華怜は耐えることができるんだろうか。今までもずっと僕にべったりだったし、そういえば中学の修学旅行に行った時も渋々といった感じだった。

あの修学旅行は三泊四日だったけど、時間がある時は逐一電話をかけてきて本当に大変だった。丁寧に言葉を返さなきゃムスッとするし。でも、僕はそれを楽しいとも感じていた。

しかし今回の修学旅行は海外だ。スマホを持っていくのはいいけど、聞いたところによると使用は禁止らしいし、まる一週間僕と会話もできなくなる。

果たしてそれが華怜にできるのかと考えて、無理だなと思った。それは華怜が、じゃなくて、他ならない僕が、だ。心配で心配でたまらなくなって、仕事も手につかなくなりそうだ。それに……。

『飛行機は、怖いですから……』

あの時言っていた華怜の言葉を思い出す。とても思いつめていて、今も昔も心が大きく締めつけられた。

『じゃあ、飛行機は使わないことにしよう』

『危ないですから、絶対に乗らないでくださいね』

『絶対に乗らないよ』

　飛行機事故。

　久しぶりに思い出した。あれだけの出来事があったというのに、今もなお大空に巨大な両翼が飛んでいる。

　背筋がとても寒くなった。やらなきゃいけない仕事があるのに、全然手につかない。どうしたものかと思っていると、部屋の扉がノックされた。

　この控えめな音は華怜だなと思い、「入っていいよ」と返す。ここ最近は僕の部屋にすら来なかったから、珍しいことだった。

　華怜はわずかにドアを開けて顔を覗かせる。入ってきやすいようにと、僕は微笑んだ。それに安心して、華怜はこちらへやってくる。

　椅子を勧めると、すぐに座った。長い髪が揺れて、シャンプーの柑橘系の香りが漂ってくる。

「お風呂、もう入ったの？」

「入ったよー。今、お母さんが入ってる」

　そう言った後、華怜は僕の仕事机や周りの本棚をいつものように見回す。

「お父さんの部屋、また本が増えたね」

「本が好きだからね。華怜の部屋も、本が増えたんじゃない？」

「私は、お母さんが読め読めって言ったのを貸してもらってるから」

茉莉華は本を勧めるのが大好きだから、面白い本があれば全部華怜に回している。それで華怜も本が好きになって、たまに小説の感想を言い合っていた。

「ずっと気になってたんだけど、訊いていい？」

「どうしたの？」

「お母さんが大切にしてる名瀬雪菜の小説って、奈雪さんが昔書いた本なの？」

「そうだけど、どうしてわかったの？」

「だって、桜庭さんって旧姓が七瀬さんでしょ？　七瀬奈雪、名瀬雪菜。ほら、びっくりするほど似てる」

改めて、すぐに気づけなかった自分に呆れて笑えてくる。

「奈雪さんと公介、こっちに戻ってこられてよかったね」

「それは本当によかったよ」

奈雪さんと公介くんは、もうこちらへと戻ってきている。夫婦で仲直りをすることができて、今は幸せに暮らしているみたいだ。

とりとめのない会話を、僕たちは続ける。

「最近、お仕事大変？」

「今は比較的楽な方かな。今度出る小説は、もう出来上がってるから」

「それ早く読みたい。発売したら真っ先に読むからね」

出版する小説は、著者献本が届いても家族には見せないようにしている。発売されてからのお楽しみというやつだ。最初のうちは茉莉華も華怜もゴネていたけど、僕が意志を曲げないとわかってからは素直に発売日を待つようになってくれた。

そしてようやく華怜は、本題を切り出してくる。

「最近、変な態度取っちゃっててごめんね」

「自覚あったんだ」

「そりゃあ、めんどくさい女の子だなって自分でわかってるから」

僕が笑うと、華怜も困ったように微笑んだ。

「不安な部分もあるけど、楽しみなところもちゃんとあるんだよ。佑香《ゆか》と、久しぶりに同じクラスになれたから」

「佑香ちゃんって、幼稚園の頃からのお友達だっけ？」

「そうそう。中学の頃は一度も同じクラスじゃなかったけど、今年は同じクラスなの。修学旅行も一緒に回るから楽しみなんだぁ」

その佑香ちゃんという子に、華怜は率先してファザコンと呼ばれていた気がする。

たぶんお互いの愛情表現みたいなものなんだろう。

「本場の中華料理、実はちょっと楽しみ」

「感想とかいろいろ聞かせてよ」

「お土産《みやげ》ちゃんと買ってくるよ。何がいい？」

「調味料とか買ってきたら、お母さんは喜ぶんじゃないかな」

「お母さんのじゃなくて、今はお父さんに訊いてるの」

「僕は、華怜からもらうものなら何でも嬉しいよ。でもできるだけ、形に残るものがいいかな」

普段身につけていられるものなら、なお嬉しい。

その返答に満足したのか、華怜は笑顔になった。

「お父さんが喜びそうなものを厳選して買ってくるね」

「お土産選びに必死になって、観光を忘れちゃダメだよ？」

「わかってるって」

楽しそうにしている華怜を見て、やっぱり親である僕はしっかりしなきゃと改めて思った。お父さんなら、しっかり華怜のことを見送らなきゃいけない。

いずれ結婚もするんだから、こんなことで迷ってちゃダメだ。

それから華怜は「いいこと思いついた！」と言って両手を叩いた。こういう時の華怜は、大抵突拍子のないことを口走る。

「お父さんも私と一緒に香港に来なよ。きっと楽しいよ？」

「それはダメでしょ。それに、その日は外せない用事があるから」

「えー、いい提案だと思ったのになぁ」

本気で悔しがる華怜が面白い。

そうこうしているうちに、向こうから脱衣場のドアが開く音が聞こえてきて、そろそろ風呂に入る用意をしなきゃなと思い立った。華怜も、もう話は済んだのか椅子から立ち上がる。

「ごめんね、話聞いてもらっちゃって」

「お父さんが相談にのれることなら、何でも言っていいよ」

「やっぱり、優しいね、お父さん。ありがと」

最後にそう言って、華怜は部屋のドアに手をかけた。僕はその華怜へ言葉を投げる。

「実はお父さんは、華怜が生まれるずっと前から、華怜のことを知ってたんだよ」

「何それ」と、華怜はおかしそうに笑う。僕も思わず、笑みをこぼした。

「お母さんも、ずっと前から華怜のことを知っていた。華怜は、お父さんとお母さんを出会わせてくれたんだ」

あの時ああしていればという、もしもの出来事は無数にあるのかもしれないけれど、僕らが経験した道は一つだけ。その道に華怜がいなかったら、危うく全てがすれ違っていたかもしれない。

だけどいろんな出来事が積み重なって、それを揺るがしたとしても、決して変わったりしないものが、人々の言う運命というものなのかもしれない。

華怜は手紙の中で、運命は本当にあるんだと言っていた。もしかすると僕と茉莉華が出会うことこそが運命で、華怜が生まれてくるのも運命だったのかもしれない。そんなロマンチックなことを考えていた僕は、またおかしくなって小さく笑った。

「変なお父さん」

「変だよね」

「でも、私がお父さんのために活躍できたなら、とっても嬉しいな」

「大活躍だったよ」

「えへへ」

「ありがとね、華怜」

華怜は頬を染めながら照れて、話はそれで終わった。

しかし、華怜は一度ドアの方向を見た後、ドアノブに手をかけたまま動かない。どうしたのかと思っていると、彼女はこちらへ振り返った。その表情は心なしか、不安に彩られている気がした。

「お父さんは、私がしばらくそばにいないと寂しい……？」

僕はまた、手紙の内容を思い返していた。

『たぶん私は素直になんてなれないと思うから、公生さんの方から歩み寄ってくれると嬉しいな』

ほぼ無意識的に、僕は思っていたことを口に出してしまう。

「とっても寂しいよ。華怜がそばにいないのは」

親として笑顔で見送らなきゃいけないんだろうけど、僕にはそれができなかった。

少しだけ悲しい表情を作ってしまって、だけど華怜は僕の答えに満足したように微笑んだ。

「そっかぁ、寂しいか。わかったよ、ありがとね、お父さん」

僕の言葉に満足そうに微笑んだ後、今度こそ華怜は部屋を出ていった。

それからの僕は、これでよかったのかと何度も自分に問いかけたけど、華怜のいつも通りの笑顔を見るたびにこれでよかったんだと思い直した。

とりあえず、いつも通りの華怜に戻ってくれてよかった。

やがて予定されていた小説が出版されて、華怜の修学旅行の日がやってくる。

僕と茉莉華は、いつもの制服に身を包んだ華怜を笑顔で見送った。華怜もなんだかんだ楽しみなのか終始笑顔を崩さず、元気に出かけていったことに安心した。

いい加減、僕が子離れしなくちゃなと思い直した。

華怜が去っていった玄関口を見ながら、茉莉華はぽつりと呟く。

「やっぱり、心配ね……」

「華怜なら、きっと大丈夫だよ」

そう、華怜ならきっと大丈夫だ。だって僕と茉莉華の子供なんだから。

だけど茉莉華の考えていたことは、少し違うらしい。

「ほら、公生くんが大学生の頃、飛行機事故があったでしょう？　だから、ちょっと不安で……」

僕はその飛行機事故のことを思い返した。あの凄惨な事故は、思い出すだけでも辛い出来事だったけど、僕と茉莉華が付き合うことになったきっかけでもあった。

「確か、二〇一八年の……」

僕は、それがいつの出来事だったのかを思い出せなかった。そういえばあの時、事故の映像なんか見たくなかったから、意図的にニュースや新聞などを避けていたのだ。だから、細かい点まであまり詳しく覚えていない。

隣にいる茉莉華が、補足してくれた。

「二〇一八年の、五月十五日よ。もう、そんなことも忘れちゃったの？」

茉莉華にそう言われて、僕もようやく思い出した。

二〇一八年の、五月十五日。僕と華怜が出会った、六日前の出来事だった。

「あぁ、ごめん……」

「私、今でも覚えてるわよ」

「そういえば、そうだった……」

「五百二十六人が、みんな死んじゃったんですもの……公生くんも、この間出した小説に飛行機事故のこと書いてたじゃない」

書いたといっても、大規模な飛行機事故があったと書いただけだ。書くに当たって、特に資料に当たったりはしていない。

なぜかというと、僕自身思い出したくもなかったし、リアルに書いてしまえば、読者にあの事故を想起させてしまうからだ。あの事故で家族を亡くした人が、この日本にはたくさん存在するだろうから。

「ちょっと、心配ね……」

僕の心も少しずつ、不安の気持ちに侵食されていった……。

＊

たくさんの人がひしめき合っている空港の中を、私はクラスの列に交じって歩いている。大きな旅行カバンは機内へ持ち込むことができないから、すでに先ほどカウンターへと預けた。手荷物はスマホだけで、ちょっと身軽になっている。

その軽くなった体で、私は頬を膨らませる。佑香は私を見て面白そうに微笑んでいた。

「機嫌直しなよ華怜、たった一週間だよ？」

「たった一週間でも、お父さんとお母さんと離れるのは嫌なのっ！」

本心を叫ぶと、周りにいた友達も元気よく噴き出す。私は本当にお父さんとお母さんが好きだから、別に恥ずかしいとは思わない。

「ほんとに華怜はファザコンだなぁ」

「育ててくれた両親を大切に思うのは当然でしょう？」

「華怜のは度を越しすぎ。私、幼稚園の頃の華怜の夢、今でも覚えてるよ？」

昔話を佑香に振られて、さすがに私は顔が焼けたように熱くなった。歩きながら佑香の肩を叩く。

「それ、本当に言ったらダメだからね！　言ったら絶交だからっ！」

「痛い痛い、痛いって。とかいって、私がバラしても華怜はいつも許してくれてるじゃん。それにみんなはもう、華怜の夢は知ってるよ」

「佑香が教えたからでしょうが！」

頭を優しく叩くと、佑香もみんなもさらに笑ってくれた。

私は私がみんなを笑わせられていることが嬉しい。ちょっと恥ずかしいけど、それで笑ってくれるなら、からかわれても構わない。

「まあまあ、元気出しなよ。一番の幼馴染みの私が、毎晩慰めてあげるからさ」

「えー、佑香が私のこと慰められるかな？」

「華怜のことは一番よく理解してるから、安心していいよ」

それはちょっと頼もしいけど、やっぱりお父さんに会えないのはかなり寂しい。本当なら、修学旅行に行かないでと引き止めてほしかった。私って素直になれないから、お父さんに迷惑かけちゃうんだよね。きっと、お父さんはあの時戸惑っていた。

「というか、お父さんと喧嘩したの？」

佑香は私のことを心配してくれて、そっと耳打ちしてきた。やっぱり優しいんだなと思いつつ、引き止めてくれなかったことを愚痴るように話した。

するとと呆れたように手のひらをひたいに当てる。

「それ、華怜が悪いよ。いくら仲がよくても、娘の修学旅行に行くなって言う親なんていないだろうし、行くなって言ってほしかったんなら、ちゃんと自分の気持ちを素直に伝えなきゃ」

「だ、だって。恥ずかしいんだもん……」

「恥ずかしいからって隠してちゃダメでしょ……誰もが華怜みたいに相手の気持ちに敏感なわけじゃないんだから」

佑香とは付き合いが長いから、私のことをよくわかってくれてる。それがとても心強くもあった。

「でも、お父さんなんだからちょっとはわかってほしいよねっ」

「はいはい、わかったわかった」

そんな会話を続けていたら、いつの間にか飛行機の入り口までやってきていた。私たちは列について続々と中へ入っていき、二人並んで席に座る。席は、あらかじめじゃんけんをして、どちらが窓側に座るかを決めておいた。私がグーを出して、佑香がチョキを出したから、行きの飛行機は私が窓側だ。

窓側は綺麗な青空と雲海を見ることができる。いわば特等席というやつだ。本当はお父さんと見たかったんだけど、これは仕方ない。

しばらくして、客室乗務員が回ってきてシートベルトをつけるように言う。同時に機内アナウンスも流れたので、私たちは離陸する前に体を固定させた。実は飛行機に乗るのは初めてだから、ちょっと不安。

「佑香は、飛行機乗ったことあるんだっけ？」

「ん、一回だけね。といっても子供の頃だから、あんまり覚えてないけど」

「やっぱり怖かった？」

「別にー。目つぶってれば大丈夫でしょ」

そう言いつつも、佑香は手を握ってくれた。こういうさりげない優しさが、彼女の大きな魅力だと思う。

しかし、とても優しいのに、彼氏はいないらしい。一度どうして作らないのか聞いたことがあるけど、本人は「いやーそういうのは別にいいかな。友達とかと過ごしてる方が楽しいと思うし」と言っていた。私も彼氏は作る気がないから、佑香の気持ちもわかる。私の場合は友達のほかに、大切なお父さんとお母さんが追加されるけれど。

やがて飛行機は滑走路を高速で走り、大空に飛び立つ。わずかに重力が体へかかり、しばらくするとそれが収まった。

シートベルトを外していいというアナウンスが入る。佑香は握ってくれていた手を離して「ほらね、怖くなかったでしょ？」と微笑んだ。「全然怖くなかったね」と私も笑ったけど、それはきっと佑香がいたからだ。

かくして、多くの乗員乗客を乗せた飛行機はゆったりとした飛行を続けた。

しばらくすると、佑香はぽつりと呟く。

「修学旅行、来ないかと思って心配してたんだよ」

「なんで来ないと思ったの？」

「ほら、華怜はファザコンだから」

どんな理由だと思ったけど、佑香の言う通り、お父さんが引き止めていたらきっとここにはいなかった。

「私、華怜が待ち合わせ場所に来なかったら実はサボるつもりだったんだよ」

「あっ、悪い子だね」

「だって華怜がいなきゃ、絶対に楽しめないと思ったもん。こういうこと言うのちょっと恥ずかしいけど、私華怜の一番の友達だって自覚あるよ」

赤くした頬を人差し指でかきながら、佑香は視線をさ迷わせる。普段は決してこんなことを言う子じゃないんだけど、もしかすると修学旅行の浮かれた空間が彼女を素直にさせているのかもしれない。私も佑香のことは、一番の友達だと思っている。だから純粋な感情を向けてくれているのが、たまらなく嬉しかった。

「私も、佑香のこと大好きだよっ！」

そう言いながら佑香の肩へ寄りかかり、ほっぺに頭頂部をスリスリさせる。

「うわっ、それはくすぐったいからやめてっ！」

「佑香、私のことすっごく大好きなんだねっ」

「べ、別にそんなんじゃ……」

私に隠しても無駄だ。声に出さなくても佑香の思いは態度とかいろんなもので伝わってくるし、それを自覚すると私も嬉しくなる。

「ありがとね、佑香」

「ん……どういたしまして」

しかし、数分後に突如機内で異変が起こった。それは私が佑香と楽しげに会話をしていた時だった。

私たちが座っている後方あたりで、何かの破裂音が響く。それにより、周りのクラスメイトたちみんなに動揺が走り、客室乗務員が原因究明までしばらくお待ちくださいとアナウンスした。

私はだんだんと速くなる動悸を抑えることができずに、いつの間にかまた佑香に手を握られていた。

「きっと大丈夫だよ。何かの間違いだと思う」

こんな時でも、佑香の声は優しかった。

「本当に、大丈夫かな……」

「大丈夫大丈夫。ちゃんと香港まで辿り着いて、一週間後にはお父さんに会えるから」

その言葉がとても心強かった。

やがて機内に白い煙が立ち込めてきて、それと同時ぐらいに酸素マスクが落ちてくる。私たちはそれを震える手で必死に装着して、事態の究明を待った。

しかし一向に原因がわからないまま、安全に飛行していたはずの飛行機の動きが不安定なものになってくる。生徒たちはみな不安の声を上げて、客室乗務員たちは必死にそれをなだめ続けた。

私はこんな時でもやっぱり、お父さんとお母さんのことを考え続けていた。

やがて飛行機は激しく揺れ、各々の場所から悲鳴が上がる。シートベルトが身体に食い込んでとても痛い。まるで、レールのないジェットコースターを走っているようだった。どちらへ向かうかもわからなくて、頭の中は絶望しかなかった。

窓際に座ってしまったのを、私は後悔し始める。揺れる景色を見て、だんだんと飛行機が落下しているのだと頭で深く理解させられた。

知らず知らずのうちに涙があふれていた。それはとどまることを知らずに、頬を伝っては制服のスカートの上に落ちていく。

こんな状況でも佑香は私の手を握ってくれていて、だけどそれに不安の色が混じっているのだと気づいた時には、もうダメだと悟った。

落ちる。

どこかで私はそれを確信した。そう確信してからは、これまでの様々な出来事が走馬灯のように頭の中をよぎった。お母さんの手料理、お父さんの作ってくれたお味噌汁、家族で行ったお花見、帰る場所を作るために埋めたタイムカプセル。

私は、思い出した。まだ、やらなきゃいけないことがあるんだと。子供の頃に、私は密かに胸の中で誓ったんだ。お父さんが夢を叶えるのを見届けるということを。そんな大事なことを私はずっと忘れていた。

それは、子供ながらのささやかなお願いごと、無邪気なお願いごとだったけど、そのためにも、私はまだここで死んじゃダメなんだと思った。

私の夢。お父さんが、小説家になるということ。

私は心の中で願った。

飛行機は加速的に地上へ落下していく。もう上か下かもわからなくて、様々なものが地面から宙へ浮いていた。その中で、私はただ一つのことを祈る。

もう一度だけ、お父さんの夢を叶えるチャンスをくださいと――。

＊　＊　＊

後頭部に鈍い痛みを感じる。私はまどろみの中で、誰かの声を聞いた。それはとても懐かしい響きをしていて、しかし誰のものなのかがわからなかった。

――大丈夫ですか。

たしかにそう聞こえた。私は途切れ途切れの意識の中で、かろうじて呻き声だけを漏らす。

優しい腕に抱き起こされた。

私はゆっくりと目を開く。

面識のない男性が私のことを見ていた。面識がないはずなのに、どこか懐かしく感じる。見ているだけで安心して、自然と心の中が温かくなってくる。こんな気持ちになったのは、初めてかもしれない。

「あの、大丈夫？」

「頭……」

私は後頭部に手を伸ばし、そして触れた。ズキンと痛みが走り、全身が大きく張り詰める。

確認のために彼が触れてくれた。やっぱり痛くて小さな悲鳴を上げてしまう。

それから私は、彼に名前を訊かれた。私は思考を巡らせて、自分の名前を思い出そうとする。

しかし、すぐに浮かんできて当然のそれはなかなか引きずり出すことができず、結局思い出せたのはただ一つだった。

「カレン……」

私は地面にその文字をなぞる。

華怜。

その名前を書いて、確信を得た。私の名前は華怜だと。

色々なものを忘れてしまっているけど、それだけは鮮明に思い出すことができた。

だけど結局私は、自分が華怜であるということしかわからなかった。

彼が私を病院へ連れていこうとする。だけど本能がそれを拒んでいた。彼の前から離れてしまったらダメだと。私にはまだやることがあるんだと。

その必死の思いを伝えたら、彼は理解してくれた。とても優しい人だと思った。

名前は、小鳥遊公生さんというらしい。

どこか懐かしい響きをしていて、もしかすると会ったことがあるのかもと思った。

だけど公生さんは私のことを知らないようで、謎は深まるばかりだ。

公生さんになしくずし的に同棲生活を認めてもらった日の夜、飛行機事故が起きたことを知った。それは五月の十五日に起こった飛行機事故で、乗員乗客が全て死んでしまったらしい。

私は全身に寒気が走って、まるでそれが自分の身に降りかかった出来事のように感じてしまった。公生さんが作ってくれた味噌汁を口に含む。それはとても懐かしい味がして、冷めているはずなのに、心の中がとても温かいもので満たされた。

「涙……」

「……えっ？」

私は遅れてそれに気がつく。両目から涙が滴り落ちていた。それが私の頬を次々に濡らしていく。

落ち着いた頃、公生さんが残ったお味噌汁を温め直してくれた。それを飲んでいる時も、涙が止まらなかった。そんな私に公生さんは優しく接してくれて、「大丈夫だから」と安心する言葉をかけてくれる。

その時私は思った。

あぁ、この人のことが好きなんだと。

どうしてかはわからない。出会った時からしょうがないほどに惹かれていて、自分の思いを押し留めることができなかった。

結局、私たちはそれから付き合うことになる。何となく、公生さんも私のことを好いてくれているんだとわかっていたから、アプローチは自然にできた。

公生さんとの毎日はとてもとても楽しくて、私はやがて、記憶なんてなくてもいいじゃないかと思い始める。もし記憶が戻って、何か大きな罪を犯していたとしたら、公生さんに合わせる顔がなくなってしまう。それがどうしようもなく不安で、だけど公生さんはそんな私でも好きになると言ってくれた。

将来、公生さんが大学を卒業したらすぐに結婚をして、家事をしながら小説のお手伝いをして、ずっと一緒に、幸せに暮らすという未来を夢見るようになった。

だけどやっぱりそれは叶わないことだった。

私は記憶を取り戻す。

私は、小鳥遊公生さんと小鳥遊茉莉華さんから生まれてくる、小鳥遊華怜という女の子だった。

その後、私はタイミング悪く、公生さんが大好きな小説家のサイン会の日に風邪を引いてしまった。公生さんを好きになってしまったこと、風邪を引いてしまったこと。これは私が犯した大きなミス。そしてサイン会へ行かなかったのは、些細なことのように思えて、とても重要な出来事だった。

子供の頃に、お母さんからお父さんとの馴れ初めを訊いたことがある。お父さんとお母さんは、名瀬雪菜のサイン会で出会ったと。一人でサイン会へ行ったお父さんが、一人でサイン会に来ていたお母さんに声をかけて、やがて意気投合したらしい。

その重要なイベントを逃してしまえば、お父さんとお母さんは出会えなくなる。私はサイン会へ行ってくださいと懇願したけど、お父さんは向かってはくれなかった。

私のことを心配してくれて、ずっとそばにいてくれた。そんなこと思っちゃいけないのに、私はどうしようもないほど嬉しくて、涙があふれてきた。

そして黒い自分が顔を出す。

「ずっとここにいて、いいですか?」

それは、この歳まで育ててくれたお母さんを裏切る言葉だった。でも仕方ないじゃないか。もう、お父さんとお母さんの出会いの瞬間は過ぎ去ってしまったんだから。

仕方ないとわかっていても、私は私を責めずにはいられなかった。私がもっとちゃんとしていれば、正しい歴史を刻むことができたのに。お父さんの夢を叶えるという願い以前に、もっと大事なことがあった。お父さんとお母さんが出会えなくなるなら、私はそんなことを願ったりはしなかった。

だけど、それがもう叶わないことだというのなら、少しだけ欲を張っても許してくれるだろう。私は最低な女の子だけど、それでもお父さんと……いや、公生さんと一緒にいたい。きっと公生さんもそう思ってくれている。お父さんとお母さんが結ばれなくなってしまったから、せめて私が願った小説家になってねというお願いだけは叶えなきゃいけない。

そして、運命という言葉が私の前に大きく立ち塞がった。

この先どんな出来事があっても、どれだけすれ違っても、おそらく公生さんと茉莉華さんは出会ってしまうんだろう。

それがわかってしまったから、私は潔く身を引くことにした。ちょっとだけ欲張ってしまったけど、公生さんは茉莉華さんの運命の人だから返してあげなきゃいけない。

私は精一杯、公生さんに嫌われる努力をした。それでも、ダメだった。私が公生さんを決して嫌いになれないのと同じように、公生さんも私のことを嫌いになれないのだ。そのことを知った時、やっぱり親子なんだなと身に沁みた。

私はこんなにも素晴らしい人から、いろんな素晴らしいものを受け継いだんだ。それを最後に知ることができた私は、それだけで生まれてきてよかったと心の底から思うことができた。

だからもう、十分だ。

私は公生さんの前から消えることを選んだ。

置き手紙一つだけを残して、私は部屋を去る。

だけど私は、もっとちゃんとしたものを残そうと思い至った。本当にわずかな心残りがあったからだ。公生さんに、本当の私を知ってもらいたかったのと、公生さんの夢のことが気になっていたから。

タイムリミットが間近に迫っているのだろう。私は、周りの人の認識から外れ始めているのだということに気づいた。人にぶつかっても、相手は私のことを認識してくれない。本当は悲しいことだけど、むしろ好都合だなと思った。どうせこの後の私は、あの二〇四〇年の機内へと戻されるのだから。

死んでしまうなら、ちょっとぐらい悪いことをしてもバチは当たらないだろう。

いや、嘘だ。

気丈に振る舞ってはいるけど、本当は良心の呵責に耐えられていなかった。だけど仕方ないいんだと言い聞かせて、百貨店から文房具とレターセットを拝借する。

何度もごめんなさいと謝って、私は外へ出た。ファミレスで何も注文せずに、公生さんと茉莉華さん宛ての手紙を書く。

本当は飛行機事故が起きると伝えたかったけど、それはできなかった。一度はその事実を書こうとしたけど、なぜかその時だけ紙の上にインクが全然のらなかった。

これもまた運命なんだと、私は悟る。それなら後悔がないようにと、遠回しにそれを書くことにした。私は絶対に素直になれないから、公生さんの方から歩み寄ってきてほしいと。そうすればきっと、笑顔で別れることができる。修学旅行へ行く前に、私はお父さんにそっけない態度を取ってしまった。そんな結末じゃ、死んでも死にきれない。

書き終わった手紙を、道中で拾った瓶の中へ詰めた。そしてどこに埋めようかと迷って、あそこしかないなとすぐに思う。私たちの思い出の場所。桜の木の下だ。

あそこなら、今から十年後に必ず掘り返してくれる。私はすぐに公園へと向かい、穴を掘った。そして手紙を埋めて、また十年後に掘り返されますようにと祈って埋め直す。

全ての準備が整った頃には疲れ果てていて、体の感覚も途切れ途切れという感じだった。地に足がついていないようで、もうすぐ消えるんだなとふと思う。

桜の咲いていた木に寄りかかり、私はこの一週間の出来事を一つ一つゆっくりと思い返した。

涙があふれてきたり、笑えてきたり、安心できたり、いろんな感情が次々に浮かび上がってくる。でも最後に浮かび上がってきたのはやっぱり、もっとそばにいたかったという後悔の感情だった。

もっとお父さんとお母さんのそばにいて、一緒に暮らしていきたかった。まだまだやり残したことはたくさんある。

そのやり残したことの大部分を占めているのが、お父さんの小説を読んでいないということ。せめてそれを読んでから、消えてしまいたかった。でもやっぱり、残酷なほどに時間が足りなかった。容赦なく、最後の時間が私をさらっていく。

涙があふれてきて止まらなかった。私は、このまま……。

「華怜っ!!」

その私を呼ぶ声にハッとなり、顔を上げる。

公生さんが……お父さんが、私のことを探していた。私は最後の力を振り絞って立ち上がろうとするけれど、もう体は動かせない。

届かなくてもいい。自己満足でもいいから、最後にちゃんと伝えたい。不安定な私の存在を、必死の思いで繋ぎ止めた。

お父さんは周りを見渡して、私のことを必死に探してくれていた。それがとっても嬉しくて、繋ぎ止めていられる原動力になる。

「おい華怜！　どこかにいるんだろっ！」

ここにいるよ。

言葉を発そうとしても声にならない。もう私は、お父さんに認識されていないんだ。

それでも最後の瞬間までお父さんのことを焼きつけたくて、必死に耐え続けた。お父さん、華怜はここにいるよ。お父さんのこと、ずっと見てるから。

「華怜！　華怜!!」

目が合った……気がした。でも気がしただけで、きっとお父さんには見えていない。

だからこっちに走り寄ってきたのはただの偶然で、もしかすると私の思いが少しは届いたのかもしれない。

お父さんは、桜の木の前で止まった。だけどその下にいる私には気がつかない。

桜の木に手をついて、お父さんはぽつりと呟いた。

「ごめんな、華怜……僕、約束守れそうにないよ……」

そんな悲しい顔をしないで。お父さんはとっても優しい人なんだから、いつも笑っていなきゃ……。

お父さんの涙が、私の頬へと落ちてくる。そばにいるのに、声が聞こえるのに、果てしなく遠い場所に私はいた。

元気づけてあげたい。抱きしめて、大丈夫だよと言ってあげたい。

お父さんが私の前で膝をつく。私は最後に残った力を振り絞って、お父さんの頬へと手を伸ばした。柔らかくて暖かい、お父さんの頬。たしかにそれは感じられた。

私は挟み込んで、最後の言葉を投げかける。

「お父さんなら、これからもきっと大丈夫だよ。だから、頑張って。私はずっとずっと、応援してるから」

その私の最後の言葉を、お父さんが聞いたかどうかはわからない。ただ私の意識はそこで一度途切れて、真っ暗闇に放り出された。

でもきっと、ちゃんと伝わったと思う。それはもしかすると、十年後かもしれない。とりあえず、私の気持ちは伝わったと信じよう。これから私が向かうのはきっと、墜落する飛行機の中だ。そして何もかもを感じられないまま、死んでいくのだろう。

それでも、最後にお父さんに思いを伝えられてよかった。お父さんならきっと、夢を叶えることができる。十年後に宛てた私の手紙も読んでくれる。

きっと、大丈夫だ。

だって私だけの自慢のお父さんなんだから。

じゃあ、お父さん。

元気でね……。

＊＊＊

僕のファンでいてくれる人に、丁寧にサインを書く。

もう何十人も僕のファンだと言ってくれる人がいて、正直泣いてしまいそうだった。

華怜と出会う前の自分は本当にダメなやつで、誰からも必要とされないやつで、毎日、日陰にいるような人間だった。

そんな僕が、今はいろんな人に必要とされている。ある人は勇気づけられたと言ってくれて、ある人は前向きに生きられるようになったと教えてくれた。きっとこういう風にして、人の思いは伝わっていくのだと思う。奈雪さんがそうしてくれたように、今度は僕が。

そういう自分のことを、ようやく少しだけ誇れるようになった。あの時抱いていた、何かを与えられる人間になりたいという小さな夢。もし過去の自分に会えるのだとしたら、伝えてあげたいと思った。

これからもいろんなことがあって、いろんなつらいことがあるけれど、今も昔も変わらずにずっと幸せだよ、と。君は与えられてばかりの人間じゃない。もっと、自分に自信を持っていいのだと。

僕は辺りを見渡す。華怜が来てくれているか探したが、それらしき姿はない。

次のファンの方から文庫本を渡され、僕はその表紙へ小鳥遊公生とサインした。とても喜んでくれて、握手を求められる。

僕は微笑み、その子の手を握った。眼鏡を掛けた、内気そうな高校生の女の子だった。その瞳には、大粒の涙が浮かんでいる。

「実は、デビューした当時からずっと先生のファンなんです」

「そんな時から読んでくれているんですか。それは本当に、ありがとうございます」

少しだけ照れてしまう。

「あの。実は私も、昔の先生みたいにいろんなことに悩んでるんです。受験のこととか、将来のこととか、そのほかにも色々……」

彼女の声は、だんだんとしぼんでいく。僕は、必死に言葉を紡ごうとしてくれている彼女のことを、真剣に待ってあげた。

「……だけど先生のおかげで、少し前向きな気持ちになることができました。一作目を読んだ時から、勇気をもらってばかりで……ずっと一言、お礼を言いたかったんです」

それから彼女は精一杯頭を下げて、涙声になりながらも「ありがとう……ございますっ！」と感謝の気持ちを伝えてくれた。

僕は急に目頭が熱くなってしまって、それを誤魔化すように小さく笑う。

「君が前向きな気持ちになってくれて、僕も嬉しいよ。僕も頑張るから、君も精一杯頑張ってほしい」

「……はいっ！」

最後に元気な返事をくれて、女の子は向こうへと走っていった。それをしばらく見守っていると、急に彼女は立ち止まる。どうやら、知り合いの男の子に声を掛けられたようだ。女の子は目を丸くしているが、いつの間にかその表情には笑顔が浮かんでいる。

それから女の子は僕の小説を開きながら、男の子と会話を始める。きっと彼女はもう大丈夫だなと、僕は安心した。

次のファンの方にも、僕はサインを書く。

「今回の小説って、先生が昔体験したことを書いてるんですよね？　これって全部、本当に実話をもとにしてるんですか？」

「びっくりするかもしれないけど、そうなんですよ」

「何だか、ロマンチックですよね。私、華怜さんがここへ来てくれるって信じてます！」

「ほんとうに、ありがとうございます」

ある人は涙を流しながら「これから先も、頑張って華怜ちゃんのために小説書き続けてください……！」と言ってくれた。

またある女の子は、僕の小説を読んで小説家になるという夢ができたと教えてくれる。僕はその女の子に「いつか君の本が、書店の同じ平台に並べられるのを待ってるよ」と言ってあげた。

あの頃の華怜が今の僕を見たら、褒めてくれるだろうか。そして、喜んでくれるだろうか。

僕は本屋の周りを見渡して、華怜がいないかを必死に探す。見逃したりしないように、注意深く探し続けた。

先ほどから華怜を探し続けているのに、全然現れてくれない。やっぱりここへは来てくれないのだろうか。それとも、もうこの世界のどこにもいないのか……。それはできるだけ考えたくなかった。

僕は華怜のことを思いながら、必死にサインを書いていく。今の僕には、それだけしかできない。

少しだけ、諦めかけている自分がいた。

泣きたくなって、顔を俯かせる。こんなんじゃダメだと言い聞かせているのに、抑えることができそうになかった。

やはり、来てくれないのだろうか……。

「お父さん」

その時、ふいにそう呼ばれて、顔を上げた。そこにはキャリーバッグを持った華怜が立っていた。

「……華怜、修学旅行は？」

頬をかきながら、恥ずかしそうに華怜は言った。

「修学旅行は、先生に言ってキャンセルにしてもらったの」

「キャンセルって……」

「だってお父さん、私がいないと寂しいっていうから。一週間もいなくなったら、どうかしちゃうでしょ？」

「お父さんは別に、寂しくなんて……」

寂しい。

心の底からそう思ったから、僕の言葉は尻切れとんぼになって宙を漂った。

そんな僕に華怜はくすりと笑う。

「お父さん、やっぱり寂しいんでしょ」

何も言い返せなくて、思わず顔を俯かせてしまう。

「お父さんは、私がいなきゃ本当にダメだなぁ」

何も言い返せない。

僕は華怜がいないと、本当にダメだ。

「……私もね、お父さんがいないと本当にダメなの」

「……えっ？」

思わず顔を上げて、華怜を見た。

「お父さんがいなきゃ、私はダメなの。だから本当は、修学旅行なんて行かないでって言ってほしかった。素直じゃなくて、笑っちゃうよね」

笑ったりしない。本当は僕だってそう言いたかった。だけど、言えなかった。僕の方こそ素直じゃなくて、笑えてくる。

「素っ気ない態度取っちゃって、ごめんね」

「お父さんの方こそ、素直になれなくてごめん……」

「それにあの時、お父さんの前から勝手にいなくなって、ごめんね」

その言葉を聞いて、僕はまっすぐに華怜の目を見た。いつの間にかそこには涙がたまっていて、僕の目にも涙がたまっている。

「……華怜？」

「ずっとお父さんが夢を叶えるのを、私は夢見てた」

「華怜、なのか……？」

「お父さんは、本当に強い人だよ。私の自慢のお父さん。だから私はあなたのことを、あんなに好きになったの」

華怜の言葉で、ようやく僕は確信を得る。ここまで、本当に長かった。途方もなく長い時間の中で、ようやくまた君に巡り会えた。

「ごめん、華怜。お父さん、華怜のお願いごとを叶えることができないんだ」

「えっ？　お父さんはもう、小説家になるという夢を叶えてるし、ここには、お父さんのファンがいっぱいいるじゃん」

僕はくすりと微笑む。それから大切な一人娘の頭を、優しく撫でてあげた。

「親子だから。華怜は僕のお嫁さんには、なれないんだよ」

きっと、すっかり忘れていたんだろう。華怜の顔はみるみるうちに赤く染まっていく。そんな姿を見て、僕はまた、笑顔になった。

それから華怜のために用意していた文庫本をカバンの中から取り出す。彼女はそれを見て、また大粒の涙をたくさん流した。

「ずいぶん遅れちゃったけど、君のために書いたんだ。だから、読んでほしい」

華怜は顔を赤くしながら涙を流し続け、それでも笑った。僕はこの笑顔を見るために、ずっと小説を書いていたんだということを思い出す。そしてこれからも、華怜の笑顔を見るために僕は小説を書いていくんだろうなと思った……。

「この物語は、大切な君への贈り物だよ」

◆◆◆

気が付けば、木の幹に背中を預けて眠っていた。小さな小鳥が私のすぐ近くを歩いていて、手を伸ばすと驚いたのか大空へと飛んでいった。

いったい、どうしてここにいるんだろう。寝起きでぼんやりとした頭で辺りを見渡すと、すぐ近くに赤色のキャリーケースが置かれていることに気が付いた。

「あぁ、そっか……。行くの、やめたんだった……」

修学旅行に参加するのを、当日になってやめてしまうなんてどうかしていると自分でも思った。けれど、嫌だったんだから仕方ない。だって今日は『記憶喪失の君と、君だけを忘れてしまった僕。』の発売日なんだから。

お父さんの大事なサイン会には、もちろん参加したい。それになにより、お父さんが言ったんだから。

『とっても寂しいよ。華怜がそばにいないのは』

そんなことを言われてしまったら、娘の私としては少しだけ楽しみにしていた修学旅行を辞退するしかない。それに、私がサイン会へ行かなければ、お父さんはいつまでも会場で、いなくなった華怜を待つことになってしまうから。

一度大きく伸びをして、立ち上がろうとした。そのタイミングで、スマホがポケットの中で震える。誰だろうと思って確認すると、相手は佑香だった。そういえば、まだ修学旅行へ行くのをやめたことを、誰にも伝えていなかった。

恐る恐る、佑香の電話を取る。

『ちょっと華怜！　あんた今どこにいんのよ！』

「わっ、ごめん……」

『事故とかに遭ってないでしょうね！　先生がお母さんに電話したらしいけど、ちゃんと見届けたって言ってたんだよ！』

「うん。事故には遭ってないよ。ただ、寝てた……」

『はぁ？』

心配で、泣きそうな声色から一転、気が抜けて呆れたような声が電話口から帰ってきた。申し訳なくなって、思わず苦笑いを浮かべる。

「公園で、木に寄り掛かってたら、なんだかお日様が心地よくて。それで、眠っちゃったの」

『まったく、あんたってやつは……。警察にも届け出を出すところだったんだよ』

「えっ、それは大変！」

もしかすると、罪に問われたりするんだろうか。そうなると、家族にたくさん迷惑をかけてしまうし、合わせる顔がなかった。

『まあ、あと一歩遅れてたら先生が電話かけてたよ。ほんと、勘弁してよね』

「あはは……でも私、今日はやっぱり休むって、代わりに先生に伝えておいて」

『いや、休むって……。そもそも、あんたのおかげで修学旅行の日程ぐちゃぐちゃになってるんだよ？　本当はもう、飛行機に乗ってる時間なのに、渋滞に引っかかってバスが止まっちゃってるし。もしかしたら、今日はもう乗れないかも。というか、ほぼ確定』

「それは、後でめちゃくちゃ怒られそうだね……」

せめて、眠る前に休むと報告を入れておけばよかったと後悔した。たとえその時に電話をしていても、おそらく怒られることに変わりはないだろうけど。

『まったく……。私が先生たちに、適当な誤魔化し入れておくから、帰ってきたら口裏合わせるんだよ？』

「……うん、わかった。ありがと、佑香。帰ってきたら、いっぱい埋め合わせするね」

『わかったよ。それじゃあ、また学校でね』

電話を切ると、桜の花びらが一枚、空から舞い降りたような気がした。けれど、辺りを見渡してもそれは見つからない。きっと、気のせいだったんだろう。

ゆっくりと腰を持ち上げると、私は誰かに背中を押されたような気がした。前のめりによろけて、倒れてしまわないように右足で踏ん張る。

気が付けば、涙が溢れていた。その涙の意味が分からなくて混乱する。けれど、心の内側に温かいものが入ってくるような感覚があった。そして唐突に、あの頃の思い出が私の頭の中へと流れ込んできた。

私は、大きな旅行カバンを手に持つ。

そして、夢を叶えた一番大切な人の場所へ、最初の一歩を踏み出した。

＊　＊　＊

「ただいま、茉莉華」

「あら、おかえり公生くん。……って、華怜⁉」

「えへへ」

「修学旅行はどうしたのよ！」

「サボってきちゃった」

「サボったらしいね」

「サボったってっ……！」

玄関口で、僕と華怜は茉莉華に抱きしめられた。

「お母さん、ありがと。小説、ちゃんと読んだよ。素敵な名前を、本当にありがとう」

「華怜……？」

「あの時食べさせてくれたチーズケーキ、とっても美味しかったよ。ほんとに、ありがとっ！」

その言葉で茉莉華も確信を得たのか、驚いた表情で華怜を見た。

華怜は、そんな茉莉華に飛び切りの笑顔を見せた。

「これからも、ずっとずっとずーっと一緒にいようねっ！　お母さん！」

その日、乗員乗客二百五名を乗せた航空機が、山の斜面へ墜落した。

現時点での死傷者の数は不明。

それは二〇四〇年、五月二〇日。日曜日の出来事だった。

僕たちは今日という日の出来事を、あの輝かしい一週間の出来事を、一生心に刻み続けて生きていくだろう。

# 特別書き下ろし番外編

「好きだ」

初めて彼に告白されたとき、半端に閉じられたカーテンの隙間からは、木漏れ日のように夕日が差し込んでいた。腰を浮かして立ち上がった私の足は、その告白に引き止められるように固まってしまって。

気づいた時には、公介の顔は雨上がりの夕暮れ時に見える太陽のように真っ赤に染まっていた。

「ずっと、華怜のことが好きだったんだ。子どもの頃から……」

「あ、そうだったんだ……」

私に告白してくれた公介の表情があまりにも真剣なものだったから、思わず誤魔化しの言葉を口にしてしまった。本当は、ずっと知っていた。それこそ子どもの頃から、彼が私に好意を抱いてくれていることは。

だから告白されたことよりも、今言うんだ、という驚きの方が勝っていた。

「……えっと、告白の返事って、今じゃないとダメかな？」

「いつでもいいよ。ずっと、待ってるから」

それから公介は、私のことを最寄りのバス停まで送ってくれた。別れ際まで、二人の間に会話はなかった。最後に「それじゃあ、大学の講義頑張ってね」と小さく手を振ると、ようやく「ありがとう」と彼は言った。

バスに乗り込む前、ふと道端に伸びた二人分の影が、いつの間にか頭一個分も違っていることに気づいた。初めて、彼が大人になったんだということを、自覚した。開いている席に腰掛け窓の向こうに視線をやると、曲がり角を曲がって見えなくなる瞬間まで、公介がこちらを見つめていた。ふと、窓に反射している自分の顔を見て、ようやく気づいた。

きっと私も、公介と同じ表情をしていた。

いつの間にかセミがジリジリと鳴く季節が到来し、そろそろ三年間の高校生活も折り返しの時期に差し掛かっていた。

修学旅行が延期になって数週間。連日のように墜落した飛行機のニュースがテレビのワイドショーで取り沙汰されていたけど、つい先日国民的男性アイドルの不倫が発覚してから、途端に世間の話題から徐々に姿を消していった。

私たちは墜落した飛行機に乗るはずだったということもあり、どこからか情報を嗅ぎつけてきたマスコミが、学校の前でカメラを向けてくることもあった。

『つい先日、修学旅行で乗るはずだった飛行機が墜落しましたが、当時のことを振り返って今はどのような心境ですか?』

隣のクラスの女の子が、ラッキーだったと話しているのを聞いたことがあった。無断欠席をした私は、一躍奇跡の子とも呼ばれた。だけど九死に一生を得た事実に素直に喜ぶことができなくて、ふとした時に、ニュースで見た涙を流している被害者家族の姿が頭の中でフラッシュバックした。

私は確かに、あの飛行機に乗っていた。だけど奇跡が起きて、偶然にも過去を変えた。その結果、私の身近な人だけが助かった。

あの日から私は、いつも生死について考えるようになった。きっと私たちは、幾重にも重なった偶然の上に生きていて、いつだってふとしたきっかけから命を落とすことがあるんだと思う。

今日だって、小学校へ向かう子どもが、耳にイヤホンを付けながら自転車を漕ぐ高校生に轢かれそうになっていた。そういう場面に出くわすたびに、身近な人たちの顔が頭の中に浮かんで、せめて後悔のないように生きていこうと思えた。

かくして平穏の戻った日常の昼下がり、私は授業中であるにもかかわらず窓の向こうの空を見つめながら物思いに耽っていた。先ほどから頭の中をぐるぐる回っているのは、つい先日見た幼なじみの赤く染まった顔。昨日聞いた授業の内容はさっぱり忘れたのに、公介の顔はいつまでも私の頭の中を離れてくれなかった。

「ちょっと、華怜」

「え?」

「もう授業終わったよ」

佑香に話しかけられて教室を見渡してみると、すでに半数のクラスメイトがいなくなっていた。確か次の時間、女子は体育館でバドミントンだ。無意味に広げていた数Ⅱの教科書とノートを引き出しへと片付ける。

「大丈夫？　すごいぼーっとしてたけど」

「少し、考え事してて」

「授業終わったことに気づかないくらい、大事な悩み？」

「まあ大事なこと、かな」

煮え切らない返事をすると、佑香は急に顔を寄せてきて。クラスメイトに聞こえたりしないように手のひらで口元を隠しながら「もしかして、幼なじみに告白された？」と、まるで先日の一件を見ていたかのような正確さで私の悩みを言い当ててきた。

「……さてと、そろそろ体育館行こっか」

「華怜、わかりやすすぎ」

「……どうしてわかったの？」

「だって心ここにあらずって感じで、授業中もたまに顔赤くしてたし。学校で気になってる相手もいないはずだから、可能性あるなら幼なじみの公平とかいうやつかなって」

「公介ね」

一応訂正しておくと、私たち以外の最後のクラスメイトが早歩きで教室を出ていった。時計を見ると、あと五分で授業が始まる時間で。佑香と顔を見合わせてから、足早に更衣室へと向かった。


準備運動で体育館の外周を走っている最中、佑香が「相談に乗るよ」と言ってくれたから、放課後にあらためて話をする約束をした。

ホームルームが終わってバスに揺られながら向かったのは、よくお母さんとお茶をしに行く駅前のカフェ。リーズナブルな価格設定をしていて、年中金欠の女子高生にもありがたいお店だ。

私はカフェオレで、佑香はブレンドコーヒー。それとお互いにチーズケーキを注文すると、数分と経たずに運ばれてくる。

しばらく飲み物とスイーツの味を楽しんでいると、佑香の方から話を振ってくれた。

「華怜はファザコンだから、ずっとお父さん一筋なのかと思ってた」

「そんなんじゃないって。私はただ、お父さんのことが家族として好きなだけだよ」

さすがの私でも、家族愛と男女間の恋愛は全くの別のものだって理解してる。記憶を失っていた頃は、湧き上がってきた気持ちを恋だと勘違いしていたのは確かだけど。

「それで、公介さんって人とは付き合うの？」

「んー、どうだろ……」

「もしかして、そもそも好きじゃない？」

「そんなことはないんだけど」

事実、公介に告白されて、私の心はずっとざわついている。でも、そう簡単にどちらかを選べない理由も、私にはわかっていた。

「ずっと……それこそ生まれた頃から一緒だったから。このまま大人になった後も、これまでと同じような関係性が続くんだと思ってたの。家族みたいなものだから。このままじゃ、ダメなのかな……」

「まあ、そうだよね。そういうのが想像できない気持ちも、ちょっとわかる」

そういえば、佑香には小学生の頃から仲良くしていた裕也と言う男の子がいたことを思い出した。だけどその人と一緒だったのは中学までで、高校は別の場所にいっている。

「似たような話、佑香にはない？」

「あるよ。裕也のお母さんから聞いたんだけど、中学までは私のことが好きだったらしくて」

フォークで切り分けたチーズケーキを一口食べるのを見守っていると、その先のことを話してくれた。

「でも告白する勇気がなくて、諦めたみたい。今はもう、同じ高校の後輩の子と付き合ってるみたい」

「もし告白してたら、どうしてた？」

踏み込んだことを訊ねると、佑香はしばらくの間、黙り込んでしまって。コーヒーを一口含んだ後に、どこか大人びた切なげな表情を浮かべ、だけど最後には吹っ切れたような笑顔で教えてくれた。

「今の華怜みたいに、迷ったと思う」

それから私たちは、いつも通り他愛のない会話で盛り上がって。どちらからともなく飛び出した「来年の今頃は受験生かぁ」という言葉で、ほんの少しだけ憂鬱な気分になった。

別れ際に佑香は「私の華怜が取られちゃうのはショックだけど、華怜が決めたことならちゃんと祝福するよ」と言ってくれた。私は「ありがと」と、素直な気持ちを伝えた。


翌日の夕刻、学校から帰った後に部屋でお父さんの書いた小説をベッドに寝そべりながら読んでいると、机の上に置いていたスマホが振動した。最初は迷惑メールかと思ったけど、二、三度振動を続けたから遅れて電話だということに気づいた。

スマホを手に取り相手の名前を確認して、私の顔はまた熱くなる。

「公介か……」

動悸が速まっていることを誤魔化すように、私はスマホを胸の辺りに押し当てていた。何度目かのコールの後に振動がやむと、途端に切なさのような感情を覚える。もうスマホは震えていないのに、私の心は未だ大きく揺れていた。

電話に出なかったことに後悔し始めたとき、今度は一度だけスマホが振動する。弾かれたようにロック画面を確認すると、公介からメッセージが届いたことが表示されていた。

『今夜、よかったら花火でもしない？』

公介が一人暮らしをしているアパートは、ここからバスで二十分ほど走った場所にある。こっちまで来てくれるみたいだけど、夜に往復四十分もさせるのは申しわけなかったから『今度の休日の、もっと明るいときにしない？』と返したら『いや、花火は夜にするもんだろ……』と、呆れているのがわかるメッセージが届いた。

もしかすると、今は公介と会いたくなかったのかも。だからメッセージで指摘されるまで、自分がとんちんかんな内容を送ったことに気づかなかった。

家を出る時、自室でコーヒーを飲んでいたお父さんに「友達と公園で花火してくる」と伝えた。

「大丈夫か？　子供たちだけで夜に遊ぶなんて」

「あ、うーん……公介と」

「なんだ、公介くんか。それじゃあ安心だ。行っておいで」

心にもやもやとしたものが渦巻いていたけど、それに気づかないふりをして、

「いってきます」と言った。お父さんは「華怜は昔から変わらないなぁ」と、嬉しそうに言ってくれた。


待ち合わせ場所の公園に行くと、すでに公介は木の下で待っていた。足元には花火セットと水の入ったバケツ。それから、

「なんでスコップ？」

「ここに来るとき、実家から持ってきたんだ。使おうと思って」

「ふーん」

公介はポケットから取り出したマッチに火を付けて、花火セットの中に入っていたろうそくを点火させた。

しばらく会話も交わさず手持ち花火に火を付け続けたのは、きっと火薬の発火音が

鳴っていないと彼のことを意識してしまいそうだったからで。色とりどりの火花を見ていると、ほんの少しだけ気まずさを忘れていられた。

だけどそんな風に急いで花火を消費していたから、五分も経たずにセットの中には線香花火だけが残った。

「新しい花火、私が買ってこようか」

「いいよ。まだ線香花火があるし」

そう言うと、公介は残った線香花火に火を付けた。私もそれにならい火を付けて、しばらくの間チリチリと灼ける火花を無心で眺める。何もしゃべらない女の子なんて、つまんないだろうなと思っていると、先に私の線香花火が音もたてずに消えてしまった。また、新しい線香花火に火を付ける。

「俺、大学を卒業したら、都会の方に行こうと思ってるんだ」

「……えっ？」

脈絡もなく打ち明けられた話に驚いて、思わず火の付いた線香花火を落としてしまった。火の玉を形成しようとしていた先端は、公園の土の上でしばらく発火した後、ゆっくりと消えていった。

「実は今一人暮らししてるのもさ、県外に出た後の予行演習みたいなものなんだよ」

「……何かやりたいことがあるの？」

「母さんと同じ、編集者になりたいんだ」

「そうなんだ……」

それなら出版社はほとんどが東京にあるし、仕方がないことなのかもしれない。幼なじみとして応援してあげるべきなのに、気の利いた言葉をかけることができなくて、ゆらゆら揺らめくろうそくの明かりだけを見つめていた。

「ごめんな、いきなりこんな話をしちゃって。なんか、卑怯だよな」

「ううん、そんなことない」

沈黙が破られたことで少しだけ空気が軽くなったのか、次の線香花火に火を付けた後は、すんなりと口から言葉がこぼれた。

「公介は、いつの間にか大人になったんだね」

「それはちょっと、違うかな。大人になりたかったんだよ」

「なりたかった?」

「叶わない恋を、すっぱり諦められるような大人になりたかったんだ。華怜が一番大好きなのは、公生さんと茉莉華さんだってずっとわかってたから」

「家族愛と恋愛は別物だよ」

「だけどお父さんやお母さんと、なるべくは離れたくないだろ?」

「それはまあ、そうだけど……」

少なくとも今の私には、この街を離れることも、親元から離れることも想像ができなかった。

「だけど、今はちょっとだけ気持ちが変わった」

「どんな風に？」

「やっぱり、華怜の一番になりたいって」

そんな歯の浮くようなセリフを言われて、顔が熱くなったのがわかった。その動揺を示すように、線香花火の火花が落ちて。公介は不意に、ポケットの中から一枚の古びた紙きれを取り出した。今さら気づいたけど、公介の指先は土でわずかに汚れていた。

「実はさっき、この下に埋められてるタイムカプセルを掘り起こしたんだ。俺が子供の頃に書いた手紙だけ、取り出した」

「それを、私に？」

「今渡しとかないと、一生渡せないままかもしれないから。後悔だけはしたくないんだよ」

公介の表情が、あまりにも真剣なものだったから。渡された手紙をそっと開いて、ろうそくの明かりに近づけて中身を読んだ。

『かれんのことがすきです。だから、いつかかれんのことをまもれるようなおとなになってください』

そのつたない手紙を読んで、思わず笑みがこぼれた。

いつの間にか、みんなが大人になったんだと思ってた。公介も、佑香も、クラスメイトのみんなも。だけど、いつまでも変わらずにいてくれたものは、確かにここにあった。

そんな当たり前のことが、今の私にはどうしようもないほど嬉しいことで。思わず過去から届いたラブレターを、大事に胸に当てていた。

「告白した時にも言ったけど、本当に返事はいつでもいいんだ。まだ大学を卒業するまで三年もあるし。ただ、他に好きな人が出来たり、俺じゃダメだって思ったら、その時は迷わずに捨ててほしい」

「捨てちゃってもいいの？」

「その方が、お互いに後腐れがなくていいだろ？」

「そっか」

話の終わったタイミングで、ちょっとだけ強い夜風が吹いた。立てていたろうそくの火は煙だけを残して消えてしまい、公介が手に持っていた線香花火も最後の瞬きを経て地面に落ちた。

薄暗がりの中、公介は最後に一本だけ残っていた線香花火を譲ってくれた。マッチで火を付けて、その最後の一本が消える瞬間まで、私たちはいろんな話をした。

これまでのこと、今のこと、そして未来の話。

別れ際、もらったラブレターの内容を復唱すると、暗がりでもわかるぐらい公介の顔は赤くなった。その顔がとっても可愛かったから、たまに思い出したように公介のことをからかった。

それは、あれから数年が経った今も続いていて。

大人になった今でも大事にあの手紙をしまっているのは、また別の話だ。

# あとがき

初めましての方は初めまして。小鳥居ほたると申します。

『記憶喪失の君と、君だけを忘れてしまった僕。』は、私が大学二年生の頃に書いたお話で、数年前に同スターツ出版様から文庫本として発売されました。ありがたいことに、数年の時を経て単行本として新たに出版するお話をいただき、このたび全面的に文章表現を見直し、ラストの展開も一部変更させていただきました。番外編も文庫本では未収録となっており、単行本での書下ろしになっています。

実は『記憶喪失の君と、君だけを忘れてしまった僕。』には続編があり、2巻と3巻が同スターツ出版文庫にて発売されておりますので、本作をお読みになって気になった方はぜひお手に取ってくださるとうれしいです。

今回単行本として本作を出版することになり、あらためて大学生の頃の記憶を思い返しながら修正作業に取り組みました。当時の私は小鳥遊公生くんと同じく将来に不安を抱えていて、それでも大学の講義は真面目に受け、隙間時間に小説を書く日々を送っていました。デビュー作が発売したのは大学四年生の頃で、小説を出版できたことが自分の人生の中での一番の成功体験でした。社会人になってからも小説を書き続け、いつの間にか物語を書いていることが自分のアイデンティティだと思うようになりました。小説を書いている自分に興味を持ち知り合えた友人もいて、そういう側面では作家としてデビューできてよかったと思えました。ですがその反面、書くことをやめれば自己が失われると感じるようにもなり、小説を出版していることが理由で就活が難航するといったこともありました。一時期は「小説を書こうと思わなければこんなに人生でつまずくこともなかったのに」と考えたことがあったのも事実です。

読者の皆様もこれまでの人生の中で、「知らなきゃよかった」「〇〇をしてなければこんな苦しみに遭うこともなかった」と思ったことが一度はあるかと思います。だけど本書を読み返して私があらためて感じたのは、『夢に向かって頑張っていたときの自分は確かに輝いていたんだよな』ということです。何度か苦しい思いはしたけれど、それで過去の自分を否定してしまうのは、なんだか大学生の頃の自分がかわいそうだと思いました。過去は決して変えられないからこそ、自分の行いや選択を正解にしていく努力をしていかなければいけないんだと思います。

「過去に戻って自分の後悔を正す」という物語の主題とは真逆のあとがきになってしまいましたが、本作を読んで少しでも読者の皆様の心に残るものがあれば幸いです。

二〇二三年八月　小鳥居ほたる

小鳥居ほたる先生への
ファンレター宛先

〒104-0031
東京都中央区京橋1-3-1
八重洲口大栄ビル7F
スターツ出版(株) 書籍編集部 気付
小鳥居ほたる先生

記憶喪失の君と、君だけを忘れてしまった僕。

2023年 8月28日初版第1刷発行

著者 小鳥居ほたる

発行者 菊地修一

発行所 スターツ出版株式会社
〒104-0031東京都中央区京橋1-3-1
八重洲口大栄ビル7F
出版マーケティンググループ
TEL03-6202-0386（注文に関するお問い合わせ）
https://starts-pub.jp/

印刷所 大日本印刷株式会社
Printed in Japan


※本作は二〇一八年六月にスターツ出版文庫（小社刊）として
刊行されたものに一部加筆修正したものです。

ISBN 978-4-8137-9261-1 C0095

# スターツ出版人気の単行本！

## 『神様がくれた、100日間の優しい奇跡』

望月《もちづき》くらげ・著

クラスメイトの隼都に突然余命わずかだと告げられた学級委員の萌々果。家に居場所のない萌々果は「死んでもいい」と思っていた。でも、謎めいた彼からの課題をこなすうちに、少しずつ「生きたい」と願うようになる。だが無常にも３カ月後のその日が訪れて――。

ISBN978-4-8137-9249-9　定価：1485円（本体1350円+税10％）

## 『僕は花の色を知らないけれど、君の色は知っている』

ユニモン・著

高校に入ってすぐ、友達関係に“失敗”した彩葉。もうすべてが終わりだ…そう思ったとき、同級生の天宮くんに出会う。彼は女子から注目されているけど、少し変わっている。マイペースな彼に影響され、だんだん自由になっていく彩葉。しかし彼は、秘密と悲しみを抱えていた。ひとりぼっちなふたりの、希望の物語。

ISBN978-4-8137-9248-2　定価：1430円（本体1300円+税10％）

## 『あの花が咲く丘で、君とまた出会えたら。』

汐見夏衛《しおみなつえ》・著

母親とケンカして家を飛び出した中２の百合。目をさますとそこは70年前、戦時中の日本だった。偶然通りかかった彰に助けられ、彼と過ごす日々の中、誠実さと優しさに惹かれていく。しかし彼は特攻隊員で、命を懸けて戦地に飛び立つ運命だった―。映画化決定！大ヒット作が単行本になって登場。限定番外編も収録！

ISBN978-4-8137-9247-5　定価：1540円（本体1400円+税10％）

## 『きみとこの世界をぬけだして』

雨《あめ》・著

皆が求める“普通”の「私」でいなきゃいけない。どうせ変われないって、私は私を諦めていた。「海いかない？」そんな息苦しい日々から連れ出してくれたのは、成績優秀で、爽やかで、皆から好かれていたくせに、失踪した「らしい」と学校に来なくなった君だった――。

ISBN978-4-8137-9239-0　定価：1485円（本体1350円+税10％）

書店店頭にご希望の本がない場合は、書店にてご注文いただけます。

# スターツ出版人気の単行本！

## 『すべての恋が終わるとしても　140字のさよならの話』

**冬野夜空《ふゆのよぞら》・著**

さよなら。でも、この人を好きになってよかった。——140字で綴られる、出会いと別れ、そして再会の物語。共感&感動の声、続々!!『サクサク読めるので、読書が苦手な人にもオススメ』（みけにゃ子さん）『涙腺に刺激強め。切なさに共感しまくりでした』（エゴイスさん）

ISBN978-4-8137-9230-7　　定価：1485円（本体1350円+税10%）

---

## 『それでもあの日、ふたりの恋は永遠だと思ってた』

**スターツ出版・編**

——好きなひとに愛されるなんて、奇跡だ。5分で共感&涙！男女二視点で描く、切ない恋の結末。楽曲コラボコンテスト発の超短編集。【全12作品著者】櫻いいよ／小桜菜々／永良サチ／雨／Sytry／紀本 明／冨山亜里紗／橘 七都／金犀／月ヶ瀬 杏／蜃気羊／梶ゆいな

ISBN978-4-8137-9222-2　　定価：1485円（本体1350円+税10%）

---

## 『君が、この優しい夢から覚めても』

**夜野《よるの》せせり・著**

高1の美波はある時から、突然眠りに落ちる“発作”が起きるようになる。しかも夢の中に、一匹狼の同級生・葉月くんが現れるように。彼の隣で過ごすなかで、美波は現実での息苦しさから解放され、ありのままの自分で友達と向き合おうと決めて…。一歩踏み出す勇気をもらえる、共感と感動の物語。

ISBN978-4-8137-9218-5　　定価：1485円（本体1350円+税10%）

---

## 『誰かのための物語』

**涼木玄樹《すずきげんき》・著**

「私の絵本に、絵を描いてくれない？」立樹のパッとしない日々は、転校生・華乃からの提案で一変する。華乃が文章を書いて、立樹が絵を描く。そして驚くことに、華乃が紡ぐ物語の冴えない主人公はまるで自分のようだった。しかし、物語の中で成長していく主人公を見て、立樹もまた変わっていく——。

ISBN978-4-8137-9212-3　　定価：1430円（本体1300円+税10%）

**書店店頭にご希望の本がない場合は、書店にてご注文いただけます。**